紀昭君——著

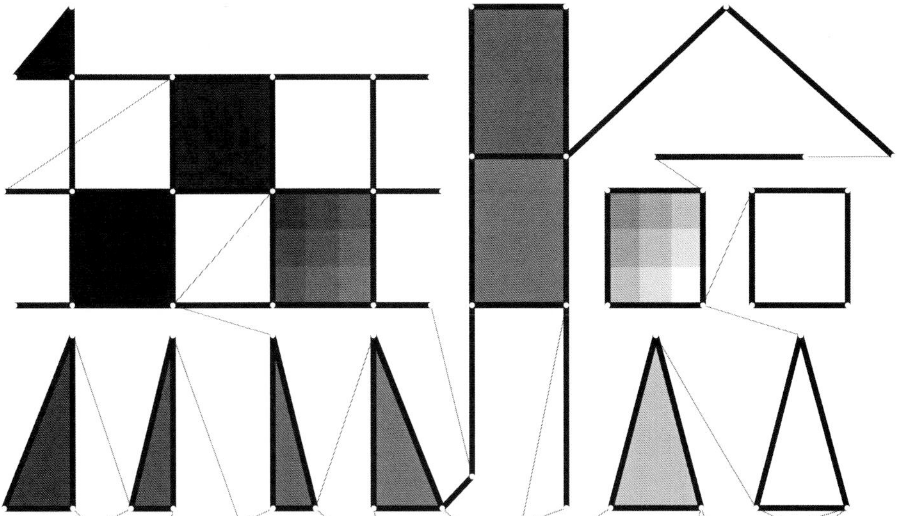

無臉之城

The faceless city

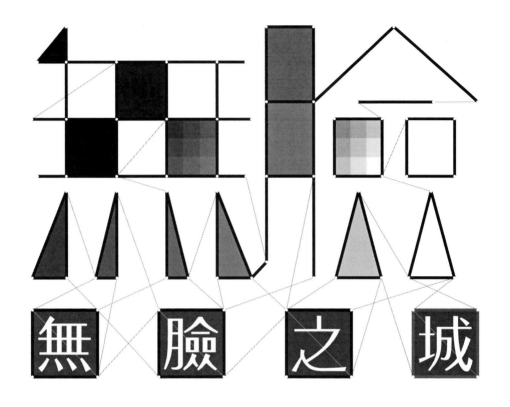

目次

【推薦序】所有當代人的問題都寫在這部重要的文學作品裡了！

文／劉黎兒

最初來邀我推薦的主編告訴我這是一部推理小說，或許可以說是吧！但卻不像許多非常大眾的推理小說般，颯颯地讀完，知道犯人或被害者是誰，理解犯罪原因就結束了，這部小說，是不折不扣的有深度、厚度乃至高度的文學作品，

讓我非常捨不得地慢慢咀嚼完，不會想快速地翻完，很怕小說一不小心就讀完了，這不是非常輕鬆的小說，但作者對人心細密的觀察與絲毫不容赦的剖析，讓人還想再讀，不斷地讀下去，宛如不想讓一部精彩的連續劇結束般。

讀完後，我首先聯想的是三島由紀夫的《金閣寺》，《金閣寺》也是拿實際發生的社會案件當底版，卻能寫成流傳萬世而的不朽的文學作品，這部《無臉之城》就是如此卓越的小說；作者的小說語言非常成熟，而且高明地把三個驚世駭俗的社會案件，非常嚴密地交織再一起，每個案件的主角很自然地發生關係，好像這些案件的真相或許應該是如此，否則怎麼說的通。

這部小說，寫的好到不像是作者長篇小說的處女作，知道是處女作，則讓人反過來擔心作者會不會是把至今思索精華全匯注進來了，不過作者顯然有雄厚的實力，新的文思還會源源不絕地

湧出來的。

日本不僅三島，當代也有許多以社會案件為題材來寫成小說的作家，如直木獎女作家角田光代寫了好幾本，但大抵是單一事件，良莠不齊，有的的確非常透徹地剖析了事件主角所以犯罪的崎嶇的人生背景，或是作為女人只有這種選擇的心理等，但偶而也會出現還不如事件發生當時許多社會記者寫的好，讓我無法贊同有小說化的價值；而且日本成名作家非常幸福，在寫作前，出版社會代為安排可以去實地採訪犯案技巧或特殊業界實況的，讓作家可以輕鬆地克服每個案件所涉及的專業知識，不會搞錯基本狀況。

我想本書作者全靠自力去完成這樣一部較原來案件精彩數倍乃至無數倍的作品，這是台灣小說家的不幸，或許也是幸運，也因此創作性更強烈，作家需要的能力更高強，作家沒有被寵壞的機會。

這或許是推理小說，或許是所謂社會派推理小說，是非常貼近許多社會瘡疤所寫的推理小說，跟日本傳統的社會推理不同；日本社會推理的代表就是松本清張，但松本的時代，所有殺人都是有理由的，大抵是因為當事者在戰後黑暗時代有不想為人所知的過去等等，盟軍占領日本時期的陰影至今依然托拉著日本許多人，這也是松本對自己所處時代的闡釋。

但是當代許多殺人是不需要理由的，多的是隨機殺人，殺人者與被殺者之間並沒有深仇大恨，被殺的人只是偶然在網路上聊了幾句，沒有被殺的人也只是偶然存活下來而已，說不出為什麼，或許「只是因為無聊」是最真實的原因；雖然要去探討，那當然每個人都有許多心理的大黑洞，每個人都有說不完的無奈，有人拿這些黑洞來合理化自己的血腥行為，也有人去製造更大的黑洞來涵蓋掉無法紓解的小黑洞。

以前的社會派推理，像松本清張喜歡歸諸於時代，因此歷史或犯人的出身背景很重要，其他的社會推理只是在作人情推理而已；但《無臉之城》則是在對社會結構乃至人性的各種對立與矛盾作推理，這些對立與矛盾，有存在於上流社會與下流（底邊）社會的，存在於純樸人的南部與統治者的北部之間，存在於男人與女人之間，存在於大人與小孩之間，或存在於真實與虛假之間，或存在於每個人自己的內心與外在之間。

男主角雖然痛恨父親到了最極點，但結果自己做的事跟父親沒兩樣，或許他也不時驚覺血緣的可怕，就像芥川獎作家田中慎彌的得獎作品的《共喰》一樣；作者創造的角色，雖然每個人都很有獨特性，但每個人也都有普遍性；在日本或世界其他國家也都找得到類似的人或類似的想法或作為。

或許每個人在都會裡的人都是無臉的，因為都會有高度的匿名性，但或許是因為每個人都有許多張面孔，這樣才能保護自己，才能存活下去；另一方面，這不僅僅是無臉而已，也是無國籍的，是放諸四海皆準的，小說中的每一個人，未必是活在台北，也可能是活在東京或首爾等。

讀了小說，也才體會到我常說的「東亞人看日本A片長大的」是相當真實的，不僅A片，其他許多日本的亞文化，如可愛文化等是如此徹底地染了台灣；也讓我感覺到生活在日本很不錯，如果我是高中生的話，至少我離家出走的當天就可以去東京迪斯尼樂園或大阪環球影城了，玩樂心或許有機會勝過好奇心或背叛父母的快感，那或許就可以迴避喪命的危機了。

A片的效用在小說中更是大的驚人，男主角是因為愛看A片，才沒有因為痛恨性狂父親而排拒性愛，很懂得以性愛來紓解緊張，甚至在犯罪時，也還想要擁有宛如A片般性愛的亢奮與愉悅；或是援交的女主角也因為A片，多少克服了女學長的恐怖性霸凌的陰影，但A片帶來的性愉悅無法真的成為救贖，無法真的填補黑洞，最後以殺人這樣的手段，才跟自己無法掙脫的無奈的痛苦與冷漠取得平衡。

雖然這樣的手段太過殘酷，但最後的說明讓人理解這是真的發生過的殘酷，就只好點頭，因為真實往往是殘酷的，日本人愛說「真實比小說更離奇」，的確小說化的真實是如此有說服力，誰都能懂、能接受，反而不離奇了！

小說裡有大人有小孩，所有的描寫都是小孩比大人更成熟，更生猛，更具主導性；我喜歡這樣真確的描寫，因為大人通常比小孩更愚蠢，我從不相信人能成長的，但是看到過於成熟的小孩，還是有點不快的。

大人多少覺得小孩有理本身就是一種冒犯，小孩說的話不可信或小孩沒能深思遠慮等等，拼命否定小孩，造成無法和解的對立，也才有這些殺人或被殺的悲劇，大人如果多聽孩子的話，或許這一切都不會發生，大人的世界不是只屬於大人的，小孩隨時在偷窺，或是小孩希望大人鬆綁，這樣孩子才有求生能力，或才能「普通」地活下去。

這是我第一次閱讀作者的小說，如果不是到最後看到了跋，否則我不知道作者的性別，我認為不知道是好的，例如日本作家高村薰，還故意把筆名取成中性，或說兩性皆通的，我所以不知道，是因為作者不論從男人或女人觀點的描寫都非常細膩透徹，讓人懷疑作者活過多種人生，很厲害地化身為小說中的每一個人，而非如自述的活在少女香閣的人。

我也喜愛作者對於台北精準的刻劃，或許那是在台北生活太久的人都已經忘懷的台北的模樣，從台南或台中，或許看得更清楚，這也鼓勵、提醒了離開台灣卅幾年的我，或許也還有機會好好書寫台北，但要寫的比作者好很不容易吧！

這本書原來已經寫好多年，很可惜沒有及早出版，如果早點問世，或許作者早已經續寫了許多小說，但也更慶幸還有許多具有慧眼的人，沒有讓這麼好這麼重要的小說埋沒掉了，只要隆重現身，那就一切都不晚的，相信每個人都會想讀，因為所有當代人的問題都寫在這裡了！

作者簡介／劉黎兒：旅日作家、文化觀察家，好奇心旺盛，忘齡女人；曾任中國時報駐日特派員，二〇〇四年專事寫作，在多家報紙雜誌撰寫專欄；書寫對象包括兩性關係、職場文化及日本政經社會議題、文學評論等，相關書籍約35冊；小說則有「棋神物語」等。

【導讀】屬於台灣的細膩犯罪小說

文／林斯諺

二〇一六年的今天，台灣本土推理小說的出版漸趨蓬勃，出版量年年遞增，可謂是一掃以往的頹風。不但量增加，質也讓人刮目相看，從世紀初的獨沾本格到現在的書寫多元化，雖還不到百花齊放的地步，但也的確讓人看到創作上欣欣向榮的前景。本書《無臉之城》的出現，讓我更加確信台灣的推理創作會繼續朝向百家爭鳴的景況發展。

《無臉之城》是紀昭君小姐的第一本長篇小說，就我個人的閱讀經驗而言，尚未在台灣推理小說中讀過類似的長篇作品，因而印象深刻，進而對作者更加好奇。相信紀昭君這個名字對讀者而言也是相對陌生，在詳盡介紹這本書之前，我們不妨先簡單留意一下作者來歷以及創作背景。

紀昭君是成功大學中文所碩士班畢業，得過該校舉辦的鳳凰樹文學獎，得獎項目包括古詩、古曲還有短篇小說；此外，她也曾獲手機文學獎以及明道文藝短篇小說入圍，更著有多篇未發表的短篇小說。很明顯地，這些履歷暗示著作者文學底子雄厚，的確，綜觀本書，作者對於文學語言的使用駕輕就熟，文字的密度十分飽滿，充分使用各種意象與修飾筆法，形成本書最大特點之一。新世代的台灣推理小說向來不太注重文學語言的活用，文字通常只是塑造情節的工具，而無法引領讀者關注文字本身，因此本書更顯得特立獨行。

《無臉之城》是全職創作下的成果。作者先花了六個月大量閱讀、鑽研小說寫作技巧，再花兩個月構思並完成本書。換句話說，這部作品是作者在費心消化吸收材料之後所交出的成績單。並且，作者所做的功課主要是針對廣泛的「小說寫作」而非作品的題材內容。這種創作方式與大部分的作者背道而馳。通常而言，作者會意識到需要進修寫作技巧，多半是在實際出版作品之後，而紀昭君卻是先全力踏穩馬步才出招，這種要把小說寫好的決心之強烈，說明了作者對於小說創作的痴醉非常人能比擬，也說明了作者對於處女作的重視程度。

那麼，《無臉之城》究竟是一本什麼樣的小說呢？

全書分為六章，前五章分別以不同人物的觀點敘述其遭遇，主述者分別是：家境優渥但生活卻不快樂的小女孩；農村出身、不滿政府罔顧農民福利的男大學生；始終孤單最終墜入師生戀的高中女教師；慘遭霸凌最後走上援交之路的女高中生；家庭破碎因而成為謀殺犯的青年。每一章的末尾皆穿插了另一條故事線——瞎眼殘廢男子「阿火」的悲慘境遇，作為各條主線故事的插曲。第六章收整所有人的遭遇，成為六條故事線的總結。

換句話說，本書是採用「多重視點」的敘事模式，利用視點輪轉的方式來推動故事。這種敘事方式近年來因湊佳苗（湊かなえ）的長篇小說《告白》而大受歡迎，而事實上這在推理小說中已屢見不鮮。例如世界第一本長篇推理小說——威爾基・柯林斯（William Wilkie Collins）的《月光石》（*The Moonstone*）——便是採用此技法寫成。在台灣推理作家中，擅長此道的有何敬堯，其入圍第八屆台灣推理作家協會徵文獎決選的短篇作品〈盡頭之濱〉非常熟練地運用了此技巧；此外在他即將出版的短篇集《怪物們的迷宮》中，第四篇〈山魔的微笑〉也是用相同的結構寫成。不過以上二作都是短篇，《無臉之城》很有可能是台灣長篇推理中多重視點敘事的初試啼聲之作。

多重視點敘事最精彩的地方就是在於利用視點輪轉來製造抽絲剝繭的樂趣。由於每個敘事角色所知不同，在視點變換之後，可以藉由新敘事者的「情資」來揭露前一章節的懸念或是破除讀者對於先前情節的錯誤認知。換句話說，有別於利用偵探透過邏輯還有物證來抽絲剝繭，多重視點作品的解謎完全透過敘事模式本身來呈現，對讀者而言，對比古典神探在書末的「破案演說」，展現一種另類的真相大白的樂趣。若想在一個半小時內快速了解這種敘事技巧的魔力，可以參考二〇〇八年的推理電影《刺殺據點》（*Vantage Point*），這部片是個不錯的示範。

一般說來，多重視點會聚焦在同一個事件上，也就是說，讀者所經歷的是用不同角度觀看同一件事，每換一次角度便得到一片拼圖，直到拼湊出全景。但《無臉之城》的運用手法稍有不同，各視點的切換彷彿引進了另一個不同的故事，讓人迷惑於這些個別的故事彼此之間是否有關聯。直到深入閱讀後，各章之間的關聯性才慢慢浮現，而這種關聯性主要是人際關係，亦即角色A以某種方式與角色B的人生產生交集，這種交集隨著視點交替而被揭露，這些連結有強有弱，有親密關係，也有只是擦身而過的陌生人，在六名角色之間形成奇妙的「互聯網」，構成一個龐大的人生故事。因此，多重視點在本書所帶來的與其說是抽絲剝繭的效果，倒不如說是描繪城市中人際關係的一種手段。書中末尾一段話畫龍點睛地傳達了這種相互連結的人生故事：

萬頭攢動的人們，不管陌生熟悉，都彼此緊挨著靠近，人與人的距離縮得更短，壓實地密不透風。

就這樣，六個人的人生故事以微妙的方式被串聯起來。作者捨棄多重視點原本可以製造出來的「炫技」，轉而挖掘各個視點所看見（或者說，被看見）的心理深度，可謂是讓「內容」凌駕於「形式」之上了。換句話說，視點的轉換主要並非是人工設計性的考量，反而是刻畫角色與呈現題旨的方式。這大抵也明白揭示了本書「犯罪小說」的性格，亦即，作者關心的不是如何解開謎團，而是人為何犯罪，以及為何被捲入犯罪。

既然重點在於角色的心理境遇，如何讓這些角色的人生故事更有獨特性似乎就成為必須著墨的方向，作者也的確意識到這點。若讀者對於台灣的社會新聞相當熟悉的話，應該可以注意到本書的內容融會了數樁台灣的著名社會案件，而本書中大部分的角色都是這些案件中的關鍵人物。這種「真實案件虛構化」的方式使得小說得以產生強烈的在地化傾向，讓讀者認知到這確確實實是發生在台灣的故事，讓角色還有角色的遭遇成為一個融貫可信的整體。藉由在地化所產生的獨特性，事實上呼應了許多人對於台灣推理創作一直以來的一個訴求。

多年以來，不少評論家與讀者呼籲台灣的推理作家應該要寫出「只屬於台灣的推理小說」，意思是故事必須要對台灣的文化、歷史、風土民情或社會樣態有一定程度的描繪。因此單單只是把背景設在台灣是不夠的，如果沒有與上述因素有夠強的連結性，那故事發生在哪裡都可以，故事等於是「去脈絡化」而流於形式。因此本書結合台灣的犯罪事件，可謂是呼應了這個訴求。犯罪有時空的脈絡，一件犯罪的發生，與政治、文化、社會環境皆脫不了關係，對於犯罪的描寫，若夠深入，不太可能會「發生在哪個國家都可以」。本書直接結合台灣的犯罪事件，透過深入描寫角色的心境與犯罪的緣由，讓故事直接嵌合在台灣的時空之中，也讓本書成為名符其實的「台灣」推理小說，成為台灣推理貫徹在地化書寫的一部佳作。

如本文開頭所揭示的，台灣本土的創作推理已日趨多元化，而這是成熟的推理創作環境所該有的現象。《無臉之城》展現了台灣作者對於犯罪小說的耕耘，這方面仍有很大進步空間，但我相信深耕之日已不遠矣。

作者簡介／林斯諺：推理創作與哲學研究的雙棲者，著有《無名之女》、《淚水狂魔》等長篇八冊，近作為《雨夜送葬曲》，另有短篇二十餘部，其中〈羽球場的亡靈〉曾於二〇一四年刊登於美國《艾勒里・昆恩推理雜誌》（Ellery Queen's Mystery Magazine）；現為紐西蘭奧克蘭大學哲學博士候選人，研究領域為美學與藝術哲學，特別關注詮釋學議題。」

【各界名家好評】

這不僅是推理小說而已，還包含了很多隱喻跟夢境，每一角色背後身世，亦足以發展成另一部小說。或許，每個犯下驚心動魄案件的人，背後都有不為人知、失去愛的故事。此書因意識流和現實交雜，回憶、幻想、做夢與現實中的泅泳，搞得我好亂阿（笑）但用字遣詞精雕玉琢，又能恰如其份的還原現場，最後讀完才能把人物全數串聯，但與其說這是七個不同角色，不如說是同一個人，內在七個不同部分的投射或陰影：對物質不匱乏富裕環境憧憬的自己、對性愛渴望又恐懼的自己、對道貌岸然瞧不起，同時又對落魄憐憫的自己、有點憤世嫉俗，但又想要為社會的公平正義，做一些什麼的自己。

寫作本身是種療癒，書中許多灰暗故事，裡面卻同樣有著堅韌的一些小勇敢在支撐，不論主角還抱著什麼樣病態的信念，其實他們想要的事情都一樣，只想要在這個世上，找到一個可以溫暖包容自己的地方，但這卻是困難的奢望。台北真的是個沒有臉的城市，講著同樣語言，做類似事情，彼此生活與工作串聯，但又偷偷豎起高高的圍牆，也像網路世界裡，顯示一個個名字卻沒有臉的人，隨時都可被取代，存在與否都無太大差別。在台灣，根據社會事實所改編的小說很有限，讀這本書時，有種《零地點》和《黑水》的既視感，但現在回過頭來去翻，又覺得，或許這些社會事實，底下所蘊藏的集體潛意識根本就是共同的，就像作者寫的《暢銷小說的原型公式》一樣。

——女人迷、泛科學專欄作者海苔熊

文學少女的瑰麗幻想世界，染上社會現實的腐敗氣味，幻化為爆炸性青春蛻變的冒險推理小說。作者帶領我們用孩童般的眼光觀看世界的美與醜，在種種關於家庭、社會化的困惑中，辯證個人與社會的遠近反復，咀嚼心靈深層的孤單、人生或許無解的哲理。這是一部中西古典文學底蘊深厚，又有些奇幻的推理小說，它穿梭於現實與幻想，讓人聽見潛藏於記憶深處，那複雜世界與純真心靈輕輕摩擦的聲響。

——前《破周報》／《放映週報》記者曾芷筠

彷彿地獄變相或是羅丹地獄門上擰扭拗折以各種不可思議角度「從他人肢體上長出來」的連綿人形，殘虐刑，暴力的本質不是透過實體，而是透過一種變形的反覆，在無聲的吶喊，在爭扭朝上抓的手指空隙間洩漏。《無臉之城》裡，單一故事乍看是都市奇譚，但隨著不同聲腔連綿，無數張臉，一千萬種痛苦，一種集體，時空之交，以台北城當下現實為門前拱柱，小說所描畫的，不只是在地獄業火中仰面吶喊的個體，實是一座城的臉。是立身一整個時代的地獄門要叩響門扉前的遲疑與覺悟。那麼，你打算開啟嘛？你要進去嘛？（或者，我們早已經生活其中。）

——作家／《Mr. Adult大人先生》作者陳栢青

看了紀昭君的作品，有句話深深在我腦海裡殘留：「玫瑰說，我不怕，我有四根芒刺。我不怕風吹，我是朵花。」

人生就像一段漫長的冒險，你會在途中遇到很多挫折，雖然有時痛，但總是會找到方法保護自己，而繼續冒險下去！

看了《無臉之城》，除了一起走了一段冒險，也被直接又瀟脫的字句，深深吸引。

——人氣圖文作家腹佳女

壹、小王子的祕密旅行

孤獨的小王子一個人居住在他的星球之上，上面只有一朵花，小王子覺得有點小小的寂寞，他想要旅行，想要到別的星球上去看看。到處看看。

半年前，台灣，炎熱之夏，台北仍不時陰陰的。有個女孩眨眨眼，半睡半醒的她並還沒真正的醒過來，也許因為昨日玩得太晚，或者根本就睡不好的緣故，兩眼下，有淺淺的黑眼圈，眼袋也顯得浮腫，她揉揉眼睛，翻身，想要繼續睡去。不過Hello Kitty貓的貪睡鬧鈴，仍持續不停的響。年輕的女孩一按再按，可過不了多久，聲音又會反覆迴盪。而房間裡，任何擺飾看起來都非常夢幻迷人，席夢思的柔軟床單，罩紗式的粉紅色蚊帳，隱約顯露女孩輾轉的身影。旁邊有株藍紅色的漂亮雕飾，發光時有火樹銀花的燦爛。房間很大，但不空曠，四周充斥各樣可愛而迷人的小東西，多是日式的精緻小物。華麗的衣裳吊掛著，隨著早晨的涼風，輕輕地擺動，珠珠串起的衣架將這些漂亮的華服映襯得如紙形的娃娃，十分可愛。地面矮小的書櫃上，散落了一些有點舊的童書，手痕斑斑的書面，彷彿經過多次的翻閱，可以想見這些童書的主人——那還在床上蒙頭大睡的女孩，必曾非常喜愛過這些書。整個房間瀰漫股難以形容的浪漫色彩，童話中阿拉伯公主的唯美小房，也該這般模樣。然而，劃破這一切美麗夢幻的，是鬧鈴再度響起的刺耳聲，接續不停。基底雖是音樂，但與鬧鈴功能結合過後，就變得不討喜，與四周的氛圍極不搭調，很吵鬧。

另一頭，一個優雅又美麗的身影輕輕開啟了門，如同敞開哆啦A夢連結異世界的任意門，從不知名的某方，進入這個被夢幻所包覆的華美小房。這身影見此畫面，並未驚訝，反倒不疾不徐前進。從容。讓人以為一切都在她意料之中。女人微笑著，走向床邊，靠近了正在床上，皺著眉，緊緊窩在棉被中的小女孩。她緩緩坐下，倚在床頭，仙女般的溫暖笑容讓整個房間星光十足，閃耀發亮。她極盡溫柔，將手探進粉紅色的罩紗內，搭在那團蜷成長形的棉被上，緩緩搖動。這一切動作如此輕微緩慢，時間被凝結了，慢慢漂移在這瞬間，任一聲響，都將驚擾四下靜謐的時空。不過，女人最終發出聲來，打破深埋於此的沉寂。「筱芃」，女人連續叫喚了幾次，「該起床了，爸爸在樓下等妳。妳快沒時間吃早餐了。」

「媽，」這個喚作筱芃的女孩仍蓋著棉被，悶住頭，發出了濁悶的鼻音，「媽，今天我們不要上學好不好，妳去幫我跟老師請假，好嘛好嘛~」棉被裡的身軀不時扭動，如尾竄動的蛇。「妳這孩子，」女人責備道，「這件事妳還要想多少次，每個人都要上學，台灣的義務教育要念到高中，妳現在就這樣，以後怎辦？別耍賴了，不然等一下妳爸又會生氣。」

「可是我週末還要學才藝阿，」女孩不放棄，「我也很累。」

「好啦，下次讓妳少學一點，減少一個科目，怎麼樣？」女人半哄半騙的說，「快點，不要害妳爸爸遲到了，上班遲到跟上學遲到一樣，很沒有禮貌，也對自己不負責任。」

「我哪有什麼責任，我有你們就好了呀。」女孩撒嬌，終於放棄了掙扎，將棉被掀開一個縫，撲進女人的懷抱裡。「唉呀，妳這孩子就知道撒嬌，快起來了。」溫和而漂亮的女人順勢一把揭開女孩身後柔軟的棉被，像揭開舞台序幕般的逕自掀起，使得原本蜷曲在其下的女孩，變得毫無屏蔽。最後，女孩不得不、帶著不情願的表情，下床來開始梳洗。曹家每天的大作戰終於結束。

床上的女孩是筱芃，曹筱芃。剛剛來叫喚她的溫柔女人，是她母親，才華洋溢，國際知名的音樂家，而在樓下等待著的嚴厲父親，則是某家電子晶片廠的老闆。她從很小就知道自己跟一般的孩子有些不一樣，在她還弄不清楚身分、地位、金錢，這些名詞定義的時候，她就深深的感受到，與同儕相比下，自己的與眾不同。等她大了些，這種強烈的感受更轉換為對自己身分的認知。將來，她一定可以成為孫芸芸那樣，漂亮，有錢，又幹練的名媛千金。喔，漂亮有錢應該不成問題，倒是最後一項的幹練嘛，她卻不敢肯定，因為爸爸常掛在口頭上的話便是：「像妳這麼懶惰的孩子，將來到底能作些什麼？」她確實不知道將來的自己能作些什麼，她也還沒想到，只覺得，這世界，正如目前的情況：天天上學吃飯、交報告、學才藝——枯燥無味，單調死板。所有生活都這般無聊，如列整齊硬直的火車軌道，緊密鋪排而無止盡的延續下去，行走於其上的她，毫無選擇的被推動著前進。筱芃心裡一點都沒想到其他的可能，或者她將前往的目標。只本能的，對當下不滿而已。如果能蹺課去迪士尼樂園就好了，她小三時曾去過日本的，聽說美國也有，真想親眼去看看，是否一樣。但讓人厭煩的是，她天天總要上課，還有排都排不完的才藝學習。「真煩，有夠無聊的。」她咕噥著小聲抱怨，卻無可奈何，試過許多次，撒嬌耍賴各招，但爸媽就是無動於衷。然而，滿滿的學習課程壓得她心浮氣躁。但得到的回應——「妳知不知道妳多幸運，外面多少孩子想學，學費還交不起。妳要知福惜福，爸爸以前小時候，可沒這麼好的生活，妳要知道感恩」，總是這樣。

「感恩、感恩，那請這些家教趕快搭著時光機回去，教小時候的爸爸去學阿，你喜歡的我又不一定喜歡。」筱芃常在心裡咕噥著。卻不敢大聲說出來，在嚴厲的爸爸面前，她一句話也說不出口，總被嚇得一愣一愣。爸爸眼睛非常有神，略顯細長，瞇起來看人時會讓人有種從細縫裡被驕傲審視的壓迫感，或許因為長年管理下屬的關係，身上更散發出一種無聲無息卻凌厲嚴肅的氣勢。這就叫做不怒而威吧。筱芃非常害怕這樣的眼神，即使他是她爸爸。所以每次她只好就轉移對象，纏住媽。母親與父親截然不同，是天底下最溫柔漂亮的人，跟童話中描述的仙女相同，外表好看，又具備魔力，能使不苟言笑的爸爸笑開懷，並常滿足她所有願望。其實也不是全部啦，她請求假裝生病不上課的這件事，媽媽就從來沒有答應過。她一直希望，可以用她本身的「與眾不同」，得到小小特權，不過，她失望了，最有特權的，除了爸爸外，還有學校。雖然她所居住的地方，是棟別墅，撇開她本身浪漫的房間不說，其他地方，更佈置的美輪美奐。在她很小開始習字與聽故事的同時，她常有錯覺，誤以為她正居住於龍宮內——房內雕樑畫棟不足以形容，還有爸爸最愛的古董氣味與水晶飾品，都讓一切閃爍著不真實的光芒。她為這樣的生活為榮，可是她覺得很寂寞。偌大的房間裡，永遠只有她一人。

「為什麼不多生個弟弟妹妹給我？」她曾問過。「爸媽太忙了，而且，」仙女媽媽摸摸她頭，「有筱芃一個就夠了，萬一有了弟弟妹妹，說不定妳還會大吃醋哩。」媽媽摸著筱芃一頭柔順的長髮，安慰她。不過她真覺得，有種說不上的悵然，彷彿一整片汪洋裡頭，就只有她一尾魚在泅泳，好孤單。有時她會看著鏡子發呆，對望起另一雙一模一樣的眼睛，宛如水族館箱內，碰撞玻璃只因誤以為撞見是伙伴的魚，蠻蠢的。她並不清楚魚明白與否，那個充滿水草、漂浮氣泡的水箱內，其實只有牠自己。但筱芃知道，朝向鏡子，面對的，只是自己的顯影，沒別人，她不會因此而感到不寂寞，或興沖沖的衝上前，去撞上冰冷水族玻璃而發出砰咚的僵硬聲響。這情形在校外教學裡，她有看過。她不笨，她是人，不是條魚。她想要真實的觸摸、陪伴，相處等，與那些除她之外的伙伴，或朋友。所以筱芃總對朋友大方熱情。從國小開始，其實也不過幾年時光，她生日便會邀請班上的朋友，來家裡開派對、吃美食、相互交換禮物。不像別人的爸媽，僅是買了乖乖桶到班上發放而已。由此，筱芃可以看出同學們豔羨的目光。事實上，她對此感到驕傲。並且，大部分的人，就會主動靠近。她身邊便不乏朋友陪伴了。不過，那時她就讀的還是普通公立小學，因為爸爸堅持，希望筱芃能有機會去跟「一般人」相處看看，大概是「體會什麼是人間疾苦，才會惜福感恩，以後才不會太過嬌柔」之類的緣故。

筱芃是沒什麼意見啦。跟每件事一樣，父母早已安排好，她一向都沒能有自己的意見，就算有也不可能被採納，所以機敏的她，就只好默默按照父母制訂下的方向，如一列火車，順順當當的跟隨軌道路線，啟動，前進下去。即便有所不滿，也無可奈何。不過，他們對筱芃的寵愛，在物質上，卻無以復加的豐厚。這大概是她最享受的一部分。今天，筱芃身上所穿，便是日式最新款的當季衣服，她覺得非常開心。因為打扮、照鏡子、穿漂亮衣服，是她生活裡唯一有操控權，也最有動力的事。當然一如往常，她受到眾人注目，因得到大家稱讚而滿心愉快，連下課短短十分鐘，也不想浪費，跑去大鏡子前，多看自己幾眼。突然眼尖的她發現，怎麼，她內衣外面的那件罩衫，好・像・穿・反・了！！不，她忙不迭的確認，不是好像，而是「根本」穿反了。對於她竟犯下這樣的錯誤，滿臉羞紅，匆忙進了廁所，關起門來更換。這時候，零碎而窸窣的腳步聲靠近，有幾個人進來了。聽交談的說話聲，是她平常非常要好的姿言與悅仙，平日裡，她們就像《哈利波特》裡頭的三人組，形影不離，並互說些女孩間特有的祕密心事。筱芃每次收到了國外寄來的巧克力，更會興沖沖的馬上拿來與她們分享。此時她急扯釦子，就想快快出去，哈拉一陣，但罩衫上那幾個鈕扣卻要跟她作對一樣，左弄又弄，就是調不好。在小小的空間裡，她忙得滿頭大汗。

「筱芃今天又穿新衣服來了耶，你有看見嗎？」

「當然有阿，」那個聲音停了一下，彷彿要確定四周沒人，「為人真愛炫耀，每次不是制服日的時候，就穿得像小公主一樣。」

「對啊對啊，不過，她是小公主沒錯啦，誰叫她家那麼有錢。她還常跟我抱怨說她訂的貨本來可以更早來，因為颱風所以才延期。聽說，她爸爸還加錢，請人專門送來呢。」

「好羨慕喔，真想像她家那麼有錢。」

「是阿，可是我就算有錢，也不會像她那樣到處炫耀，讓人覺得好討厭。」

「對啊，要不是她送我巧克力，我才不想跟她作朋友呢。」

「交個有錢人朋友真的很不錯，我爸媽叫我一定要好好的跟她來往，以後對我有好處，不然我對她一點都沒有好感。」

就在兩個女生竊竊私語，（也不算真正的竊竊私語，因為音量已大到在廁所門內一角的筱芃可聽得一清可楚的階段了）。正調整罩衫釦子的筱芃完全停下了動作，愣在當場。此時，鐘聲悠悠揚揚的響起了，接而是一前一後離開的腳步聲。筱芃輕輕的打開一條細縫偷看，確定了人都走光了才慢慢出來，走回教室的方向。奇怪的是，她當下的反應既不憤怒也不難過，只感到困惑。為什麼，這些平常跟她形影不離，表現出交情很好的「朋友」，會說出這樣的話；而且，她拿巧克力給她們，是真心希望跟她們作朋友阿。另外，穿新衣服也惹人厭？關於衣服送遲，對朋友講私人的事，應該不為過吧。當下只覺錯愕，但她並沒當場拆穿她們，或衝出來給兩人難堪，表現出「我知道你們在背後說我壞話」的樣子。並不因為膽怯的緣故，但為了什麼原因而猶豫，她卻苦思不解，她只知道她並不很想這麼做。不過，她也沒多餘時間去思考整件事情裡到底出了什麼問題。唯一打轉的念頭是，上課了，她應該要快快的回到教室去。坐回位子時，她看見了剛在廁所悄聲說她壞話的兩人，她什麼也沒說，只是淡淡的，平靜的從旁走過，繼續上課。

星球上，小王子的玫瑰花是帶刺的，玫瑰說：「因為我要保護自己。」小王子於是給了她一個玻璃罩，讓美麗的玫瑰，能夠不受到風吹雨打的摧殘。玫瑰沒有對小王子笑。

隔天，清晨的光還濛濛的透著霧氣，筱芃卻早已從她充滿羅曼蒂克的浪漫小床上跳起。雖然距離Hello Kitty鬧鐘嗡嗡作響的聲音，還有好長一段時間，不過她已梳洗整裝完畢。平常夢幻般出現的母親，還在樓下張羅，看見衣著整齊的筱芃走下樓來，一時顯現了錯愕不可置信的神色。「爸，媽，早安。」彬彬有禮的聲音，跟她平常撒嬌作賴的表情很是不同。坐在精緻龍宮裡，客廳沙發上的父親剎時也感到吃驚。但精明的他很快的便恢復以往的冷淡神色，用那一貫的嚴肅眼神與冷淡口氣，定定的問，「今天有什麼特別要求嗎？」

「哎，筱芃難得早起，你應該要稱讚她一下才是，怎麼這麼問？」母親溫和略帶責備的說。但她表情比較偏向高興而不是真正帶有責備的意味。

「爸爸猜對了。我有事情要說。」

爸爸細長而有神的眼睛，這下連從報紙移開的意思都沒有，只是淡淡的問，「想要買什麼？」

「沒有要買什麼。」

「媽媽不會替妳請假，還是要去上課。」

「我會去上課。」

「才藝學習不可能減少。」

「我昨天預習完了。」

「喔，」爸爸抬起了頭，視線離開了報紙，原本整個陷落在沙發上的身軀略略的直挺起來，顯得十分感興趣。「我以為妳的要求只會有這些。」

「沒有。」筱芃頓了頓，「我要跟你們討論一下正事。」

「正事？」向來嚴肅的爸爸不禁失笑，「妳小孩子家能有什麼正事？」

「我要轉學。」

「什麼？」父親露出「我就知道」的表情，笑容也消失了。「還以為妳真的變乖了，要去上課，結果還是一樣，想轉學，理由？」

「這間學校不適合我。」迎著爸爸炯炯的眼光，筱芃鼓起了勇氣，把自己昨天排練多次的話，很吃力的，一字一句慢慢說出來，「我同學看我穿新衣服，說我在炫耀，送她們巧克力，認為我收買她們。可是她們爸媽說，一定要跟有錢人的小孩子交朋友，將來才有好處。這才是他們跟我交朋友的原因。我覺得這樣對我不好。」講完這些話，鬆一口氣的她，卸下努力學習父親嚴肅凝重的表情，覺得嘴角兩邊僵硬的就要抽搐了。爸爸看向她，沒接話，臉還是死板板的，看不出表情，默默的，似乎在思索。媽媽停下了正在倒牛奶的手，問道：「妳同學這麼跟你說話？」

「我在廁所聽到的。」

「我想想。」精明的父親說，一時間腦袋裡轉過了許多想法，但其實很快的便作下了決定。他沒想到事情變成這樣，聽到筱芃想要轉學的希望，當下只認為有校園霸凌、看不慣他們家有錢，或者，根本女兒就是驕傲太過，不想跟那些人相處。他一直很避免後面這點，因為他希望自己的女兒多點社會經歷與磨練，不能太驕縱。這樣她才懂得上進，自己努力，而不是一心只想要仰賴父母。畢竟，他們也僅有筱芃這麼一個女兒，視如珍寶，物質上的豐厚享受是父母的基本責任，還不算大問題，但個性與行為上的發展，就必須要小心翼翼的培養。不過筱芃說的話，讓他想起了他窮苦的小時候，也曾很羨慕班上有錢的同學，刻意去親近的事他也不是沒做過；不過，現下不一樣了，如今情況倒轉，有錢的是他自己與女兒。本來讓她就讀的，不過是附近名聲還不錯的普通公立小學。因為他想，讓她接受一般教育，體會普遍人的想法，這樣她不僅能珍惜自己所擁有的一切，還會加倍認真。他當年因為窮苦才如此努力。而他聽過太多例子，有錢的父母將孩子送往私立的貴族學校，結果孩子們整天只會吃喝玩樂，最終都成為好逸惡勞的敗家子女，他蠻害怕這點的，所以每次他看見筱芃偷懶，就忍不住要斥責她一頓，他可不希望將來自己的女兒落魄，潦倒，他希望自己的女兒將來幹練獨立、懂得保護自己，而不是溫室裡的花朵，被玻璃罩罩住的溫室玫瑰。

玫瑰說，我不怕，我有四根芒刺。我不怕風吹，我是朵花。

這時想來，或許那個決定有點思慮不周了。他確實沒這方面的經驗，本窮苦出身，所以不清楚私立的貴族學校有何不同，只直覺地認為公立小學，才能夠讓孩子體會人間疾苦，並加以訓練。但或許，時代在改變，身分亦是，如果其他人都以這樣的心態來接近他女兒，長遠來說，對她沒好處。不如將她送往貴族學校，讓她以後在經濟或政治上，有更好的人脈。至於嬌柔部分，就由他來慢慢訓練好。「很好，難得妳對自己的生活有主見，很不錯，爸爸答應妳。」他裝作是為了獎勵女兒有想法的作為，同意她的要求。

小王子離開了他本來的星球，他不知道自己為什麼要出發，但他就決定要這麼做了。他想要去冒險。旅途上，他遇見了喜歡發號施令的國王與愛慕虛榮的人，他對於這些人的想法，感到難以理解。直到轉軌機的看守人告訴了他答案：「人總不會安於他所在的地方。」

最後筱芃轉到一所比較遠，但口碑很好的私立貴族小學。筱芃內心歡呼，然而轉學，進入陌生環境的恐懼、之前感受到人群表裡不一的行為態度產生的困惑還在，加上很快將面臨直升國中的交接點，她開始不安與惶恐起來。正難以適應的當下，竟收到許多以前學校裡朋友的卡片，她有點混亂了，或許，她想，不管她們的出發點為何，交往的人群之中，也有幾個真心的吧。但她不能肯定。不過，新環境與新朋友，很快的佔據她全部心力。印象中，模模糊糊的只剩下，後來迎著那些人的笑臉，內心浮現「噁心做作、裝模作樣」，瞬間對她們失去來往興趣的心情。然而當時所強烈厭憎的人們與過去生活，都已遠遠的退到後面去，不重要了。跟以前不同，新人際關係裡，同儕間對名牌如數家珍，經濟、玩樂、書、玩具與衣服等，都成為彼此間熟絡的討論話題。這些都是以往的朋友難以與她對談的。筱芃本以為，她不快樂的原因，主要是自己高高在上的優越感，對於跟平凡人一起抬便當、倒垃圾，以及分享截然不同生活細節、玩具等的日子，感到不耐煩。若進入私立學校，與身分相近，氣味相投的人群在一起，她便會快樂起來。事實上，她確實很快的就打入新環境，擁有一圈好友，常一起嘻笑玩樂，日子似乎更顯得有趣。但另一面，在閃耀背景家庭下的孩子群，每天穿的新衣服、玩具、書籍、談起的家中裝潢等，讓她更目不暇給，自己本身那種超然的與眾不同全都消失了。雖然話題聊不完，不過筱芃在學校裡，再沒驕傲的機會，因每個人都一樣的光鮮亮麗，充滿年幼公主與王子的貴族氣息。角色似乎被置換了。其實也還不至於那麼嚴重，但有種強烈的失落感。她感到這世界並沒因此而有任何改變。相反的，新世界一會兒便又顯得無趣了。「這是怎麼一回事？」她問自己。

她很快打入人群，受到熱烈歡迎。可為什麼，心裡還是有搖動的不安，害怕隨時會失去，也無法真正的將信任投注給誰，似乎只是應酬的來往，內心的惶恐常膨脹，讓她緊張。「怎麼會這樣？」她明明擁有很多：父母疼愛，朋友歡迎，她到底出了什麼問題。筱芃用她小小的腦袋瓜，一直想，拼命想，試著去模仿爸爸那精明而嚴肅的臉，抬起下巴，然後一切答案與決定都會出來的臉。可是她想破了頭，也不明白，她想要什麼，是現在沒擁有的。最後，她推測，是否因為任何事她都不需要努力便能得到，所以她一點也不珍惜，沒冒險的樂趣，沒成就感，因爸媽都會替她做的好好的。她不會騎腳踏車，也看不懂公車的站牌。有次，她吵鬧說要學開車自己上學，（這樣就不用每次看爸爸臉色來接送），爸爸竟說，「妳能開車？在我車上只會睡覺，又不注意狀況，不行，太危險了，就算滿十八歲，也不給妳開車上路。」結論是，即便她成年，或許也不用學習機車或開車等技能。如果筱芃要出門的話，「爸爸載妳，不然請司機，妳開車我實在不放心。」

那到底有什麼事情她可以做的，上課，吃飯，睡覺，玩電腦？說穿了，她只想要找個機會來證明自己可以獨立的去完成某些事，不靠他人就行，她只想證明她自己。但這想法那時她還沒想通，只感到一點也不快樂，卻找不出原因。想起朋友都羨慕她，說她幸福。她若表現的不快樂，反而奇怪了。她拚命思索，卻找不到什麼是自己喜歡，又可獨力完成，不需要靠誰的事。她討厭依賴，像條寄生蟲般渾渾噩噩的活著。她想出去闖盪，可家裡總不准。這讓她覺得自己既沒勇氣又沒能力，不知該怎麼證明自己。而掌握在爸媽的手裡，滿滿的的行程，更沒絲毫所謂屬於自己的時間空閒，來思考自己要什麼。一點要學算數、音樂，課後有英語家教對談，而每個才藝的訓練，都請到這個水晶鑄成的龍宮裡，她週末沒機會出門。一到五就上課，學習各種私立貴族小學精心設計的課程，她甚至還會理財、烹煮牛排（聽說教授的廚師還是五星級飯店的合格廚師），在學校是雙語教學，課後還必須學習鋼琴與小提琴，她的生活充滿了學習，可這些都不是她自己想要。本以為轉到私立的小學後，會更快樂，確實，認識了話題都能接軌的伙伴，終於有點置身在適合自己地方的歸屬感。但她吃不消滿滿行程，爸媽更忙，多數時間，她只覺得又寂寞又害怕，以才藝來填補空缺的時間，也僅平添煩悶心情，並沒解決問題。內心存在的渴望，只想要偶爾能靜靜地，待在父母身旁，悠閒的度過一下午的美好時光就好。

可一見了父母的面，卻又沒有話題似的，生疏、冷淡，只會詢問課業與才藝，而成績稍有下降，便會被斥責一頓，然後就會聽到大人們說些，「我們辛苦工作賺錢，讓妳學習這麼多才藝，結果竟沒學好，不懂得知福惜福」之類的話。聽了再聽，聽進筱芃的心裡，也只有厭煩而已。空虛而孤獨的心，開始渴望起不一樣的東西。也許她內心本就是空洞洞的，所以她才要不停的索求來填補，向爸媽，或朋友，可就算得到了，也沒特別高興的情狀，有種「我吃飽了」的平常感覺，一點都不感到驚喜。她渴求未知、一些帶點危險氣息的東西。單純的心靈與腦海裡，不停閃爍幼時閱讀過的故事與奇幻旅程。她決心冒險，想要脫離家裡監視的牢籠，她必得逃，逃出去。逃往外頭花花綠綠的世界，只要有機會。不過說來容易，做來困難，筱芃根本就沒機會逃出這龍宮牢籠，只能在自己一些僅剩的時間裡，在網路上兀自遊蕩。有天，她發現網路上有種叫做聊天室的地方，在這裡，可以交到各式各樣的新朋友，讓她充滿新鮮感與樂趣。其實校園裡，擁有一堆朋友的筱芃，大可不必再尋尋覓覓，索求誰的陪伴與聊天，但她就是不能滿足。而且，每當她成功的打入新的陌生團體，成就感便油然而生，似乎這樣她才能證明她自己，在這個階段，能做的，也就只有這件事不受束縛了。然而久而久之，一旦開始熟絡，便又失去興致。於是她只好再度轉移方向，那時的她以為，她只是需要更多朋友，或許擁有了這些人的友誼，便能證明自己的價值、能力，有個歸屬感。並且，以此，可以一波波，如石頭的傾瀉，嘩啦啦，紮實而充滿的，填塞住她心中，那塊未知，充滿縫隙的區塊部分。

某一天，有隻狐狸出現在小王子的面前，跟他說了馴養的事情。

她瀏覽了一下聊天室開放的名單，看了上頭顯現的暱稱，天啊，真是俗到爆，小花小狗等的普通名字都取得出來，用這種名字的人，想必一點也都不有趣，因為沒有創意……所以她在長長的名單中，篩選出幾個，特別有個叫狐狸的網友，她很好奇。選中狐狸的箇中原因，她並不清楚，只依稀想到《小王子》裡頭，遇見的狐狸，彎幼稚的理由。但她幻想，她是小王子，正去尋找屬於她的狐狸。這或許是學校裡頭常舉辦的角色扮裝，cosplay遊戲制式化了她的思想所致。然而她毫無察覺，本能的因好奇而丟他，螢幕閃爍起橘紅燈號。不過，對方並沒馬上回應，過了很久也是。筱芃在電腦前等得有點不耐煩，突然感到緊張與挫折感。或許，對方並不想要理會她？

「嗨，你好。」筱芃又再次丟了對方。

「嗨你好，你叫筱芃？」對方問，回丟了。筱芃忽地鬆一口氣，笑了出來。

「對的，初次見面。」她沒想過在網路上要用化名。

「不，我們還沒見過面。」真幽默，她不由得對狐狸有莫名的好感。

「你的興趣是什麼呢？」

「平常就打電動，週末跟朋友出去玩，露營之類的。」

「哇！那真是太酷了，我週末都不能出去。」

「為什麼？週末耶。」

「都怪我爸媽啦，安排一堆才藝學習給我，我根本都沒有時間出去阿。」

「這樣啊，好可憐，我最討厭爸媽硬逼小孩學東西了，像我爸媽就不會。」

「真好，真羨慕你。我感覺我每分每秒都被控制住了，都快不能呼吸了，好恐怖。」筱芃聽到有人跟她抱持同樣的心態，覺得自己找到知音，所以，也不管還不知道對方的底細，就一股腦兒的把自己的煩惱與家裡情況都說了出來。沒想到，對方竟充滿耐心，聽她說話從不打斷。跟爸媽不同，爸媽根本不聽她說話，每次三兩句便打斷她，然後就詢問關於才藝與學習成績的事，讓她煩都煩死了。

大人的世界永遠只瞧得見數目，小王子難以進入那樣的邏輯。他喜歡那位點燈又熄燈的人，縱然他可能最不被人們所重視。

「別這麼灰心，或許，我可以幫妳想想辦法。」

「真的，有什麼辦法嗎？」

「暫時沒有，不過，妳要覺得煩，就留言給我，我會看，上線時回。」筱芃第一次覺得她空虛而寂寞的心，被水注滿般，充盈飽滿，變得很有力量。幾次對談過後，即便對狐狸真實身分一點頭緒也無，但她卻已十分信任他。開始幻想，對方是個如何溫柔耐心的人，每天沒跟狐狸說上話，就覺得非常怪異與不習慣。無意識的，狐狸已名列筱芃朋友名單上的第一位。

馴養開始了，狐狸說，首先，你要在每個固定的時間來，這樣我才會期待。

每天她最期待的事就是等狐狸上線，如果時間到了，對方還顯示離線，她會感到非常失望，焦慮不安，然後猜測狐狸為什麼沒上線。這幾週以來，她與狐狸的對談時間，已從本來的一小時，增加到三至四小時了，甚至更多，好幾次，她都聊到了半夜三點，還不會膩。不過有次，半夜起來上廁所的媽媽發現她的燈還亮著，本以為在偷看漫畫，結果其實在上網，被爸爸說了好幾天。真煩，真討厭。生了我就有權利管東管西嘛，我也有自由的權利阿。這樣連續好幾天的叨念，快把她逼瘋了，簡直是精神虐待嘛。真討厭，她心想，我要快一點長大，工作賺錢，然後才不用老是看著爸媽的臉色。一想到這，筱芃心想，其實她過得也蠻不錯的，至少跟別人比起來，她真是好上太多了，可這樣的念頭很快就被拋諸腦後。

因為她發現，狐狸上線了！！

狐狸對她真的很好，很耐心的聽她說話，回應也風趣，特別在父母嚴厲管教的部分，總站在她這邊，讓她有知己之感，對狐狸的依賴也越深，開始期待見到真正狐狸本人的模樣。曾要求他將照片寄送給她，沒想到狐狸竟回答他本人較好看，當面看才有真實感。「真實感？那我們每天花四五個小時時間的聊天，都沒有真實感阿？」，她問。「那不一樣，總之妳出來，就見得到了，如果妳真的那麼想見的話」，狐狸巧妙的說。筱芃確實不可能只滿足於線上的對話，就算在日常生活裡與她一同相處上課的朋友們，她都還有種若有所失的惆悵感。內心總空洞洞的發出迴音，填也填不滿，那到底是什麼緣故，她缺少什麼，她想要什麼？她想破了頭就是不明白，而沉迷於熬夜聊天的她，在剩餘接近起床叫號的時間裡頭，越顯得緊張而輾轉難眠，反覆做著雷同的夢境——

夢境裡頭的她睜眼，正如她夢寐以求，未被時間緊迫盯住，慵懶而悠閒的躺著，什麼事也不必做。眼光迴旋處，看見父母在遠遠的房內，不知在忙碌些什麼，那屋裡閃爍著輝煌的光，可能還有可口食物的香氣。她豔羨的吞了吞口水，喉嚨上下滾動，望向屋內溫暖的光暈，情不自禁的被拉引而去，一邊走著，一邊發現自己竟赤裸著雙腳，且衣不蔽體，行走在冰冷的寒夜雪地上，小小的腳掌踩踏出啪達的印子，一個接一個，在彎曲起伏的雪地上，連結成一直線。口唇乾裂得疼痛，只嚐到說不出霜寒的濃濕雪氣。她逐步靠近，接近了發出藍色炫光，透視房內的開口，她在這小窗上，呵出淺白的霧氣，靜靜靠在外面，踮起腳尖，舉起凍得發紫、貌似頭幼獸爪掌的手，搭在木褐色的窗櫺上，悄悄注目屋內人物的一切。時間刷啦啦地附和窗外飛散而過的雪花摩擦聲，開始滴溜的倒數起來。她好害怕，彷彿以前故事裡頭，為了火光隨時會熄滅夢想幻影的賣火柴小女孩，膽顫心驚的發抖，不停劃出一根根的火柴棒，以接續美好卻不真實的幻境。她也好忐忑，而且她找不到門。她沒能進去，她不在裡頭。摸索的窸窣間，火光嗤的滅了，畫面消失了，她卻沒什麼可供再繼續。

一驚醒，又睡下，眼簾快速闔上，眼球卻還不安穩的飛快轉動，她又作夢。此次，她仍仰躺著，充滿疑問的在夢境裡醒來，焦急尋找父母與房子的心情猶存，然而四下卻是片迷離的宇宙球體，暗黑，漂浮，晃漾，仔細摸索，觸摸得到的實體僅是她所倚躺的，一株如星光般燦爛的夜樹，靜謐而無聲的存在。有種什麼東西跑過去了，閃了個模糊光影。於是她拋下樹，追尋那移動的變化物體，追逐起來，像愛麗絲追逐兔子，跑動向前。可不一會兒，那光影忽地消失了，被宇宙的靜謐吞噬而去，一無所蹤。而她一個踩空，竟失了重心，晃悠悠飛落向下，手腳漫無目的，充滿驚嚇的四下抓動。然而模模糊糊的夢境裡，身旁僅有刷刷而過的迷霧烏雲，擾動萬分卻什麼也抓不到；即便握住，也輕煙般的消滅在手中，流經而過，飛上與她相反的地方。這讓她錯以為她或許在高高的天空上。然而四周沒有月光，暗暗地，詭譎的只漂移橘紅色的光芒，與濃厚的烏雲相擠挨著，團團環繞住她，她被包覆，天空中卻毫無施力點可供憑依，僅有些片段虛像，悠緩從她落下而顯得飛上的周遭，飛竄而過，看也看不真切。看似短暫的瞬時，卻又顯得漫長無止盡，她為此而發出了淒厲的叫喊，聲音被凝結住，消滅。然後她的身體再度輕飄飄，倏地繼續墜下，永遠也不知何處才會到底頭，下場如何，粉身碎骨，或其他。毫不可知。在夢裡，她為這茫然的徬徨與不安，哭泣起來。抽搭的一聲她流淚，驚醒，才發現，自己正在柔軟的床單上躺著，充滿香氣的棉被緊裹了她，纏裹到不能動彈。解脫似的，她吁出一口氣，然後恍惚，彷彿直接從現實裡透視進夢境——她看見了夢境裡頭的她，跌落在枯乾的樹葉上頭，抖擻出幾枚葉片的飛升。然而有兩片橘紅色的葉子，正穩當的落在她夢裡驚惶的雙眼上，蓋住，覆蓋得密不透風，什麼也瞧不見，她這才又醒來，真正回視到了現實。

醒來的時間，上課顯得太早，聊天又過遲，對方早已離線。她只好呆愣望向開機後，發著異色螢光的電腦面屏。想起自己近日來的反常，跟一個素未謀面的陌生人（不，狐狸已是她朋友，不是陌生人），暢談心事，聊到半夜，漆黑的一片夜色，不能被爸媽發現的黑色空間，只有敲打鍵盤的鏗鏘聲，映著藍白色的螢光，彷彿電影裡的超時空奇境，與魔幻仙遊入口。她真想這樣伸手，或鑽進去，跟著狐狸鑽進異想的奇幻世界。在那裡，她不必再擔憂上課、作業，與她毫無興趣的才藝學習。狐狸快邀請我進去你的異想世界吧，筱芃總在心裡這樣默默祈禱，可她從沒想過，要怎麼出去，當邀請來敲門的時候。今天。

「下禮拜我們要去一個特別的小木屋探險，要不要來？」

神實現了她的願望，回應了她的請求。筱芃非常高興。但，閃過的念頭，讓她鬥敗公雞般地垂頭喪氣，剛剛的興奮之情突然一掃而空。「我週一到週五都要上課，週末還要上才藝學習，哪有時間出去呢？」

「這樣好了，我有個辦法，妳不如就跟老師請病假，然後不要馬上回家，跟我們溜出來，一起去山上的木屋活動。」

「真的阿，那太好了，我想去！」

「那就來。」

「好。」

筱芃答應了，雖然她心頭滿是猶疑與不確定，一想到爸爸的嚴厲眼神與媽媽的溫和勸導，她就有點忐忑。可她再也顧不了，她想出去。不過，近日才因沉迷網路聊天，爸爸已經很不高興，說要讓她跟網友出去玩，應該更不可能。筱芃在心裡暗自推測。然而，她還沒有膽子大到未經許可就改變父母規定好的行程。於是，只好硬著頭皮試試看了，為了狐狸。

小王子來到了第七顆行星，地球。他首先就在沙漠上發現了一條蛇。黃蛇與他窸窣交談，而後彼此做了約定。

這幾天筱芃表現得非常乖巧，不僅功課與才藝學習的專注，獲得老師讚賞，平常懶惰成性的她，也開始幫忙做家事，整理東整理西，將自己本來夢幻般的公主小房弄的一塵不染，井井有條（以前都是亂丟一地）。精明的爸爸很快就猜到是怎麼一回事。「怎麼樣，我們的小公主這次又有什麼請求？」難得爸爸帶著微笑，用這麼和緩的語氣與她對話，看來這幾天下的功夫果然奏效了。

「下禮拜，我想跟朋友一起去爬山。」

「喔，好啊，跟哪些人，去那個地方？」爸爸隨口問道。

「欸，對吶，」筱芃此時才有點恍然大悟的，「我忘記問了，今天晚上上線時我⋯⋯⋯⋯」

「上線！」爸爸抓到了這個詞尾，眼神又恢復以前的精明，「該不會是那些不三不四的網友。不准去。」

「爸～」筱芃試著撒嬌，「我晚上問清楚就⋯⋯⋯⋯」

「我已經說不可以了。」爸爸開始張口吃飯，不理會筱芃的要求。她不知所措，不曉得該怎辦才好，望向媽媽求助，媽媽也只溫和的笑笑說：「你爸都是為妳好，網路上來路不明的陌生人多可怕！」然後就不說話了。那，要怎麼回應狐狸呢。筱芃懷抱忐忑不安的心情，默默的夜晚很快來臨。狐狸上線了。

「那天我們什麼時候去接妳。」狐狸說。

「喔，那天……」筱芃一時沒想到什麼藉口，吞吞吐吐的。

「怎麼，妳有事啊？」停了一下，「還是妳爸媽不准。」

筱芃不知道要怎麼回答。照實說讓她覺得丟臉，但她又不擅說謊。「下次有機會……………」她頓了頓，沒說出口的是，「如果爸媽同意的話。」她很怕這樣回答，狐狸會生氣。她不知道自己為什麼這麼在意狐狸的話…………可爸媽是不會讓她出去的。

「到底是什麼時候？不是說想見我，答應的事又反悔，沒誠意跟我作朋友？那以後都不要聊了。」狐狸加重了語氣。

「我要上課啊。」筱芃有些膽怯，慌張的說。

「就算不用到學校上課，也要學才藝，那根本不會有時間；就算有時間，妳爸媽也不會讓妳出來，對吧?!」

「…………」筱芃真是慌了手腳，她沒想到狐狸這麼厲害，全部都被他料中了。其實說穿了，並非狐狸料事如神，而是因為平常他都沉默寡言，劈哩啪啦說個不停的筱芃，自然所有事情都讓狐狸摸得一清二楚。她這時也不知該說些什麼，畢竟，狐狸說的都是事實，就算有時間，她也出不去。

「妳真可憐，是被爸媽關在籠子裡的小寵物。晚安了，小寵物，以後別再聊了，我不想跟只會活在爸媽底下的小寵物交朋友。」狐狸以很快的速度下線了，留下了筱芃一個顯示為線上的橘紅色亮標。

「喂，等等啊，你聽我說…………」可是對方已經沒有回應了。其他人丟她，她卻一點都不想回。狐狸突如其來的下線給她一個震撼，她覺得好難過。被狐狸這麼說，筱芃的心動搖了，確實，如狐狸所說，她是被爸媽豢養圈練的小寵物，雖然吃穿不愁，但行動卻一點都不自由。如今，她已被蒙蔽了雙眼，爸媽對她的善意保護完全被曲解了。而她所在意的，只剩下，「狐狸不想跟我交朋友了」的漩渦中，而這句話像條蟲一樣，在她輾轉難眠的夜裡，一直往她的心裡鑽，一直鑽。在她夢裡，狐狸從小王子旁邊走開了，越走越遠，怎麼也叫不回。

結束馴養的時候，狐狸哭了，小王子不願意看見他哭。

他好幾天都沒上線了。留言也不回。她的內心如碗般的凹陷下去。某日清晨，一臉睡眼惺忪的筱芃醒來，坐在餐桌前，桌上擺滿了可口的食物，可她卻一點食慾也沒有，意興闌珊、無精打采。

「怎麼啦？」正在添飯的媽媽發現了不對勁。

「是不是又跟那個誰聊到半夜所以精神不好！」爸爸嚴厲教訓，「早叫妳可以約同學來家裡，但要適可而止，半夜三更還跟那些不三不四、來路不明的網友聊天像什麼話？」這麼一說，恰恰刺痛了筱芃的痛處，她忍不住氣鼓鼓的回嘴「他才不是不三不四，來路不明呢？」

「喔，好啊，那妳說說看他們是哪些人？」爸爸放下碗筷，盯著她，直直的問，眼神銳利得恰似《哈利波特》裡的巨頭蛇，叫筱芃一瞬間變成了僵硬的石像，動彈不得。「…………」筱芃確實不知道狐狸的真實身分，她沒想到這一點，她所想到的，他是狐狸，就這麼簡單。而且也來不及問地方與他身分，聽到她不能來的消息，狐狸匆匆的就下線了，她根本就沒機會問。

「他…………他說他會來學校接我。」

「他是誰，要去哪裡？」

「…………」筱芃又是一陣沉默。

「沒話說了吧，連人家是誰都不清楚，去哪也不知道，八成是詐騙或是綁架！妳不准去。」

「爸爸說的對。那些人來路不明，陌生人多危險，妳要覺得無聊，我們辦個派對，請妳學校的朋友來怎麼樣？媽媽烤派給妳們吃。」

「不要！」筱芃有點任性，「我就是要跟他們出去，我要出去。」

「養個女兒真不知道感恩，竟然還會為了外人跟我頂嘴！爸爸像妳這麼大的時候，多辛苦的賺錢，妳現在吃好用好，竟然這樣。」爸爸的態度讓人覺得好氣憤，那天狐狸說的，「好可憐，妳是活在爸媽底下的小寵物」、「生妳養妳，但沒有限制自由的權力！」這些話語突然在她的耳邊開始嗡嗡作響。她感到羞愧、生氣，對於失去狐狸的訊息又感到非常焦慮，總總的情緒混合起來，與睡眠不足的暴躁，她整個人霍地站起，「我吃飽了！」然後衝上樓拿起書包，準備出門。一旁默默添飯給她的媽媽，此時也不知道該如何是好，拿著白色飯匙的手就停留在空中，「妳什麼都還沒有吃阿——」媽媽在樓下叫道。筱芃衝上樓的同時，還聽到爸爸生氣的咕噥，「別理她，我們太寵她了，脾氣才這麼壞。」筱芃收拾好了東西，理也不理還在用餐的爸媽，就要衝出門去。

「等等，等爸爸吃完開車載妳出去。」媽媽喚道，希望能挽回她心意。但此時正在氣頭上的父女兩人，誰也不讓誰。

「不用了，我自己走路去就好了。」

「讓她自己去好了，每天開車載她，結果一點也不知道感恩。」

「感恩感恩，整天就是要人家感恩，也不管人家的感受。」筱芃衝出門去，頭也不回。只聽得背後爸爸又是一陣咕噥。她一邊走，邊踢了踢路上的石子，石子被踢飛了，滾到遠遠的角落去。氣仍未消。收拾書包出門的筱芃，並沒打算真的到學校去，她心煩意亂的到處走走看看，既不看公車站牌，也沒在認路，漫無目的，茫然的走著。等到她回過神來，才發現，她已經迷路了。「早知道就讓爸爸開車帶我上學了。」因為習慣爸爸開車，筱芃一向只在車上沉思、發呆，根本沒注意路線。所以就算現在她打起了精神，也不可能完全記住路。這時她既後悔自己的任性與小孩子氣，又反省自己的態度真的很不好。她拿出了爸爸新買給她的手機，上面還有Hello Kitty的吊飾，另外還掛了些叮叮噹噹的小裝飾品，突然覺得內心很愧疚，爸爸是這麼樣的疼她，想要什麼就有什麼，不過這時真要打電話回家求救也太沒面子了。而且，她心裡有個陰影小聲的在說話，「是爸媽不對，生我養我，卻完全把我當小寵物在養，什麼也不准，管東管西，煩死人了。」這些念頭本來像個影子般小聲說話，然而之後，卻越來越強大。

雖然她也有想到，跟陌生人出去的危險，但，狐狸…………應該是個好人吧，他是那麼有耐心，不知為何，筱芃就有這樣的想法。她沒發現的是，如果要她舉出事證，她根本無法證明，而這種專屬年幼女孩，單憑直覺與幻想的美好，終於掩蓋住她內心的不安。她甩甩頭，附和她內心的聲音：「對，我沒錯，我不是爸媽的小寵物！我一定會證明狐狸是個好人給他們看。」越這麼想，她又想到狐狸，好幾天不上線的他，到底怎麼了。都在做些什麼呢。她往四周看去，都是不認識的風景，不過遠遠的，有個閃爍的地方。她緩緩的往那個方向走去。上頭顯示著某某網咖。還好記得帶夠錢出門，我真聰明，筱芃一邊自鳴得意，進了網路聊天室，驚喜的發現狐狸竟在線上！不知是不是故意，剛看到筱芃登入的瞬間，狐狸馬上就下線了，筱芃急急忙忙的丟了話。

「狐狸，你在嗎？先不要走好嗎？」

「…………」對方沒有回應，是不是真的已經下線了？還是不想理會她的緣故，筱芃認真的向天祈禱，狐狸還會看到她的話，並且回應她。

「狐狸還在生我的氣嗎？告訴你，我今天作了一件很了不起的事。」

「什麼事？」對方停頓一會過後，竟然回話了。筱芃高興的幾乎就要在網咖裡尖叫起來，但注意到旁人的眼光，筱芃連忙收斂。

「耶，你真的在耶。」

「是，那又怎樣。」

「那幹嘛顯示為離線？這樣我不知道你在線上，就不能跟你聊天了。」

「我不喜歡和老是依賴父母的小寵物聊天，不行嗎？」對方的語氣顯得很冷淡。「有事快說。」

「不要這樣嘛，早上我跟爸爸吵架了呢，因為我要捍衛自己自由的權力，你看，我真的不是爸媽養的小寵物，是個獨立的人。」

「喔，不錯嘛。」

筱芃本來對於早上對父母的態度還有點良心不安，可是現在竟然覺得有點自得意滿了，甚至帶點炫耀的意味。對方頓了頓，要輸入什麼話，卻又一直刪除，畫面反覆顯示訊息書寫中、書寫完畢，卻遲遲沒傳過來。狐狸想要對我說什麼，筱芃心想，是不是想要稱讚我，卻找不到話，她天真的內心掩不住興奮。

「妳現在在哪裡？」最後只有短短的這一句。

「我在某某網咖。」

「既然妳都不是依賴父母的小寵物了，跟我們出去玩。跟我，還有我的朋友。」

「好啊好啊好啊！！！！！！！」筱芃雀躍的在螢幕上打上了好幾個好啊跟許多驚嘆號，她等待這一刻已經很久了，更何況，她還可以見到狐狸本人！

「我去接妳，在那裡等。掰。」

筱芃盯著螢幕上的字句，滿心歡喜不已。而對於頻頻來電而震動的手機聲響，卻充耳不聞。「哼，讓你們擔心我一下也好，趁機溜出去玩，晚點就回去了。」筱芃負氣的想，一邊將手機關機。另一頭，筱芃的媽媽接到學校表明筱芃還沒到校的情形，她有些擔心，深怕平常都是被開車送上學的她不認得路，迷路了。撥了幾通電話，但筱芃都沒有接，最後直接轉入語音信箱。是不是還在賭氣，這個任性的孩子。本來充滿溫和光輝，總是笑著的仙女媽媽，難得的皺起了眉頭，轉打給筱芃的父親。還沒出聲，那頭便傳來；

「在忙，快說。」

「筱芃還沒到學校，也不接電話，不知道是不是發生了什麼事？」

「這孩子，」對方那頭顯得生氣，「她一定不認得路，又愛面子，反正她身上有錢，一定是到別的地方鬼混一陣子，等她氣消，晚點就會回家了，你等等吧。先這樣了。」說著便掛上電話。筱芃爸爸推測的一點也沒錯，只是，他完全無法預料到，在筱芃周遭，有哪些人，例如，狐狸。

狐狸說，我會在固定的地方等你。

筱芃已預先付了上網的固定時數，本想從容的，坐在網咖裡等狐狸來，但她就是沒來由的坐立難安，期待的焦慮讓她覺得時間好漫長。心神不定地在網路上搜尋一陣過後，便決定還是先出去等好了。畢竟自己也關機了，萬一錯過怎辦。一走出門外，夏日天氣焰焰地，非常晴朗，將站在網咖門口的筱芃，映照的鮮亮無比，彷彿是個立定在外，美麗絕倫的紙形人偶站牌。然而豔陽下，卻隱約有股涼颼的寒氣襲來，朝路人撲面而去。筱芃抬起手掌，斜斜地遮蔽燦金日頭的光線，瞇起眼，不自覺另隻手撫上肚子，此時才發現，自己因任性，沒吃早餐，走了大段路，在網咖閒晃多時，也還是什麼都沒吃，這麼一想，肚子更咕嚕作響，她餓了。正四下張望，想去買點食物。於此同時，一台黑色的Mazda 3慢速的靠近了，朝往網咖的方向，迎面行駛而來。筱芃一時只得拋下飢餓的心情，專心注目這逼駛而來的車輛，隨著車的緩慢移動，她很快的便辨識出廠牌，她認得這樣的車。爸爸最喜歡看車了，翻閱過的雜誌，總滿滿標上他特別愛好的車種，這台車應該也很貴。是狐狸接她來了嗎？正胡思亂想，車窗遠遠的搖了下來，對方正朝向自己的方向望，還沒開口說話，筱芃就按捺不住的跑過去，將手搭上低下的車窗，雀躍的說：「狐狸，你是狐狸對不對！我是筱芃。」

對方輕輕揚起嘴角，笑笑，沒說話，只點了個頭，示意筱芃上車。關上門，她發現，車上除了狐狸外，還另有一男一女。或許是初次見面的緣故，車內閉鎖的小型空間裡，瀰漫股尷尬不安的氣息。這大概是對陌生人的一般反應。不過她很快的，便面露笑容，與其他兩人打招呼。朋友嘛，根據她經驗，總對她奉承不已，不然，只要主動的釋出善意，對方也很快就能接受。所以她一點也不怕生，熱絡的與他們攀談起來。

「你好，我叫筱芃。」

「妳好，我叫其邁，叫我小麥就可以了。」那男生木訥靦靦，雖然五官長得清秀，卻給人一種唯唯諾諾的猥瑣感。「你好，我是燕子。」這女生則有著很豐滿、嬰兒肥的臉，兩隻小小的眼睛，活像肉包上的兩個小皺摺，醜死了，想到這個譬喻，她忍不住掩嘴偷笑。而坐在駕駛座上的主角——狐狸，從背面看來，很難看清臉龐，只能從照鏡的一角，看出他濃濃的劍眉與尖瘦臉型，比想像中還要帥氣耶！筱芃內心暗自祈禱旁邊那個肉包女，不會是他的女友才好。不知為何，她對這兩人，竟有莫名的厭憎感，甚至希望，今日前來的狐狸，是專載她一人而來的，當然事實無法改變，狐狸早告訴過她，是與朋友的一同出遊，但筱芃就是不由自主的興起想將這兩人驅趕出外的念頭。

「我們先到前面的超市去買點吃的吧，我請客！」狐狸說。

「好耶！」車內傳來一陣歡呼。特別是餓得發昏的她更覺高興，渾然忘我，完全沒察覺，她手機早已在奔跑至狐狸車內的路上，掉了下去，接後行駛而過的車輛嘎嘎的將她那充滿可愛吊飾物的手機碾碎過去，揚起陣陣的灰，將剩下的碎片掩蓋，消滅。狐狸的車在此時轉向了，筱芃也沒回頭。於是，他們跟隨狐狸，來到某個7-11，挑了許多零食麵包，清秀男拿了品客洋芋片與罐裝食品，肉包女則選了幾顆熱騰騰的茶葉蛋與關東煮，拿在她手上，冒著熱氣的食物把她的臉蒸的更像顆揉爛的肉包。而狐狸說是要找車位，晚點才進去，不過，筱芃發現，他後來什麼也沒買，就逕自的走向櫃臺，替他們付了帳。當下她也沒多想。也許他不餓吧。回到車上，充滿食物香氣的車內一派歡樂氣氛，鬧烘烘的互相交談取笑，肉包女跟筱芃都神色愉快，清秀男臉上也難得露出一絲笑容，唯一不變的狐狸仍舊一臉漠然。但當下要去郊遊的欣喜心情，濃烈得沖淡她所有不安的思緒。

小王子開始懷想起他原本的星球。

上次爸爸開車帶她出去玩，不知道是什麼時候的事了，記得是個山邊的溪谷，爸爸開了好久好久的車，她在迴旋的車道裡打盹，然後慢慢的睡著，醒來時，只見寬闊的河邊溪谷，以及大片的平坦空地。媽媽從車後拿出野餐用的所有小點心，爸爸則取出她最愛的人形風箏，這可是上次宜蘭童玩節，特地去幫她買的。人形的風箏穿著中國古代的服飾，頭上梳著古典髮髻，眼神五官都非常精緻細密，活靈活現，當她在寬闊的河谷旁放起風箏，飄盪的人形彷彿仙女飛昇、輕盈搖擺的靈魂，光線穿透過去，顏色顯得更加豔麗，好美，好漂亮。媽媽在河床溪畔上鋪起餐巾，擺上爸爸最喜愛的蜂蜜鬆餅，筱芃的藍梅餅乾，及一些水果、三明治等，全家就這樣邊吃，邊看她把風箏飄向遠方，快樂的來回奔跑。可是自從爸爸升上經理後，這樣的機會就變得很少，不，可以說幾乎沒了，最後都是早上開車出門或偶爾吃飯時候，才見得到爸爸。媽媽也有她自己要忙的事。他們說她現在只要專心唸書就好，多好。是呀，多好，可為什麼心裡總空空的。這時候怎會突然想到以前與家人出遊的日子，大概是因為難得有別人開車載她吧。

「我們等等要去哪玩呢？」她問。

「到了妳就知道。」

「先講嘛先講嘛～」大家起鬨道。可狐狸只隨意的由嘴角泛起一抹微笑，並沒多說什麼。狐狸總是這樣，凡事都喜歡賣關子，之前也不願意把照片先給她看，還藉口當場見到，才有真實感，讓人驚喜。這或許是他一貫的個性吧。她想，其實她對狐狸也一無所知。清秀男此時竟也閉口不講話了。問他什麼，只會說：「就都聽狐狸的意思吧，他去哪，我們就去哪。」怎麼這樣，這回答好像是條狗喔，主人跟到哪，狗就跟在後頭搖尾巴，盲目的跟從，筱芃打從心裡瞧不起他。忍不住做勢以手在他背後，比出了小狗嘴巴開合的情狀，汪汪，她在內心暗自發音，學起了狗叫。那個長相平凡的肉包女，也只會傻傻的瞎起鬨，笑起來，鼓起來的腮幫子把眼睛擠得更小。到後來，大家都陷入了沉思，也就不互相說話了。好吧，至少——今天終於看見了狐狸的真面目，還能與他一同遊玩，這也算好事一件。她只能這樣的安慰自己。然後不知不覺間，她打起了盹，放鬆得如同小時候坐在爸爸的車上，慢慢的，慢慢的，在往山上的彎道上睡著了。她不知道，媽媽與學校，此時還不停的要打進她，如今只能轉入語音信箱的手機裡。聽著逼的一聲過後，開始喃喃講述「筱芃，妳在哪裡」的留言。

醒來時，天色還大亮，眾人在狐狸的叫喚聲中悠悠醒來，這才發現不知何時，已換成清秀男在開車，狐狸則坐在她前頭的副駕駛座。不遠處有座小木屋，大概就是目的地，然而附近雜草叢生，荒涼破敗，似乎很久沒人居住了，這，就是我們要來的地方嗎……比我家要破舊一百倍耶……筱芃沒把話說出口，但臉上難掩失望的表情卻一覽無遺…………什麼嘛，難得出來玩說。不過肉包女倒顯得很高興，清秀男鬆了口氣，對她尷尬笑笑。狐狸則是一如慣例的面無表情，說：「走吧，妳們先進去。我跟小麥把後頭的酒拿出來。」

「原來還有藏酒阿，那應該比較有意思了。」筱芃這才釋懷，原來狐狸才會什麼也沒買。但當她跟肉包女拿著鑰匙走進屋內時，迎面而來的骯髒破敗與怪異感覺卻讓她們嚇得倒退幾步，難以多前進些…………這屋子一定很久沒人住過了。確定要在這裡…………野餐玩樂嗎？看外表古色古香的樣子，若內部擺設有三峽老街那種懷舊風采的器具也很不錯。可是，在她們眼前的，不僅是棟骯髒又破舊的不起眼民宅，還有股塵封已久、鬼氣森森到令人作嘔的氣味。她們沒來由的本能自動倒退，嚇得筱芃突然想回家了，別管面子不面子了，至少，她很確定她不想待在這裡，恐怖，噁心。又不是八大電視台轉播的鬼宅大冒險，她不想玩了，但肉包女不知是驚呆了，還是天生傻勁，用很愚蠢的表情，一臉茫然的等待其他兩人進來。

「欸，我想走了，這裡好怪。」

「我們才剛來耶。」

「我說了，這裡好怪，妳不覺得嗎？」肉包女沒接話，筱芃於是反向思考，難道自己平常養尊處優慣了，所以一時間沒辦法適應這樣破舊髒亂的地方？在她眼神的逼視下，肉包女終於出聲：「是有一點啦……………」頓了頓，接著說，「可是，這樣會不會對小麥他們不好意思？他們開了很久的車。」

「管他的，我只想離開這裡。妳不要，妳就留著吧。」話雖講得嬌縱，盛氣凌人，但筱芃不過虛張聲勢而已，內心其實害怕得緊，滿心希望肉包女能與她一同表示要離開，或者，一起離開。如果只有她一人的意見，或許不會被採納；更何況，她根本就不知道路。不然，打電話叫爸爸來好了，爸爸或許會聽她的，這個念頭一浮現在腦海，她便開始在背包裡四下摸索，尋找手機，可是，不管再怎麼找，就是找不到，她就是常這樣，忘東忘西，所以爸爸才會時不時念她。

「手機呢？」到底在哪裡…………不過不等她釐清思緒，思索手機掉落或遺失的各種可能，後頭的門呀的一聲被打開了，她們聽見窸窸窣窣的腳步聲，肉包女才轉頭，似要轉述筱芃的意見，前方卻突然一片昏暗。而筱芃後頭也跟隨清脆的一聲悶擊，咚，世界旋轉起來，小木屋內的老舊燈泡被什麼勾到，晃動幾下，明滅不定的昏黃燈光閃爍不停。暈眩中，她似乎聽見了手機上Hello Kitty吊飾及其他叮叮噹噹的精緻小物，嘩啦啦掉落地上的碎裂聲音，接而又看到地板上，她剛剛覺得很髒很噁心的髒污圓點，越變越大。然後就什麼也不知道了。

那天，小王子履行了約定，在一年過後，回到原本降落的地方，黃蛇正張大了嘴等他。小王子面向天空，朝他的星球看，開始覺得身軀好沉重。

突然恢復意識的時候，不知是怎樣的情況，什麼時候了。只覺得身體下面陣陣劇痛，筱芃最後記得自己剛剛的念頭是想回家，不過頭暈呼呼的，刺麻的緊，身體被什麼壓住了，想要移動，卻動彈不得，睜開眼，卻模模糊糊的什麼也看不清。她使盡所有力氣，努力的去睜大眼，終於在片破碎的昏黃裡，瞧見了狐狸尖瘦、帶著劍眉的帥氣臉龐在她前方不停晃動，可是此時她感覺狐狸一點也不帥了，相反的，反而有種冷冷的，讓人恐怖的淡漠，下面接續傳來的強烈劇痛讓她更清醒些，她瞬間明白發生了什麼事，就算她還小，不過十三四歲，但這點常識她還是有的……狐狸，正要對她作那件事，不，正確來說，是已經、正在……想到這，筱芃拼命掙扎，還來不及後悔沒聽爸爸的話，便已本能反應的，手腳並用，拼命亂抓亂動，試圖推開上頭正喘著粗氣的狐狸，可是她的力氣太小，頭又很痛，所以根本無濟於事。「好痛好痛！」筱芃大哭出聲，從小到大，她很少哭，就算再委屈也是，因爸媽不曾給她痛苦過。可狐狸並不像她父母說說就了事，或因為她哭就停止動作。於是事件持續發生，狐狸的喘氣呼在她的臉上，整個世界熱烘烘的，讓人很不舒服的窒悶感。不放棄的筱芃奮力抵抗，無意間，往狐狸的臉龐抓了過去，手上指甲內，有了點什麼，緊塞的觸感。燈光昏暗不明，然而她從小窗微微透進的光線裡，看見了狐狸臉上幾條清晰的血痕，這下狐狸真的很像帶著鬍鬚的狐狸了。但這想法現在一點也不有趣。筱芃一心想的，就是要離開這裡，但，狐狸的身體好沉重。而本喘著粗氣，因顏面上傷痕突然停下動作的狐狸，沒有發怒的神色，只死死的盯向她看，這不言說的沉默更讓人恐懼。然後對著她的臉就是一陣猛打，一個巴掌，兩個、三個……疼痛到筱芃根本沒法思考到底有幾個巴掌了。然後她身體倏地像條蛇般被拖拉到地板上。（那個骯髒的地板！）背部很冷，地板冷冰冰，她禁不住一陣顫慄，也許因她沒穿衣服的緣故，感覺更為強烈難受。她緊抱住身軀，試著想要逃跑，可腳卻不聽使喚，被狐狸死死抓住，狠狠的拖行，像一隻為王子裂開後尾成就雙腳的滲血人魚。很快的，她的頭撞到床腳，撞到地板，下面更痛……漸漸地她已然消失所有力氣。四周昏暗，所有的東西都在搖晃，以同心圓的方式漾開，接下來則什麼也看不到，脖子跟手涼涼的，不知被什麼摸過。然後有種水滴咚咚的聲響。滴滴答答流個不停。原本很小聲，斷斷續續，接著逐漸變大，變強，好像有什麼在靠近了一般。炎熱的夏季，不知什麼時候突然開始變冷了，颳起了冷風。將山林的樹葉捲起了一陣一陣。

＊＊＊

他到現在都很記得，那是個燦金日頭的黃昏，斜斜的日光即將落下，遠遠看去，有漂浮的虹彩與逐漸隱沒的落日。那抹落日非常鮮豔，豔紅澄金，像老家旁的巨大車輪，緩緩滾下山坡去。這讓他覺得自己正漂浮在雲端上，不，漂浮的緣由，在於駝著他的水牛徐徐前進，晃動卻又安穩的移動。他瞇起眼，享受這一刻。希望時間永遠都停留在這瞬間，不要變動。牛甩甩尾巴，拍掉牠身上的牛蠅，發出一絲不耐的哞叫，他搔搔頭，是該到了回家的時候了。他的工作是看顧水牛，注意讓水牛在特定的地方行走，他只依稀的記得，應該就這樣，然後日落時分將牛牽回遠方山坡上的大屋裡，一天的工作就算完成。他還小，也正因他年幼，所以工作才這麼輕鬆。有時他總看見那些辛苦的叔叔伯伯們，彎腰幹活，嬸嬸們也是。而她們常揹著一個個比他年紀更小的孩子，彎曲的身體在水面上看來都差不多，歪歪斜斜的，像一尾尾扭曲的蛇。鄉里的蛇都在草叢與土屋裡出沒，出現了就要快點逃開。可他也曾聽說，只要抓捏蛇頭七寸的地方，牠便會任人宰割，因牠既咬不到你，更沒法動作。他還沒遇過真正的一條蛇，所以一切只憑猜測，道聽途說。農村裡，孩子總聚集野放在一起，像盆灑落一地的彈珠球。他搞不清誰才是他的親生父母親，四合院裡，並不分你我，所有的孩子都被集中起來，大人們工作，小孩則幫些閒活，不然就隨意放任，自然會有人來照顧。

他常玩得滿身泥巴，髒兮兮的，然後被斥責說是個野孩子。可現在，那些曾替他抹去過手、臉、身上，骯髒泥巴的大人們，他一點也記不得他們的臉了，都模模糊糊，白稠稠的晃動。他們說，怎麼這麼貪玩，玩得全身泥。他總咧著嘴笑，很頑皮的模樣。現在他再沒機會讓人這麼做，也什麼都想不起。只能在夢中，悠緩的看向落日。變化發生時，他沒印象，只記得後頭被什麼擊中，很痛，刺刺麻麻，眼冒金星。然後世界就不一樣了。四周黑黑的，什麼也看不見。有雙肥厚的手，皮膚粗糙，從後頭抱住了他。一點也不溫暖，冷冷的，冰凍如田裡插秧的水氣、妖怪的蹼掌，緊緊扣住他。想哭喊，才發現嘴巴被捂住，發不出聲。四周還在搖晃，但不是平常水牛背上，溫熱皮毛的感覺。他聞到清香的稻草味—平常打穀時，在上面跳上跳下，發出的氣息，但現在的他不能跳，連動都不行。眼前一片黑，胸口窒悶，臉上被蓋住了什麼，尖尖刺刺，搔的他好癢。他動不了。

貳、光，從這裡前進

在台大附近的租屋處裡，一間老舊公寓，外表圍起了鐵欄杆，類似台灣普遍為了防堵小偷所做的加裝處理，直豎的將公寓的外圈包圍，故而看不太清公寓的外貌，若在黑夜中，遠遠看去，會很類似中古歐洲的歌德式建築，外圍圍上尖刺般的防衛，但其實，那也不過是將公寓封鎖成整個密閉的空間而已。另外，公寓分有六個樓層，而從邊側剝落的水泥牆磚看來，早已經歷了不少歲月。三四樓的陽台上，尚擺設許多盆栽，那綠意盎然的枝條，四下凌亂的攀附在方才所見的鐵欄杆上，大概很久沒有人去整理了，還有些零落的土灰痕跡；而其他幾樓，不知是否因無人居住的緣故，所以對外的窗口都用瓦楞紙貼住，並用黑膠布貼起了一個個的叉叉。很難想像台灣首府的台北，亦有此等破舊房子，然而事實上，這種需要改建的房子，在台北實屬常見，大概都在等待政府能出資重建吧。不過，坪數寸土寸金的首都之地，即便如此樣貌者，若租用亦不會便宜到哪裡去。在三樓陽台上，盆栽特別多的那戶，如果不仔細看不會發現，盆栽後頭晾曬了許多，隨風飄揚鼓盪起來的男性汗衫、無袖運動衫等運動類衣褲，看來是這棟唯一有人蹤的住戶了。再往裡頭看，不知是不是當年隨政府來台的老榮民，還是其眷屬，守在這破舊的公寓裡頭不走。然而更往前走，發現老式門口貼有大大囍字的小套房內，充滿木頭的淡淡氣味，地板是打蠟的石子板，符合台灣老舊房子的營造風格。狀似新娘房的內裡，幾層薄薄的棉被，正覆蓋在一個男子的腳上。屋內充滿了台北房子特有的濕氣霉味。在懷舊氛圍下的藍色被單中，並無成雙的身影，既非老榮民與其榮眷、或年老長者與外籍看護，而僅是個看來睡相極為不佳的男子。

男子睡得極沉，在寂靜而破舊的小公寓裡鼾聲如雷，棉被拉扯蓋住腰的部分，露出了一雙毛茸茸、黑黝厚實的雙腳，上半身則睡成偏側的大字型，雙手微微曲上，臉部則正朝著內部的牆壁。牆壁上頭充滿了斑駁與掉落的油漆漆痕，甚至還有因濕氣緣故而使漆突起處處的「壁癌」。另一面的窗戶，則是古老的半透明窗，搭配老一輩最喜愛的長型窗簾。這房子的一切都與都市化、現代化聞名的台北，顯得格格不入，但「它」就是在這裡。忽然，那名男子側過了本來面向牆壁的臉，略略轉了個頭，用手摸摸鼻子，搔頭，似乎終於有點要清醒的樣子了。這才看見那是張年輕男子的臉，頭髮硬刺刺，臉上充滿古樸的線條，嘴唇有些厚，老一輩的人相信這是有口福的象徵，眉毛亦濃，不過搭配起來，卻給人有種土裡土氣的感覺。很難想像竟會有年輕的男子居住在這樣的地方，可是四下望望，其實除了老舊外，雖是擺設簡單，但廚房衛浴設備、陽台等，都還算一應俱全。睡在裡頭顯得與其年齡極不搭調的年輕男子終於醒了過來，微微睜開眼。他的眼珠算有點大，可睫毛與眼尾順揚成些微的鳳眼形，據一般擺攤的算命師所言，此種面相，將是大富大貴人物。可跟他現在的情況一點也不合。男子像還有點疲倦似的，意興闌珊的起床梳洗，隨意的把水往臉上抹了抹，刷刷牙，穿著人字拖，也就出門去了。而客廳巨大的時鐘，正敲打著一點的整點報時。他走了出去。

年輕，外表帶點土氣的男子，名字叫做以太，陳以太。

背景為來自台灣南部農民之子的以太，名字似乎有點特殊，與台灣高居不下的菜市場名，家豪、志明等完全扯不上邊，一點也不普遍，但要說明其特別之處，也說不上來。他曾在秋收的親戚聚會裡，問過有關他取名的意義，但得到的結論根本不足以解答他疑惑。

「我們的輩份按祖譜排名是以字輩嗎？」

「不是。」

「那麼……是以泰，否極泰來的意思嗎？」

「也不是。」

「那為什麼？」

其實他也不是非常在意這個問題，只是每次被點名，或書寫時，常被寫錯成「以泰」、或「倚泰」，然而真要解釋名字意義，他又說不出個所以然，只是覺得重複性的回答制式問題，讓他不耐煩而已。有次，終於問到遠房父輩的一個叔叔，給了他滿意的答案。「以太，在古典的科學界來說，是宇宙組成物質的最小單位。」他頓了頓，「你有個過世的遠祖父是科學家，他替你取名的。」

這樣啊……以太突然茅塞頓開，可他心裡想著的，那這麼說，原來我是組成宇宙物質基本單位的換算呢，既不是祈求否極泰來的吉祥意義，也不是按照輩份，加上他的姓氏——陳，這個在台灣普遍大宗的姓氏，他當下覺知自己，「是宇宙中一個既渺小又不起眼的一份子哩」。台灣諺語說人如其名，或許這也是他個性上甘於平凡的由來吧。雖然等年紀稍長過後，他發現這說法並不十分正確，然而邏輯卻早已根深柢固地存在他腦海之中，久久不去。另外，以太私下想的是，甘於平凡並沒什麼不好，他一直都這樣認為，人為什麼一定要遵循社會眼光，努力地去扮演一個轟轟烈烈、名列青史的偉人，那樣是多辛苦的事。在他小時，也曾有過懵懂的年幼時代，學校老師擺放在教室書櫃裡頭的書，多是些偉人事蹟與成功名言錄，他對那些從不感到興趣，只覺得非常奇怪。同儕因閱讀這些書籍而全身散發出的熱烈光彩，他更遠遠不能想像。老師口頭上也常鼓勵，說多看一些偉人事蹟能激發小學生「上進」的心………但他看了以後卻一點感覺也沒有。

在以太的想法裡，這個世界，沒有平凡人哪襯托得出偉人，全世界都是偉人的話，那「人種」不也都一模一樣了，拚命流血流汗只為了跟別人不一樣他可以理解，都這麼辛苦了，結果還是跟別人沒兩樣，那到底有何差別。在他年幼的心靈裡，既沒偉大的志向，也沒高遠理想，只覺得能平平凡凡，養得活自己，不就夠了。人生才短短數十年，玩樂都不夠了，哪有時間想到其他？

所以他升學路上，總是成績平平，低空掠過，「有過就好。」這是他一貫的信念。所以當他破天荒上了台大，家族與教過他的教師們直呼不可思議，甚至整個鄉親還替他放了鞭炮，真的……有這麼誇張嗎。他這時想，也許那些偉人並非是因為天生勤奮而上進，而是因為這種成功得來的驕傲感使然吧。不過，偶爾有這種感覺好像也挺不賴。只是，他的人生方針一直都沒有改變——就得過且過吧。

一走出去的世界，與剛剛的寂靜破舊截然不同，是充滿喧嘩聲響的異世界。走了約莫五至十分鐘的距離，就可以看到台北公館站的捷運出口標示。有時候走錯了，便會在川流不息的人群車潮當中，被人推擠著前進，像一團緊挨著的沙丁魚，慢慢的被推往人潮的移動方向。以太還有些不適應，有許多緣故——新來至此，以及不喜歡這般人群湧動的模樣。

距離他破舊公寓到台大門口的中間距離，如果以yahoo地圖設定來說，公寓為A，台大門口為B，則處於A與B的中間點上，會有一個長長的地下道，特地供行人所使用。地面上是專給腳踏車及車輛行駛的，過於危險。而地下道前，是站前街與熱鬧的小吃攤販聚集部。時間還早，站前的小吃部群，零零散散的都還沒有開店的意思，倒是街道上的服飾店，已然熱鬧的營業了。上頭擺滿了漂亮的人體模特兒及最新潮的服飾，然而以太對於女性服飾一點興趣也沒有，夾雜在花枝招展的少女群中，更讓他顯得有些尷尬，於是他快速的在這花花綠綠中四下穿梭，摸摸頭，隨意的走入夾在成排服飾店上，一間低矮而下的地下書店。可是，書店嘛，都不去上課了，還看什麼書。但他也沒多想，就是簡略的瀏覽，翻翻看最新上架的書籍。不過這些書，不是艱深的令人難以卒讀，就是無趣到僅限於作者個人的低喃。他抬頭看到了標示暢銷的宣傳，再將目光對上手頭上正翻閱的書籍………這樣的書也有人寫，不過，還有人買才叫人吃驚。他只能說，現在人的品味真是特別到令人難以理解。一邊緩慢行走，想到那些書背後的標價，一邊不禁搖起頭來。

今天還算在開學週內，應該要去學校露個臉。不過，來到一個新地方，就只有上課這件事好做，那多無聊。他感到很不願意，對他而言，先認識環境，到處走走，這才是最重要的。上課嘛，自然有的是時間。遠離家鄉，來到算是完全陌生的都市，最大的好處，不就是擺脫家裡的控制，像個乖乖牌馬上就去上課那不等同又進了另一個牢籠，他才沒那麼笨哩。既然沒有要上課的打算，雖然這樣的念頭覺得很對不起自己辛苦的父親，但甫上大學，有如脫韁野馬，想要玩樂的心，終於戰勝了心中不安的罪惡感。反正我在這裡老爸又看不到，他不會知道的。以太心中如此想，然後也就釋懷了。

這是他第一次來到傳說中的繁華都市，台灣首府——台北，四下輝煌的炫光，還沒有特別的吸引到以太。他當下比較劇烈的感受，倒是終於有專屬自己空間與時間的滿足感，大大鬆了口氣。窩在他自己的小世界裡，感覺到前所未有過的祥和寧靜。雖然公寓相當老舊，但他已心滿意足。過往緩慢睡到自然醒的憧憬總被罪惡感的內心重擔與苛責沉沉壓住，四下也老充滿注視的眼光，他無能自由運用自己的時間空間而不受打擾，如今向來的心願夢想成真，內心真有股說不出的高興。更何況，在台北地價租金如此高昂的地段，他甚至不需支付租金，也不用擠進宿舍裡，忍受四人一房的喧鬧，他為自己感到慶幸。而帶給他幸運與這間公寓的人，正是那位替他取名的遠祖父輩，生前留下特地指名要給以太的，雖然箇中原因他並不清楚。說起來，以太與這位遠祖父輩的緣分不淺，可他們之間既無特別親近的血緣，也根本沒見過面，為什麼那位遠祖父輩會有這樣的舉動，他一點也不明白。他純粹的，只是對於這個「天上掉下來的」禮物，覺得感恩。

家裡不過是南部種田的小農民，父親就是國中課本內會稱揚的，那種勤勤懇懇、胼手胝足，將自己曬得黝黑厚實的好農民形象。然而在這種美好虛像的背後，其實以太家收入並不穩定，算起來，應該要歸咎於台灣政府對於農民待遇的漠視，不僅對於進出口的苛稅沒有確實，並且，自從二〇〇二年加入WTO以後，情況更是雪上加霜，這是以太後來才知道的。台灣當年加入了WTO，美其名進軍國際，但另一面，對於農民的利益相關與損失，卻是完全沒有考量到。造成了他們收成的農作物物價過於低廉，甚至需要到賤價出售，也常免不了慘賠的結果。故而即便像他們這樣勤勤懇懇、老實的農民，在付出與收成上，也總完全不符合正比。

近來甚至聽說有北部新貴開始流行大量收購南部廉價農田地，雖然政府明令農田不得成為建築物的建地，以免圖利建商。然而事實上，還是有漏洞可鑽；可以改建成停車場，既不算建築物建地，不違反法令，申領執照後，又有合法的停車場收入，利潤還是頗為可觀。這些事情，都是以太沒有動過腦筋要做的，所以聽到這樣的事，他只覺得非常困惑。

鄉里都是些老實人，從不懂得什麼機關算計，但自小看著，即使父母雙親過著日出而作，日落而息的勤奮生活。他們家還是常有捉襟見肘時候，都必須靠著親戚們彼此救濟支援。可是眾農民，也頂多不過三餐溫飽而已，要說能夠有什麼大積蓄，是完全談不上的。照理說，在這種環境下成長的以太，更應該會有勤勉向上的氣質，如同那些偉人書籍所說，功成名就源於他們困苦的幼時經驗帶來的啟發那樣。但相反的，以太的想法上卻是，既然這麼勤奮都沒有什麼好結果，那人生又有什麼好努力，如果一切都注定好，都沒有改變的機會，又何苦流血流汗，真有解決的辦法，有機會成功，才值得一試。不過，這樣非有實際作用與效益決不出手的謹慎，表現出來的就是，不僅沒有遺傳到父母雙親勤勉的優點，反而看似就是個天生好吃懶作的傢伙。其實在某個層面上，他並不否認這一點，甚至有時，自己也這麼認為，他就是這種人，真是這樣的吧。他想。

不過他可沒有太多空閒好吃懶做，現實逼迫在眼前，身為家中獨子的他，每每清晨五點，天未濛濛亮，父親即將準備出門時，總會將他一併挖起，雖然那時以太總還想賴在床上，也無可奈何。清晨五點的時光，真的很冷。即便是夏季，冬天更不用說，四點半的鬧鐘，他總是按下後，繼續蒙頭大睡，其實也無法睡得安穩，暗地裡，偷偷看著鬧鐘，四點半、四點四十，四點五十，每隨著眼皮的偶一睜開，時間便會更往前地推移而去，在這狀似眨眼的瞬間，他卻常感覺到時間的悠久漫長。特別的是，他會於此時，不知什麼緣故，隱隱約約看見一片正要插秧的水田。夢裡的水田一片金光燦爛，閃耀著永不落下的金色陽光，這讓他總有睜不開眼的刺痛感。陽光映照著，落在那一畦一畦的秧田之上，水面上是父親彎彎曲曲的低矮身影。那時的以太，卻只趴覆在一頭黃褐色的巨大水牛上，旁觀父親的行動，父親低著頭，看不清有什麼表情，水面上的倒影也是模糊的。水牛極為緩慢的行走著，像是怕驚擾了他的夢，但牠會搖搖擺擺的甩動牠深黑暗紅的大尾巴，發出咩咩的聲響，藉此驅趕賴在身上的牛蠅。

以太在上面笑，看著，什麼也不做。

時間就這麼停頓在這一瞬間，空氣中漂浮著金色水田、插秧青翠秧苗的泥水與青色氣味，淡藍色的天光淺淺的，他的舌尖似乎可以舔舐到那滾動水珠的甜膩感，間或有與此氛圍不搭調的牛糞氣味與落下的啪達聲響。然而吸引夢裡以太注意力的，是時辰。他猜想，這必是很早很早的清晨，故而身上總有似是自內而發的寒冽氣息，凍得他發抖。然而父親卻是短袖衣物，額頭上還落著豆大而晶瑩的汗珠，滴滴落在金色的秧田水面，發出咚咚聲響。以太抱緊著那不停甩動尾巴的大水牛，撫摸牠略硬的毛皮，牠的身軀此時顯得非常巨大，皮毛底下的溫熱感一陣一陣，讓他不願意放手。他就這樣側著頭，眼望父親勞作的彎曲身影，逐漸的在水面上晃動起來，而自己則是看著金色陽光一條條、迂徐的在身上游動，舒服的瞇起眼，沉沉的進入夢鄉。然而這才是夢醒的時刻。現實中父親達達的腳步聲總會快速逼近，讓他一陣心慌意亂。「起來了，你這懶東西。」父親常是嚴厲的站在門口如此說著，或是早已一把掀開棉被，注視以太熟睡的臉。掙扎於夢境的他，總會嚇得一屁股坐起，頓時清醒的瞬間，還殘存著夢的餘溫。不過，當下他最想做的，不是重回那燦爛的夢境，而是非常想要直接的告訴父親：「我們做什麼都沒用的，就算起這麼早，那麼辛苦，還是不能解決問題的。」

可以太從沒有勇氣說出來，倒是怯懦地執著於，那個反覆的夢境，不知那是否是小時候的記憶，所以才會如此不經意卻又高頻率地顯現在夢裡。他曾向父親說過，但老實的父親卻是搖搖頭，否定他的想法。「在爸爸的年代，已經沒有水牛了。只有祖父那個年代才有。」

「是這樣嗎？爸爸在我小時候，不曾在插秧的時候，把我放在水牛上嗎？」

爸爸被日頭曬的黑黝的臉再度陷入沉思，「最後一條水牛被祖父賣掉時，你都還沒出生，那時我年紀還小，賣掉時還哭了一陣子，所以應該不會錯。」

「是這樣啊⋯⋯⋯」於是，以太也不再多說什麼了。也許，那只是潛意識裡，看著父親勞動，自己卻安穩舒適，不安的良心投射吧。更或許，是某些畫面經由夢成為記憶，或由記憶成為了夢，交相出界，就什麼都混在一起了。雖然這對現實一點也不重要，然而瞇眼的瞬間，他還是斷斷續續的做著這樣的夢，不過，總因為父親逼近的腳步聲，便會嘎然而止。父親的腳步聲重重的踩破他的夢境，來了。

「我起來了。」他說。

另一面，出於他本能孩子氣的脾性，他很希望自己可以從容的睡到自然醒，不用理會時間，不必擔心父親的責罵，就算一次也好，讓他賴床，賴到晚晚。但這對農家的孩子而言，根本是遙不可及的夢想，也難以享受得到，故而直到後來他仍會有，在時間逼迫下，感受父親腳步，一陣一陣，由遠而近前來，因夢魘所驚醒的恐怖時光。他真的沒辦法學書上名人偉人所說，時間一到或更早，便跳起來，孝順而上進的表現些體貼、勤勞之類的美德，這距離現實生活中的他遙不可及，無可觸摸。他沒有這樣的優點，但一直不覺得這有什麼不對，人各自有其命運線索及生活喜好方式，何必一定要學別人。但也許以太內心深處多少還是有點介意吧，有時看著疲憊不堪的雙親面孔，內心那種搔癢與刺痛，更讓他自責不安，不過他常會很快拋去這樣的想法，不讓罪惡的念頭持續很久，「我會找到辦法的，只是不是現在。」這是不是他用來抵擋父親認知上視他為天生懶骨頭的藉口，也不知道父親是否曾後悔，生了一個渾渾噩噩的孩子，毫無志向，看來一事無成，偶爾靈光乍現想去成就大事，但持續的熱度也就如黑夜劃出的火柴，閃一下，就滅了。

為了躲避天未光的的起床勞動，他更千算百計，總以要溫習學校課業之類的話語搪塞，但面對課本的他，如果仔細看，便會發現以太眼神飄忽，思緒飛騰，根本不在書本上，只是做個樣子，擺擺姿態而已。既無意成為偉人，上進之途也毫無興趣，成績自然不起眼。日子久了，看到成績單的瞬間，父親沉默著，將黝黑曬得厚實的臉，縮得更緊更皺，顏色更深，如同有看不見的陰影在上頭。面對摸不清含意的表情與沉寂時刻，以太總惴惴的猜測，發呆失神的事被揭穿了沒。不過父親總以沉默居多，偶爾有感而發，也就是語重心長的說：「孩子啊，就算不聰明，你還是要努力，你不喜歡做田，那就努力唸書，以後長大了在冷氣房裡工作，不用大清早、熱天裡，赤頭炎炎，跟爸爸媽媽一樣外出工作，辛苦。」或許真是這句反覆的叨念潛移默化了以太的心靈，在升學考試上，竟然意外上了台大。確實是意外，因為溫習的時間，他所思所想，都是隔壁校花的身影，他當然沒有把這點說出來。最重要的是，他考上了！記得榜單貼出不久，第一次看到不苟言笑的父親，笑的合不攏嘴，放下手頭的工作，還買了鞭炮慶祝。「我家出了個台大的孩子，是高學歷、高學歷。要出頭了。」父親無意識、不停喃喃的對親戚訴說，對左鄰右舍講，那個禮拜內，小小的鄉村，幾里的距離，父親佝僂的身影，拿著以太台大上榜的榜單，逢人便這樣的說，讓以太那段時間都不好意思再出門去了，應酬人際是很讓他煩躁的。

「台大，是台大呢，高學歷，以後是人上人，會過好日子的。」父親以往充滿愁容的臉龐，笑得像個孩子般天真，燦爛。非常可愛。這樣的話語與熱烈氣氛在家裡持續了好一陣子。但以太內心卻隱隱然覺得不安，萬一，他並非如父親所期待的那樣有出息，也有可能，他沒找出辦法，來解決農民他們本身的困境，那怎麼辦？在抱持希望過後，會不會更加的失望、落寞。以太覺得他內心有頭暗黑的獸在吠叫，提醒他的不安與惶恐。提醒他所擁有的現在這一切，並沒有那麼真實，光明的腳下，陰影正在慢慢移動。

他記得清晨時光（其實已是中午），陽光略略的從不透明的窗戶上射了進來。昨晚因天熱，開了半個窗口大小的細縫，所以陽光間隔著鐵窗、橫橫斜斜的映在他臉上，游移出一條條的金色光芒，照的他很是舒服。但空氣中仍飄散著專屬於台北的微薄潮濕感與霉味，顯得不那麼迷人。但如今走在台北的街道上，四下光芒斑斕絢爛，可以想見在夜晚，必更加輝煌的閃亮刺眼。此時看來，明亮的宛如神的國度，充滿異國的陌生香氣，讓他就想把握時間，盡情玩樂，他忍不住歡呼！南部的家鄉，已被遠遠的推到過去的記憶裡，成為曝光而黑白的夢境，然而他也才不過來了多久，幾天、一個禮拜？竟然就有這種疏離感。

不知不覺走到了連接對面的地下道，馬路上車潮太多，行人禁止通行，於是以太緩緩的步下階梯。一般他是不喜歡行走於地下道的，南部除了車站附近外，確實很少見；但主要原因，台灣的地下道，總寄宿了許許多多的流浪漢與乞丐，常瀰漫著一股酸臭的腐味。但其實，以太害怕的，不是那些氣味，而是那些人身上發出的絕望氣息，那更叫人窒悶，還有種難過卻又無能為力的酸澀感。這會讓他聯想到鄉里農民的愁容與困境，他一向極力避免看到這些事物，他也不清楚原因，就是本能反應。其實走另一邊應該也有出入台大的地方，他真的不用……好吧，再想也無濟於事，也許是無意識的四下閒晃，竟沒注意，讓自己走了進去。

叩叩的腳步聲響，以及自己人字拖蹋蹋的聲音，將人行道的甬形空間裡，迴盪出一陣一陣的迴音。而在那瞬間，以太似乎聽見了水氣的聲音，像雨天時，由屋簷滴下的漫長水聲，滴答滴答。「台北，真是個多雨的都市。」以太想，不以為意，然而瞳孔前如被水翳住一般，罩住了一層水氣，然後搖晃間，水氣散開了，模模糊糊的視線也逐漸明朗。水氣太重的城市，果然就是會有這種影響。地下道來往的人群非常之多，匆忙疾走的學生，零零散散的女郎，踩踏高跟鞋叩叩行走，與以太擦身而過，他隨意的四下張望，發現地下道的圓弧形牆壁上，畫滿塗鴉，還有些字跡醜陋的ＰＯＰ字體，上面寫著，「我愛張曉樊」、「我恨黃子津」等幼稚的字，塗鴉倒是蠻不賴的，白色牆磚為底，黑色線條勾勒出一個猙獰張大嘴的妖怪，很像電動裡面的大魔王，一想到此，以太便吃吃的笑了起來。

大魔王讓他回想起過去的童年，小時候也有過與父親一起合作電動破關的記憶，那時還在超級瑪莉、魔術方塊剛出現的寒酸年代，他們使用的還是最傳統的卡帶，常常一故障就對著縫口吹氣許久，吹的臉紅漲氣。可是，那時的他們，卻能為了這種簡單而樸拙的遊戲而高興許久。那是多麼難得的空閒，應該是某年好收成的事吧。以太回想不太起來，記憶模模糊糊的，已不太記得那是什麼時候。父親那時還會將他抱在腿上，後來再大些，仍沒改這樣的習慣，有次木椅因為承受不住兩人的重量，而斷了一隻腳，兩個人歪歪斜斜的就摔了下去，端水果出來的母親恰恰看到這一幕，笑彎了腰，連盤子的柳丁都滑出去，也來不及撿。因為這個，媽媽後來還曾經為此取笑過他們好幾次，「你們父子倆好重哪。」那時父親的身體還顯得十分硬朗，沒有白頭髮，從後頭看，是很烏黑亮麗的黑色，摸起來硬硬刺刺的，年幼的以太，一直以為，世界就會這樣的運轉下去：健康朝氣的父親，刻苦勤勞的母親，然後受他們庇蔭一直下去的以太——一事無成的他。在

不知不覺間，童年就這樣消逝了，

今年父親替他慶祝，鞭炮倏地衝上天，瞬間炸開的陣陣火花，照亮父親頭上的蒼蒼白髮，及神態上的疲憊，母親端著水果出來時，也是蹣跚的腳步，一顛一跛。這些是什麼時候發生的事。他竟渾然不覺，怎麼只有他一人停留在年幼而一事無成狀態，然而父母卻已漸次的步入老年。老實說，他有點突然被閃雷打中的驚訝感，太讓人吃驚了。這種發現事實真相的錯愕，讓他對周遭更加的關注，這才發現，他之前根本對旁邊的現實視而不見，在父母庇蔭下的他，如溫室裡的花，隔著一層薄霧般的玻璃向外對望。

雖然他也曾在便利商店及加油站打過工，但那跟農活一樣，都是單純出賣勞力的工作，但也沒遇過什麼搶案偷竊什麼的，不過類似個工業機器，運轉，然後收工。世界似乎沒有什麼特別不一樣。現實，他以為就是這樣。轉眼間，他已經是個大學生，可是，世界好像沒什麼改變。以太還沒有想到他能做些什麼，以及將來適合的工作。可能還是先跟以前一樣，先去找個打工。不過，打工又不是規律的上班族，時薪只有九十五，卻老要負責一堆雜事。這跟家裡幹活了一整年卻收入不穩的感覺好像，不喜歡。以太心裡第一個浮現的想法正是如此。

好想要有個穩定待遇又好的工作。

他不想要老是在不穩定、待遇又沒多好的工作堆中打滾，然後心中充滿不安與惶恐。他的心態或許不是很正確，但以太覺得他並不是所謂的草莓族，他只是觀念上認為，付出多少，就該獲得多少，憑什麼這些人用時薪九十五就想打發做著一堆雜事的他們，面對不公平，發出抗議的聲響，倒說年輕人不能吃苦，是草莓族。將自己累得像頭牛，藉此證明自己能吃苦，這種事更顯得荒謬。他想，基本上，如果有良心，待遇夠，工作的人自然會努力。以太知道他自己有些懶惰是事實，可是一方面，他也覺得，如果沒有預定的收益、與付出成正比的工作，為什麼要傻傻的付出過多。就像他們的農民勞動一樣。總以慘虧收場。

如果真要找個工作，也要穩定，收入好些的。

就在胡思亂想之際，以太發現，自己在地下道走了老半天，卻還遲遲沒有走到對面的出口。照理說，地下道兩邊各有出口，順路直走，左彎右拐，無論如何，都該出得去的。但是他卻一直在這裡，也許是因為剛剛想事情出了神吧，無意識的不停在繞圈子。這時以太才開始專注的看起路來，他張眼望向四周，發現有個老伯正在販賣一些狗狗布偶之類的東西，還有個胖老太婆，前面擺滿養生減肥花茶包。另一個打扮類似行走的僧人，正敲著木魚，播放老舊的佛音，喃喃的托缽乞討；而法師附近不遠，還有個殘障人士，一隻手蜷曲著，趴在地上，前面放著電子琴與鐵盒，鐵盒裡散落一點少得可憐的零錢。

這些人，這樣賺得了錢嗎？以太心裡想著，外表不露聲色，老伯賣的布偶早就過期（表面看起來還有點髒），一點也不可愛，而且另外擺的，一看便知道是廉價大陸商品，有利潤嗎，真想問問他。養生減肥花茶可能是實際上最有賺頭的一個，現代的少女（或歐巴桑）應該很流行這個，但是………攤販的主人是這樣的一個胖大媽，一點說服力也沒有，誰會想要買，真那麼有效，自己喝個幾帖做招牌啊。以太如此想，接著他把目光對上敲著木魚喃喃唸誦的法師，這時才特別注意到，法師的臉方方正正，尖削突出的下巴，是充滿特異的國字臉，雖然粗布粗衣，不過仔細打量一下，看來體格不錯，為什麼不去找份工作，心裡祀奉佛祖，但佛祖並不在現實之中吧，活在現實應該要做點現實的事情。

以太這個念頭一轉，不禁想到自己，活到二十出頭了，也只賺過時薪九十五的便利商店與加油站的工，不然就是農家的買賣，真正社會現實的經歷也沒多少，有什麼資格可以說別人，這麼一想，腳步無意識慢了下來，停在最後那名殘障者附近，看他蜷曲萎縮的一隻手，費力彈著電子琴，刺耳的鋼琴音與剛剛法師的佛音交相迴響著，在這空洞的甬道裡，顯得嘈雜難聽，耳膜與四周空氣震動的嗡嗡作響。不過看到擺在那人面前，鐵盒裡四散的零錢，心裡突然湧出一種辛酸的感覺。「他好辛苦。」討厭，這樣的心情又上來了，所以他才不喜歡走地下道。

他不自覺的注視起這個趴伏在地面上的殘障電子琴彈奏者，想起了以前看過的一部電影：《貧民百萬富翁》。其中曲折的故事情節，瞬時浮上以太的心頭，他猜測他的遭遇與生平，但看來看去，髒兮兮的外表與油污的頭髮，怎樣也瞧不出他確實的年齡。以太看過的書不很多，電影也少得可憐，整天在田裡農作或去打工的他，沒有多餘的時間去看書，看電影，那都是有錢人家的玩意。但他恰恰就剛好看到這一部，裡面好像有個反派，總會抓一些年幼的小孩，供他們吃住，然後加以訓練，發現誰有唱歌的天賦，便把那個孩子弄殘、弄瞎，放在入口處乞討，如果錢不夠就會被打，以太腦海中瞬間浮出的就是這個景象。

另外則是，不知哪年的新年時候，父親帶他到隔壁叔叔家聊天時看到的，很久前曾風靡一時的賭神系列，他甚至都沒有把整部看完，只大略的看到一群小孩子被帶入一個類似廢棄的工廠內，一個光頭的壞蛋（是反派吧）正準備拿刀傷害小男主角，一個脖子上帶著玉環的女孩子從高高的窗口上望下去，大喊了聲：「不要——」。他會是哪個孩子？以太心想，這個殘障的電子琴彈奏者，他背後的故事屬於哪一個？或者誰也不是。而此時他在地面彈奏的，正是江蕙的歌曲，是好心人教他謀生的技能嗎？還是電影情節所搬演的那樣。可在他的認知裡，電影是虛構的，會與現實發生連結是不可能的事。以太充滿疑問，完全無法確定，但若是讓他前去詢問，也不是他的作風。他不會做這樣的事，人際，陌生。

他只覺得一切很不可思議，對於農村長大的他，孩子總成群的野放在一起，叔叔的、嬸嬸的、隔壁大媽婆婆等的，全部的孩子都放在一起，打穀子，曬稻禾，不分輩份的混在一塊，雖然常叫錯稱呼，但臉孔彼此都認得，也近乎形影不離。很難想像會突然有個電影的反派出現，然後從這一群如雛雞般吵鬧的孩子群中，挑起一個，或兩個，然後訓練專業，打成殘廢。父親雖曾說過，真有這樣的例子。但他總認為那是父親要讓他聽話的藉口，「你要是再好吃懶做，就會被抓去，變成那樣。」所以他完全不相信。

以太內心很是同情他，看他賣力的彈琴，眼前卻僅是細碎的零錢，他以往工作的經驗也很類似，做的多，賺得少。是不是要施捨一點錢給眼前這個賣力工作的電子琴彈奏者。他思索著，內心掙扎，掏了掏口袋，裡頭有兩個閃亮的五十元金色硬幣，以太將硬幣握在手心，感覺掌心傳來一陣冰涼，他握起拳頭，準備從他面前走過，他能想像，當錢幣掉下去時，與那個鐵盒，互相碰撞的聲音。難得他鼓了起勇氣，走向前，準備張開手心。然後聽到匡啷一聲。

以太聽到匡啷一聲時，回頭看，並不是他將錢放入電子琴彈奏者的鐵盒，而是有人行經，丟給一旁托缽行乞的法師僧人。他這時才發現電子琴的彈奏者，不僅一手萎縮蜷曲了，還瞎了，眼睛周遭有火烙及傷口的結疤痕跡。剛剛以太還未及張開手，便聽見了聲音，這個金屬與缽的敲擊聲，似乎在提點他什麼，他突然反悔了自己剛剛下的決定，心境逆轉，他改變了想法。而且，既然對方看不見，那麼就算他後悔了，也不會怎麼樣。以太生平最害怕的便是迎向別人期盼的目光，每當別人想要求他作些什麼事，他既難以拒絕，又不想勉強自己時，就是這種心情。現在的人有種不好的習慣，總把希望寄託在別人身上，期許別人能為他們做點什麼，但是，自己有自己的責任範圍區，不應該這樣只想要省時了事的把事情丟給別人做，可成長的過程中，這種經驗以太體會的特別多，不知道是因為現在的人比較白目，還是因他外表散發出農家子弟的樸實，而使人有種好下手的感覺？他不清楚，只是他不喜歡這樣，我不是凱子，請去削別人。他想。

於是以太緩緩起身。對於電子琴彈奏者的眼盲似乎感到慶幸，也鬆一口氣。至少，不會有由目光傳來的良心上苛責。還是把錢省下吧。他想起了汗如雨下的雙親，想到為了收成而愁苦的他們的臉，他緩緩的將硬幣捲入手心，握得很緊，放回口袋裡。善事，讓台灣的有錢人去做，我連父母的恩情都還無法報答，沒有分給外人的餘地，抱歉了，以太心裡這麼說，一邊慢慢的輕聲站直身子，不知道剛剛是誰捐獻了金錢給法師，好奇的他回頭一看，但人來人往的，已經看不出有誰了。以太轉過身，緩緩的往出口走去，走上階梯，走了出去，外頭一片空曠，難得的晴朗天氣，在台北。

老實說，初來乍到，對這個城市還顯得陌生的以太，不知道該往哪裡去，台北有什麼好去處他也不清楚。聽說剛入學，會有系上迎新，帶領新生認識周遭，不過他既沒興趣參加那個，沒去上課還不認識新朋友的他，如今也只能一人漫無目的的四下晃蕩。可是他並不覺得懊悔，這樣也好。儉省一點人際應酬是不錯的。他其實內心深處，相當害怕，就是類似農村裡頭的習慣，將四下的小孩，即便是大人，都混做一處，像一堆堆擠在一塊的馬鈴薯，疊得高高的青菜堆。那種感覺很讓人討厭，空氣擠悶。不僅時不時要彼此互相遷就，又沒半點自己的隱私，躺在平板擁擠的房間裡，連半夜上個廁所，都必須小心翼翼，跨過一雙又一雙沾滿泥土或乾淨的雙腳，然後才能摸黑的走進公用茅廁解放，他覺得好不自在。如果跟對方交情不賴，這點尷尬還勉強可以忍受，但最痛苦的是，明明沒那樣熟絡，或根本沒好感，卻強硬被圈在極小，非常靠近的空間裡，束縛得宛如勾黏在蛛網上的螳螂，黏滯，動彈不得，且漸漸地被纏繞蛛絲的致命毒液與緊裹空間，逐步逼近窒悶的死亡氣息。尤其他本身又不擅表達，外表憨厚樸實的面貌，更讓人有「土地親」的錯覺。可是，是不是下意識對人群有憎惡感，他想他並不是那樣喜歡人群，混在洶湧的人潮裡，更常給他一種要窒息了的恐慌，就像現在。

來到台北，才想到避無可避的首都人潮。還好，他現在是一個人，不要緊，這才稍稍安慰了他。那就一人去享受輕鬆自如的旅行，進行場隨機的冒險，在這陌生的國度。相同的日子不知過了多久，偶爾去上上課，雖也認識了些人，但彼此都小心的保持點距離，這是他對台北人特別有好感的地方。再加上，那些屬於大學生的娛樂：夜唱、夜遊、烤肉狂歡等，無一在他的興趣內。就算偶爾有人開口邀約，幾次的婉拒之下，漸漸地，團體就形成了，然後，就只剩下以太一個，但他並不以為忤，反而樂觀其成。今天還是沒什麼上課的意願，他決定一如往常，到處四下看看。不過，要往哪裡去。才是首要問題，他站在捷運站的出入口，看著每個匆忙行經但似乎都有明確目的的人群從他身旁擦身而過，他慢慢沉思。從小過慣窮苦生活，並沒多餘時間可供玩樂，

「玩樂」這名詞對於以太的意義，從某方面來說，恍若遙不可及的外太空那裡，閃爍的星星。肉眼上，根本瞧不見，不在現實中。等科學家一再述說，並藉由望遠鏡，才能瞧見那傳說中，夢幻般閃閃發光的星星與美麗銀河。

就算來到這裡已差不多有兩個月了，他也才不過剛開始熟悉一些去處而已。確實，他不知怎麼去規劃行程，怎麼搜羅所有有關玩樂的資訊，不過，看著來來往往洶湧的人潮，他們眼神中的那種堅定，他不禁想知道，那些人的眼神都是望向哪裡，目標都往何方。空白的頭腦裡，只浮現中正紀念堂有憲兵踏步景象，兵役他遲早都會面對的，所以不急著去。建築物也就算了，走過幾遭，沒啥趣味。以太慢慢推敲，按常理與近來的經驗得知，有眾人排隊的店家，必是遠近馳名，那麼，邏輯思考的換算來說，人潮最多的地方，可以去看看。甚至，政府一定會在公共場合，行銷一些有名據點，如同在固定農會擺攤或知名據點銷售當地名產一般，更何況是設定為國際化的台北，總會有些好去處。之前幾次也都靠這種直覺去決定方向的。這麼一想，心情豁然開朗，決定先進去捷運站晃晃再說。雖然他傾向於人群稀少之處的空曠，但畢竟身在此地，也就暫時不去想這件事了。正在四下張望的瞬間，他就發現入口處，新張貼了巨幅介紹花博的文宣，那麼就去走走吧，以太隨意的想。

花博的入口，在捷運的圓山站。以太現在對於藍線、橘線、綠線什麼的，還是沒什麼概念，但看著牆壁上標示的路線圖，他一步步的跟隨指示走。就算再怎麼不濟事，他還看得懂字。四下張望的他，眼光瞄向了透明帷幕內，漂亮又年輕的服務小姐，也可以問問她，如果情況需要的話。往常在家裡被時間緊迫追趕的感覺消失了，以太從容行走，彷彿一切都靜止了。他緩慢、不疾不徐的搭上車，然後前進，人潮比他想像中還多上許多，出乎他意料，但今天明明不是週末，而是普通的上班日。他抱持疑問，一邊在搖搖晃晃的車廂裡，壓抑住討厭人潮的本能。捷運的車速非常之快，不時靠到新的站點，人走出去，又有人進來。但不變的是，他看到行進中快速晃動的兩節車廂，走道雖相互貫通，但行駛中的晃動，竟然把這兩節的空間，左右互相分離，再聚合，恰似兩個些微而黏滯的斷裂切面、互晃的鐘擺空間，淺淺分開，然後再密合起來。此時的他，思緒裡一片空白，很清明，但仍隨時非常注意的按住後口袋的錢包與手機。說穿了，錢包內並沒有什麼有價值性的東西，手機也不貴重，早就過時的型號，用了好幾年都捨不得換。可是，他不想要花多餘的錢去買新的，尤其在他毫無積蓄的當下。下一站人特別多，人與人的空間越縮越小，高高低低，卻擠得密不透風。每個人都打扮的新潮流行，將以太全身土裡土氣、完全不搭的氣息，越加彰顯出來。車廂內滿是濃厚的香水味與陌生人體味，但每個人都面無表情。以太忽然有種衝動，那就是，突破緊悶的車廂，滾入窗外風景的草叢內，在土泥中，大口大口呼吸，像條魚一樣，嘴巴一開一合。

就在此時，車廂內傳來了甜膩的女聲廣播，「圓山站就要到了，請準備下車。」圓山站尚未到出口，從動線上就佈滿不停來來往往的人潮，看來恍若烏黑的一條黑蛇在搖擺前進，人被人推擠著移動，以太覺得呼吸困難，不過進退兩難的他只能就這樣隨人潮推擠而動作，毫無反抗之力。無意間，還被一個看似秀氣的小姐，打了個右手拐，但對方連看也不看他一眼。以為這應該已是極致，沒想到，一出站口，才是更多顯得巨大的黑影群。萬頭攢動，絕對不誇張。

「…………」瞠目結舌的以太眼前一黑，只想快步的跑回公寓，但理智克制了他。然而，他又倏地發現，這些不過是，排隊的人潮而已…………他此時才真正的為自己的隨意與腦袋不靈光而深感懊悔，敲了敲頭，躲在一旁的休息座位上，大口喘息。還沒想到下一步要怎麼作，終於，一旁不遠的志工廣播給了他一線曙光，「在新生園區也可買票，只要搭接駁車兩站就好，那裡人少，很快就可以買到票了，請大家前往新生園區，不要全擠在這裡，造成不便請見諒。」

他本能的就像要逃開什麼似的，立下判斷，就往接駁車那邊走去，哪裡也好，不要再待在這，這是他的第一想法。處在眾多的人潮裡，一同呼吸他並不是太習慣，農村多的是空曠的田野與天空。以太喜歡獨佔的個人專屬空間，而不是眾人分享佔據的特定區域——就像花博。時間已晚，以太沒有機會拿到夢想館與名人館的預約券。不過他並不以為意，隨性的想，那就在外處走走吧，聽說那些館內，有許多高科技的變化與展示，那恰好，他對那些並沒有很大的興趣，也許是有點酸葡萄心理吧。可當他見到花博園區內的花、草、與土，他像個孩子一樣天真的快樂起來，此時他的內心才是充滿雀躍的一刻。剛剛壓抑的暈眩感以及人群對他的壓迫，瞬時消滅無蹤，他開始他的腳步，一步一步，頂著烈陽也不在乎，反而享受那他習以為常的暖和氣息。

這些花花草草許多以太都叫得出名字，不過，最讓他迷醉的還是那自然的芬芳香氣，他最喜歡土的香氣，以及走在石頭上的窸窣摩擦感。行走於花木間，濃厚的懷舊感包圍他，而那些被修裁成人形花形、觀音形的草木更讓以太倍感親切，雖然覺得不必要刻意把花草樹木修剪成如此，卻也有草木皆有其神韻的絕妙趣味。他聞著花香草香拼湊出來的亮麗氛圍，不禁陶醉。一旁則有群穿著制服，青春的高中少女，拿著相機拼命自拍，擺出許多擠眉弄眼，看來滑稽的表情姿態，他忍不住輕輕笑起來。當然，他也因「路人甲」的身分，而被簇擁著替她們拍了幾張，年輕的女高中生，充滿清秀青春的臉龐，無憂無慮的快樂，在他訥訥的還過了相機後，似乎也感染了他。繼續往前走去時，「謝謝你啊～」雀躍的高中女生們還在他背後以高音量叫喊著。頓時他臉與耳根，火燒般傳來股熱燙氣息。可轉眼間，他就不記得她們的臉了，似乎就只有一些模模糊糊的五官，配上屬於高中生的制服，那樣而已。人的記憶真不牢靠，所以那些少女們才喜歡拍照吧。紀錄下所有的真實，不管那個細節，就算忘記，也能夠馬上想起來。

不僅記憶不太清楚，以太發現他對於某些東西的觀察力也很糟。因為現在矗立在他眼前的巨大「動物」形狀，他就認不出是什麼。更直接的來說，那也不是真正的動物，而是個巨大「容器」。以太想破頭，就是沒法想出更適當的形容來。「容器」的外表被漆上了大眼睛，與狀似可愛小狗的斑紋，就暫訂叫這容器為「小狗殼」吧。事實上，類似這樣的大「容器」與「動物殼」，周遭還有許多。差別只在主題外表的不同而已。以太感到好奇，走進一看，卻不覺略感失望困惑。黑黑的一個小空間裡，什麼也沒有，暗暗的，隔著一個透明而密不透風的巨大玻璃罩幕，裡頭有張床，上面蓋著花草圖案的棉被，寬大的雙人床邊，各自放了兩個盆栽。一旁標示說明這是某某品種，然後其他就什麼也沒有了。

這瞬間，他一時想到剛才捷運站內，那個被罩在透明玻璃空間裡的漂亮服務員，只有一個小小的、圓形透氣窗口可以與外對談，年輕美麗的服務員在裡頭，如一株被鐘型罩豢養的花，在捷運站明亮的光線下，輕輕吐著悠緩的氣息，因呼吸的吞吐而在透明玻璃面上呵出陣陣的霧氣。可在這個黑暗的小空間裡，他找不到可內外溝通的細孔，即便最微小的也沒有。既嗅不到呼吸的氣息與植物吞吐的氣味，當然更不可能會有一圈圈瞬間消失的霧氣。植物們似乎就在裡頭站著，如中正紀念堂前的衛兵，默默的在守護些什麼。以太猜想裡頭或許是假花假草，否則不得呼吸，如何存活。但置放在此的這些「植物」，讓他感到困惑，行走這麼久，這大概是他最不能理解的。不過他隱隱約約的聽到旁人說，這是裝置藝術的美好展現。他對於裝置藝術這個名詞沒概念，於是只好仍帶著疑惑，迷離的穿梭在這些巨大的「容器」裡，然後發現內容都差不多大同小異，都是些讓人百思不解的「裝置藝術」。只是外表漆成的模樣（那層殼，小狗殼，某某動物殼）不一樣而已。但老實說，那些動物（還是只是殼），在以太的眼裡看來，狀似可愛，卻顯得表情僵硬，內外都是。走進去，什麼也沒有，暗暗的，隔著透明玻璃卻密不透風，擺設床與僵直的花草，沒呼吸的氣孔，沒陽光。玻璃上還印有幾個骯髒的斑斑手痕。不知是誰留下的。可以太出去前，才看見好多天真的孩子，笑開懷，緊牽住父母的手，又拖又拉的大聲叫喊說：「我要去狗狗的身體裡面，我要去！」

他又想起了剛在捷運車上，望著景色、建築物從窗外飛逝而過的暈眩與惆悵感，隔著那層要用鐵鎚敲破四角才能逃生的強硬玻璃，現實的他明白他出不去，也不可能做出那種危險事情。在快速行進的車廂口，跳下月台，神如奇技的翻身滾去草叢上，不僅要毫髮無傷，手上還要握緊正對上壞人的槍——那是電影裡頭英雄才能辦到的事。說穿了，他沒有當英雄的理由，他沒在追捕壞人，或躲避誰的追緝，他只是個農作的平凡人，普普的大學生。他只覺得外頭的草看起來高高刺刺，躺下去，一定會有種軟軟的酥麻感，如此不切實際，幻想而已。因為長年插秧的影響，他對於那帶有草根、泥土，就算混雜牛糞豬糞於其中的氣味，都有強烈的反應——會因而高興不已，一聞，全身細胞都會被活絡的精神奕奕。那混雜牛糞、草根、水氣的特殊泥土味，也才能安定他被擾動的胃部。他剛才就是靠著這樣的懷想，大口大口的呼吸。呼吸。嘴巴一開一合。

青草步道在高空之上，可惜限制每次只能五十人，他看見排隊的人，難得的少，有點高興，但一往後走，就發現，那不過是短暫視覺盲點帶給他的錯覺。他隨著人龍的外圈一直走下去，一直走，但排隊的人龍仍沒有顯現出空缺的樣子，他還沒走到盡頭，就已看出這十分接近另一園區的入口了：充滿藤蔓與花朵的透光隧道。於是他放棄了方才要去空中行走青草步道的想法，轉而進入透光隧道，一邊想像，那往常被踩踏在地，堅實厚重的青草泥地，如果漂浮在天空之上，會是怎樣，真如那些免費宣傳DM所說，你會感受到在天上行走的樂趣？還是，腳步虛浮的不切實感，他沒答案，因為他上不去。只好在種滿花花草草的土地上慢慢行走，感受真實土地（不在天空上）的厚重腳步聲。踢踢踏踏。草與土地的香氣，清新怡人，讓他好懷念。以太本就對農村相關的氣味感受強烈，泥土尤是，但土還有他種特別的面貌——淤泥：充斥腐敗氣味，狀似變質的「泥土」。

他第一次感受到土也可以這麼腐臭，讓人害怕，都要從幾次颱風的經驗說起。曾經某次慘烈的颱風過後，以太理所當然的開始幫忙家裡清理淤泥與廢棄物，花費了好幾天，他頭一次明白，土也有這般強烈難聞的臭氣，如同海水裡腥臊的氣息。並且，屋內水面淹過之處，不論桌腳、牆邊、椅子等，都留下了一抹深黑色的痕跡，看起來很淺，但卻抹也抹不掉，很讓人煩惱。直橫橫的，像把刀刃，切割了整個房子、桌子與各種，在高度其中，不上不下的所有器具、東西，全數的物品在這瞬間變得不完整，成為破碎的。但首要之務，當然不是美觀的問題，而是生活。以太他們先忙著用刷子掃把，把殘水，正確來說，是還在忽高忽低的水面上，努力的把水，一畚一畚的畚出去，畚得他腰酸背痛，像個駝背的老頭，最後立起身來時，才發現腰部酸澀的直不起來，要一直按著。

他的木造書桌泡爛了，本來有三格的抽屜爛了兩個，彎曲的弧度恰恰與他因畚水與刷洗酸痛的背一樣蜷曲起來，立不直。父親曾經試圖想要把它釘回去。可是沒想到當鐵鎚輕輕敲打，書桌的木面竟如嘩啦啦的瀑布，木屑都灑了出來，帶著潮霉的濕氣。以太正想把這些木屑都掃起來。已經清理的很煩躁了，卻發現木屑竟自行的移動起來，他以為是不是自己太累所以眼花了。然而仔細看，木屑裡，零零碎碎地摻雜著螞蟻。作嘔的酥麻感從他腳底貫起，而猝不及防又淹進來的水流，忽然間就將這些螞蟻淹沒了，也不過才一下子的時間，水面上，一個個小小的黑點漂浮起來，顯得很噁心，以太頓時沉默了。然後連日揮之不去的污泥氣味，從此在他腦海中深印下了烙痕。

花博的花朵爭妍比美，這麼大片的花海，想必所費不貲。以太在心裡默默計算，政府這麼盛大的活動，那麼對於參加這個活動的農民，他們真正的收益與幫助會有多少，既得利益者會是誰？前幾日在麵店吃麵時，正在內心暗暗嘀咕台北連這種小吃式的麵也這麼貴，相較南部多便宜時，聽見新聞正以高音量報導，立委質疑花博收購的花卉價格過於高昂，以及在台灣相當普及的地瓜葉等，有滿溢報帳的嫌疑。聽著這些，以太想，運送、保護、裝置、風險等，自然會提高成本，但至於多出多少，才是關鍵所在。新聞的數據不清，他難以藉此區分真假。不過憑藉他的經驗，他很肯定，就算有滿溢報帳的問題，獲利者也絕不會是農民，他們一定不會賺錢的，絕對不會。他並沒有政黨的區分好惡，也沒有想針對誰的意思，從以前到現在，政治，一向遠遠的在他理解範圍之外；他並不是個反政府的人，也沒志向跟頭腦去成為那其中之一，他甘於平凡。但就正因為生於平凡之中，自然明白箇中情況。不過，他覺得，台灣的掌權者，多是政客，而不是政治家，開著空頭支票在媒體上作秀，他們也曾有天真相信的時候，為著這樣熱血而愛民的鏡頭感動不已。然而事實上，結果是什麼也沒有。

這也就是，為什麼他們鄉里裡的農民，包括爸媽，即便勤懇又賣力，日出而作，日落而息，然而收成卻總不穩定，常為三餐溫飽而愁苦。以太年幼時一直不能明白，俗話說：「農民看天吃飯。」那我們對不起老天嗎？老天是以什麼心態看待我們，以太想。想起了那些因水淹起，而慢慢浮上的小小螞蟻群，他們就是那樣。也許這才是成就他就算努力也無法改變現況，那倒不如省下功夫，等確實能看見利益時才做的功利個性。人為的物價飆漲、壟斷，已使他們疲於奔命，在大自然的力量上，又有不可抗拒的因素，尤其台灣還是個多颱風的季節。

颱風的記憶厚厚疊疊，像台灣翠綠的森林般常見，特別在七八月時節。記得小時候，有次發佈了強烈的颱風警報，父親顯得面色緊張，眾人拚命的四下張羅，弄弄那個弄弄這個，忙得團團轉，小小年紀的他幫不上什麼忙，就追在忙東忙西的大人屁股後頭，當然這種舉動以太長大後才知道這很惹人厭嫌。不過也正因為他們在忙，沒功夫理會以太，頂多不時被喝叱：「不要在這擋路！大人在忙。」之類的話。當水淹上來的時候，爸爸老是鎖著的眉頭皺得更深了，擠在一塊的苦瓜臉，媽媽卻什麼話也不說，整個家瀰漫股怪異的安靜氣息，安靜的像在做夢。

然而，在那個時候，以太內心卻相對的雀躍。他為這難得的機會，竟然可以看見除了秋田以外的水，像傳說一樣，一點一滴，如浪潮，慢慢的漫進屋裡，一寸、兩寸，家裡小點的木造藤椅，隨著水位升高，一點一寸，慢慢漂浮起來。那種感覺很難以描述，但對當時的他，彷彿童話般充滿了不可思議，恰似帶有魔法的魅力時刻。漸漸升高的水面，本來還透著土地的淺褐色，漸漸轉成深綠，交相混雜，不一會兒，深綠而混濁的水面，看不見底，家裡漸漸變作一座龍宮，並且他真切地看見有魚在游，是附近那個魚塭叔叔的魚嗎，黑色的，好大，好漂亮。他試著伸手去抓，滑溜溜的，但他抓住了，魚啪嗤啪嗤的拍動作響，掙扎。他辨認不出品種，不過父親似乎為此顯露高興笑容。拿出一個簍子，將魚放了進去，然後仍是浸放在水中，魚在小小的簍子裡，轉來轉去，找不到出口的撞來撞去。可淹進來的水越來越多，也越來越髒，他甚至看見小強在那裡漂浮著，剛剛想要吃那條魚的念頭突然沒了。

當水面的痕到了約莫有他身高的一半高時，以太終於想到比較實際的層面上去了，萬一再淹上來，他們該逃往哪裡去？他還不太會游泳，腦海中浮現的是在小溪旁，他掬起一池水，然後發現蝌蚪在其中竄游的模樣，可是他不會，還不會。爸媽兩張除了皺眉外很少有其他表情的臉，此時看來，更被水面映照的漣漪處處，充滿皺紋。以太爬上了家中最高、最穩固的木製桌椅上，靜靜地不發一語。爸媽遠遠的在喃喃說些什麼，嘴巴一張一合，跟他們剛剛撈起，放在竹簍裡的魚一般。天色漸漸黯淡，以太百無聊賴，既無電視可看，廣播的收音機也嘈雜不清，他們拿出蠟燭，輕輕點上，每人手握一個，像握住小小的希望，微小的火光搖曳著，在黑暗中，他們誰也不說話，就這樣靜靜的，握著，看著。以太注視這顫動的橘藍火苗，輕忽忽的，臉上手心卻溫暖熱燙了起來，他好想要一口氣把它吹熄，假裝生日許願；或者，他另外的想法是，將這明滅不定的火星落在綠綠的水面上，聽它啪嘍一聲熄滅。不過想歸想，思緒在竄動，可他小小的身軀卻因為寒冷與冰凍的水氣而一動也不動，不敢動。天空中的月亮，在無意識間，靜靜的隨著水面漂浮進來，發出微亮而淡青的光。

月光悠緩的消透了，在他回神的瞬間，然而一轉頭，卻沒見到爸媽的身影，他感到有些著急，充滿疑問。四周一片漆黑，伸手不見五指。爸媽在哪裡，他們的蠟燭也滅了嗎。他不停東張西望，朝著微弱的淡光那裡摸去，一邊聽見水的漕漕聲響。突然意識到他已在距離月亮很近的屋頂。問題是，家裡沒有二樓，水面又這麼的高，大家都爬上屋頂，等待救援。哇，他忍不住驚呼，真是創紀錄了，我們不曾經歷過這樣的大水，心中隱約被水激盪起來，漣漪陣陣。但想到他睡的小床、打盹的老舊書桌，都不見了，化做漂浮的幽靈，哭著在水中跟他輕輕招手，隔在那髒污的水面下，卻覺得悲傷。他想確定這一切是不是真的，四周一望，確實，他正處於晚上作夢才抵達得到的屋頂，但月光淡的發青，讓他什麼也看不清楚。烏黑的雲、淺淺的星光，藉由這些，他才隱約能看見狀似隔壁叔叔嬸嬸的人，也待在屋頂上，抱著他們的東西，動彈不得。每個略寬的屋頂，在水面的漂浮下，看起來像是幾個小小的島。而這些島的面積越來越小，水聲越來越大。

這些小小的島，載浮載沈，在水之中。

爸媽在哪裡。他還沒有找到，水面的擾動聲一陣過一陣，可是爸媽在哪裡。

他不曾將蠟燭的火光熄滅，可是爸媽不見了。自己被困住了。

也不過是一瞬間的事。一下子天就黑了，一下子水就上來了。

怎會有這樣的大水，而雨還在下，一直下。沒有要停的意思。

不知什麼時候，月光一下子清明了，她強烈的光線穿透了以太四周烏黑的氛圍，像船又不像船的救生筏一艘艘駛近，似是擺渡的人。筏上有人，丟了些少許物資給近鄰的幾個小島。以太看著屋頂聚集了人，密密麻麻，遠遠看去如一堆堆小小的螞蟻群，有些人被抱出，有些人交換了什麼，隨著擺渡的舟筏離開。終於到了離以太不遠的地方，他興奮的招手、歡呼，想要跳起來，但他腳尖下底下冰冷而薄碎的磚瓦，摩擦著他的腳掌。他一時打消了念頭，船上烏黑黑的坐著幾個人，還有擺渡者。他想問，爸媽是不是也在那船上，可是爸媽有可能拋下他先走嗎。不太可能。

「請先接住。」

黑暗中一縷拋物線，在天空中劃出了倒吊的圓形弧線，擺渡者拋了某種東西過來，以太遲疑著，卻本能的接住了。烏黑黑的，不知道是什麼東西。窸窣窸窣像是有種毛茸茸的觸感，但體積很小，應該是種圓形物品。此時月光的光線更為明亮，似乎正等待這一刻的來臨，炯炯的照亮大地，照亮了漂浮在水面上的各個孤島，照亮了擺渡的舟行路線，照亮了以太懷中的物事。他不經意的一看，嚇得失了手，那是以太父親的頭，恰恰與以太四目相望，充滿愁容的臉，在月光溫順的光線上，顯得既蒼老又疲憊。砰咚一聲的滾落水中，發出發嘩啦聲響，濺起了暗夜水花。正錯愕的同時，他更吃驚的發現，孤島上的人群，也不過空有軀殼，所有人的臉上，都是空白的，光滑如平鏡，映著美妙的月光，發出青色的光芒。擺渡人朝他笑笑，那張空白的臉，浮現出一絲淡淡笑容，然後人影慢慢消失，最後在空中，只剩了抹笑容弧線與月光交相呼應，像是一高一低的兩個月亮。

「啊！」以太被唬得吃了一驚，往後跌去。後頭有雙手，穩穩的接住了他。

「拿蠟燭拿到睏去，你馬金厲害。」睜眼所見，正是父親歷經風霜的臉龐。似是才從剛剛拋落的青色水面浮盪而出，汗珠從以太額間滲下，看著仍舊在他半身高度的水面，而他穩當的坐在高椅上，緩緩的舒了口氣。原來是夢！綠油油的水仍輕輕的擾動作響。他的蠟燭早已握在父親手上。以太的手腕上則殘留點點的幾滴蠟油痕跡，摸起來硬硬的，並不覺得痛，摳起來有種塑膠的氣味，雖然黏得不緊，但皮膚還是有點紅腫，留下一個個小小的粉紅圈印，像被做上了記號。他竟然也沒有醒過來，父親難得的露出笑容，看著他笑，也許在嘲笑他，他不知道該說什麼，尷尬的搖搖頭，彷彿要甩開剛剛的惡夢，將剛剛夢魘中無臉的人群，全數都浸在綠油油的水面下，使其模糊不清，假裝什麼都看不到。幾年後，他看到新聞播報屏東佳冬、林邊等淹大水的慘況，正如他幼時遙遠的夢境，他感到非常震驚，似乎這個世界什麼都是有可能的，不僅是在夢裡而已。

颱風年年來，老家總習慣性的淹水，最後四周鄰里，放棄似的，都不再添購新家具，總保留最儉樸實用的就好。雖然每當災情過後，政府官員會在媒體的壓力下，前來巡視。他們或許陪同農民捲起褲管，一起清淤泥，但閃閃的鎂光燈照射下，這些動作也不過持續了一陣子，大部分給人的感覺是在作秀。也許真有真心關懷以太他們的官員，不過，他不太瞭解，政治媒體的各種操作。農民最講求實際，所以當他們發現，政府答應的淹水補助並沒有下來，一年過一年，希望不停的往後延展時，沒有實際的幫助，以太便明白，那些人或許不是真心。看事情要往實際收益方向看，這是以太在鄉村生活被訓練出來的本能。花多少錢買秧苗，然後賣出才能獲得利潤等。他記得課本上曾說，「要怎麼收穫，先要怎麼栽」。可是越長得大，越覺得農民們都在作些吃力不討好的事情。「有栽，但沒收穫」，是經常的事。可為什麼他們還是要繼續做下去？他不明白。他開始懷疑書本上所試圖教導他們的所有事情與知識。

花博的花好漂亮，以太好想要跳著、充滿野性的，就這樣躺上去。悠閒的徜徉在這片花海之中，度過漫漫的下午時光。然而他知道這樣不行，一旁的告示牌嚴令遊客踩踏與攀折的各種動作，以保護花草；但就算旁邊的告示牌沒有顯示，他也不敢這麼做，人來人往的，大家都相互看著。並且，這裡不是他的家鄉，他習以為常的農村，而是大都市。「文明人是要守很多規矩的。」父親在他北上負笈求學時，諄諄的告誡他，要自己收斂一下野性。「我知道啦。」那時他不耐煩的回應。可是當他望著燦爛花海發呆的同時，一個外型亮麗的時髦女子，竟無視告示牌的警告，便以她纖長的馬靴踩上去，擺出各種姿勢，一旁看似她男友的人則忙著替她各式各樣搔首弄姿的姿態拍照。以太聳了聳肩，不以為然的走了。

往常在山裡，他常玩得髒兮兮，搭乘在父親載貨用的小貨車上，在彎曲的山路上崎嶇行走，貨車上總還殘餘青菜與農作物的氣味。他們隨著蜿蜒的山路一直上山，然後會有固定的棚子，以太就是在那裡穿著雨鞋，採摘番茄、收割鳳梨。棚子的布顯得很簡陋，小小的木椅隨地亂放，還橫亙著幾許散落的大木頭，他往往在那些充滿刺的雜草中行走，幹活，使自己的外貌漸漸地也變成與父親類似的，一臉黝黑厚實的模樣。不止如此，他們也常必須趕在颱風或寒害前搶收過貓、水果等，深怕水氣將農作物打爛了。泡水的農作物，比污泥還要臭，但一定要清理，他常一邊清理，一邊覺得難過。下意識的，以太也學著他父親那樣皺起了眉頭。「一切都泡湯了。努力都白費。」他只能這麼想。「一定會有辦法的，」他想。從小就是這樣戰戰兢兢的過生活，所以即使等以太大了點，都覺得自己活在一種飄盪不安裡，如同當年惡夢中擺渡的小船，隨水而晃動，月光很淡，四周也沒認得的人，一個人就算上了船也是晃動不寧，無法平衡；最後站在漸漸被淹沒的屋頂上，充滿恐懼。水就要漫上來了。在他影子站立的小圈之外。

他很不喜歡這樣不安定的感覺。更不想跟小時候那樣，懵懂無知的被綁上布條，坐在一座巨大的建築物前抗議。那時既不瞭解布條上的字體與口號的意義，甚且不認得那是些什麼地方，他們就這樣飢腸轆轆的坐著，坐在陌生的街道，底下一陣的冰涼，將他的小屁股凍得僵硬不已，或許因為久坐的緣故。但即使是熱氣，更使人難受，像被煎熟了的荷包蛋，啪嗤作響。時間總在這些嚴寒與酷熱的交替中，漸次消退。他常因此餓得發暈，覺得面對的是搖晃、因熱氣蒸騰而起的蜃影，將那紅白色的建築物（台灣總統府，這是他後來知道的），罩的如霧似幻，充滿不真實；這麼做我們能得到什麼。以太還是非常執著的想知道。事實上，他們什麼也沒得到，不是嗎？父親還是愁苦著臉，大人的談話間也透露出：「沒有補助、沒有收成，泡湯就是泡湯了。」那他們為了什麼原因還是堅持要去，會有比去那巨大而陌生的建築物，呆坐，更有效的辦法，會有的吧。但以太還沒想出來，只能在當下，跟在大人的後頭，吶喊、靜坐，然後跟拍電影一樣，會有一群全身黑衣，忍者模樣的隊伍向他們逼近，一步步的要以太他們退後，要他們離開。他們身上的配備看起來好炫，好酷。彷彿隨時會噴出火來；相對的，以太這邊什麼也沒有，只有一堆臉色疲憊的大人們，擠著一張張充滿皺紋的臉，以及像他這種無知的孩子。可大人們總是也不退後，推擠著要前進。以太好幾次，都在其中被擠得喘不過氣來，又逃不了。他好恐懼那種烏壓壓，前後都充滿擁擠人潮的感覺，充滿壓迫感，讓人不能呼吸，進退維谷，像處在個小小的空間裡，世界是兩面黑色的鋼鐵牆壁在推進，將他越擠越小，縮成一團，即便他努力用雙手向外推，世界還是不停的在逼近，將其中的人推擠得扁扁的，變成了顆泡鹽水過後的乾癟豆子。這也許才是他潛意識裡害怕「一堆人」的真正原因吧。

這麼美麗的花海，為什麼一直讓以太想到小時候的事。我應該要專心點欣賞才是，畢竟花了錢進來，到底為什麼，在家的時候一直想來都市發展、脫離家裡，可是來到了台北後，又有股引力，一直把以太往農村家鄉的地方吸回去。以太覺得他正站在宇宙的一個直線上，直線上分別是頂點A、B與中點C。他站在A時望著B，站在B時卻又回望著A，最後夾雜在A、B中間的C裡動彈不得卻又晃動不定。如天平上不時移動的砝碼，怎樣都無法取得一個平衡，只能在那根橫桿上，搭拉搭拉的發出撞擊的聲響。「專心，你現在在台北。」以太對自己說。一定是因為地面的清香土氣還有漂亮的碎石子，讓他開始想家，想念家鄉裡他連作夢都會嗅聞到的土地氣味。若要說四個園區內，他最愛哪個，那必是大佳河濱公園區了，因為人煙相對稀少，景色特別荒涼的緣故吧（在他的眼裡這樣最美）。不過，徜徉這樣的美景，他的意識卻還算清醒，夠了。他想在人潮再度擁擠前離開，他不打算看晚上的花博煙火了。但想逃避人群的想望看來似乎是不可能了，無論何時，也許是因為花博活動的推廣，圓山站還是充滿人潮，即便不在尖峰時刻。他正要投幣，錢包裡一枚硬幣突然滾了出來，他低下身，正要拾起，卻在無意中，剛好聽到一對男女的對話。

「不好意思，請問妳可以給我五十塊嗎？我今天忘記帶錢。」
「什麼？你說什麼？」
「我今天忘記帶錢，可以跟妳借五十塊嗎？」
「喔，好。」
男的全身氣派，得體的打扮，耳朵上還有個閃閃發光的耳環。以太不喜歡男人穿戴著耳環，尤其這麼閃亮的，他總覺得，男人就應該陽剛，充滿汗水、陽光的氣味；那個男的打扮，娘裡娘氣，把耳環賣了都不只五十了，竟然還跟女人伸手要錢，簡直就是不可取。可是女方穿著高中生的制服，滿臉的清純，就跟花博那裡請他拍照的那些女高中生一樣，青春、快樂、單純。在男人跟她伸手要錢時，竟然就毫不猶豫的掏出去給對方，感覺沒有半點心機，甚至善良到有點天真的表情。男的真的需要錢？女生是笨蛋？以太疑問，在女高中生離開後，便悠緩的跟在那個要錢男的後頭，悄悄的，刻意放慢腳步，保持一定距離，盡量不被注意到，結果發現同樣的對話與場景再次出現。一再地。
「不好意思，請問妳可以給我五十塊嗎？我今天忘記帶錢。」
「什麼？你說什麼？」
「我今天忘記帶錢，可以跟妳借五十塊嗎？」
「喔……好。」
對象大部分都是學生，尤其是女學生，也有一些陌生男人的例子，但要錢男屢屢得手，「是因為只跟人索取五十塊的緣故嗎？」以太很難想像他開口跟別人要取任何一毛不屬於他，不是他胼手胝足賺來的一分錢。但要錢男不僅不引以為忤，似乎還有點沾沾自喜、樂在其中的意味。另外，比較難以置信的是，那些毫不猶豫掏錢給要錢男的人，他們的心情，到底是如何。愚蠢，善良，天真，還是自尊使然，讓他們覺得能夠施捨是件好事？在他觀念中，作多少，就應該賺多少，就是這樣，付出才能收穫，更何況，窮苦如他出身，還沒回報父母，憑什麼給予別人些什麼。他突然想起之前在地下道遇過的，彈奏電子琴音的殘障者，他面前的鐵盒裡零錢少的可憐，幾乎可說是無，可他不是努力的以自己的能力賺錢（至少表面看來，以太認為他彈的頗認真），但為什麼他的收入，反而輸給了那個光鮮亮麗，只伸出手來的要錢男。甚至，錢幣投入之處，站立於一旁，以機器反覆播放法音的法師，也勝過他太多。

台北，到底是個什麼樣的都市。以太默默的，投下硬幣，穿越過捷運月台，腳步又開始隨著人潮移動了。滿心所想的，就只是快快離開這個人多的地方。

以太並不後悔他提早離開的決定。當他瞧見新聞台的鏡頭上，那萬頭攢動的洶湧人潮擠在一起，只為煙火施放的那刻，他倒反而有暗自慶幸的意味。雖然電視機已顯得很老舊，畫面時不時的晃動不清，但將就點來看，也還是可以隱約感受到畫面與聲音的播送：初時一陣爍爍閃閃的煙火火花，藍橘相間，亮麗的火樹銀花閃耀整個上空，灑下來的火星閃閃點點，非常漂亮。不過，當他離開園區前，嗅聞到台北漂浮在空中的濕氣，他就有了今晚應該會下雨的預感。果然，漸漸地，天空開始下起微微的細雨，一點一滴，慢慢地蓋過了火花。雖然還是不時聽見現場轉播傳來的轟隆砲響，但已看不到剛剛那般絢爛的畫面了，取而代之的是，一陣濃烈的灰雲，厚重的在天空中漂移。剛剛的那一切，如曇花一現，瞬時消滅無蹤。所謂的煙火聲此時聽來，更覺得那是無意義的雷聲，暗自漂移作響。而電視機的畫面也在此時突然開始模糊了，他用力地拍打幾次那黑色的方格子，揚起一陣陣的灰。最終放棄，啪嗤一聲關上電視。那一頭，他沒看見的是，花博的園區還有些人停駐在定點，某些人正在移動，更另一部分，還有新的一批人潮才剛要進去。從上空看來，宛如在地圖上移動的小小黑點。而以太也正在走動，他正沿著充滿氣味與微弱光線的水泥梯，摸黑登上頂樓去。這裡並沒有在下雨。不一會兒，在這個不顯目的老陽台上，傳來了咻咻咻、霹靂啪啦的煙火砲響，遠遠的人家，藉助著他們房內的燈光看來，還以為那是錯覺。因為那光亮，在瞬時便消滅無蹤，被靜謐而暗黑的天空所吸收。一直閃耀的，是輝煌的萬家燈火，與飄渺的星子，在黑夜裡，持久不滅。

那是某一天，日落以後，天沉沉黑去，四周已看不清的當下。台北有的只是四下閃爍的燈光，但也有些黑糊糊的角落，間雜其中。以太低著頭，似乎在思索些什麼，然而其實他的腦筋裡一片空白。他只是隨意的晃漾、發呆，就這樣默默的往前走去。他過度曝曬而顯得黝黑的身影，在黑夜中並沒有什麼特別，就這樣完全融入其中，是個蟄伏在牆角上的影子，只有人字拖塌塌的聲音慢慢的在街道上踢踏迴響。被某種東西撞上，那是什麼時候的事，以太不太記得，影像也不清晰，依稀感受到，紛亂的腳步、嘻嘻哈哈的歡笑聲，似乎有什麼快樂的事情發生了。雖然暗，但從背影看來，是一群年輕的女高中生，她們跑動著，裙擺左右搖晃的鼓起來。她們為什麼總顯得那麼無憂無慮，真好，那是以太的第一個想法。可再往前走幾步，他開始發現了不對勁，空氣中瀰漫一股鐵鏽般、如同鮮血的腥臊氣息，很濃烈。四處都是這個味道。

那是在哪裡，以太偏著頭四下探索，緩緩的，像條狗一樣，循著鼻子所嗅聞到的氣味，去辨認方向，去確認。終於，在僻靜的後防火巷裡，他發現了一個彎曲的物體。他無暇去顧及周遭旁邊刺鼻的腐爛味與青苔的潮濕味，他只注意到那個斜靠牆邊的彎曲物體不停的發著抖，那是個什麼。遠方不知哪家公寓的燈正亮了起來，恰恰讓以太能稀薄的由此將物體輪廓看得更清楚。他並不覺得害怕，再藉著手機發出的淡淡螢光，慢慢靠近，更靠近些。他發現，那也是個女高中生，但跟剛剛那群喧鬧、笑得燦爛的她們不同，女孩身上的衣服都被扯爛，臉龐低低的，正不停的流下淚來，抽抽搭搭的流著無聲的淚，濕了乾了的淚水將她的頭髮整個濕黏的糾結起來，覆蓋住她的臉。半赤裸的靠著，衣服根本不算「穿」上，只能說是「披」上的。可那女孩似乎已經毫無知覺了。他隱隱約約看見幾條清晰飛濺的血痕，佈滿在女孩周遭。這時他更發現，女孩兩腳夾緊的中間，竟還汨汨的流出些濃稠的液體……………也是血。她正無意識地哀嚎著，像頭嗚咽的小狗，他才發現有個酒瓶的瓶口竟然就插在女孩的那裡。以太沒有時間去思索是誰，或為了什麼，要做這件事，他沒說什麼話，先將酒瓶拔了出來，女孩悶哼一聲，再也沒聲音，臥躺倒往另一頭。

以太接著再小心翼翼的試圖替女孩將衣服穿好，此時更發現她身上青紫的淤痕斑斑，他內心長期避開地下道的直覺本能，又湧上心頭。但他嘆了嘆口氣，盡量不碰觸到她其他的傷口，但女孩動也不動，像破舊被丟棄的人偶，軟綿綿地任人擺佈。台北的夜晚有寒氣，可是以太身上確實就只有那件萬年運動衣褲，沒什麼能給女孩的。他本想回家去，拿幾件衣服，但轉念一想，萬一他離開的時候，女孩遭遇危險，或施暴的人再度回來怎麼辦。於是他的腳步因猶豫，本是要離開了，卻又回來。以太小心的抱起她，她的身軀熱熱的，但一邊走一邊發現她開始手腳冰冷，手上還沾染到女孩身上的血跡。他抱著她急急忙忙的趕到醫院去。送進急診後，才注意到女孩的手機在他手中，應該是剛剛替她穿上衣服時，從口袋裡落下，他順手撿起的。他看了看，粉紅色的手機，後頭還貼了名字，手機外殼雖然看起來還新，但以太觀察到這應該是用了很久，只是保存的非常良好而已，因為他認得型號。他瀏覽了一下快速鍵，上頭顯示：「親愛的媽媽」，他按了下去。嘟嘟幾聲之後，有個和藹的聲音從那頭傳來：「女兒啊，怎麼還不回家，媽媽今天煮了妳愛吃的菜……」以太不得不打斷她，「您好，請問您是那個誰的媽媽吧，她昏倒在路上，受了傷，我已經將她送到汀洲院區的三軍總醫院了……在汀洲路三段這裡，請您快點來看她。」

「你是誰？你……」對方話還沒說完，以太就逼的一聲切斷了電話。他向來不喜歡人際應酬，甚至多話或需要解釋的情況，何況，他也不知道接下來該說什麼，他頓了頓，沒多想，將手機交給櫃臺的護士，說這是某某病人掉下的，然後便夾著人字拖，慢慢的走回去。至少女孩得救了。在醫院裡會有人照顧她，親人也就來了。一群女高中生的歡樂笑聲，在他回家的路上，不停的在他耳際迴響，久久不去。還有那股血腥的味道，在他身上好幾天，不管洗了多少次，他還是聞得到。

也許是受到那股氣味所影響，或許是因為錯覺，以太自此之後，總嗅聞到身上那種揮之不去的血腥味，以及間雜的歡笑聲。他不知道該怎麼去應對這樣的狀況，從小一遇事，他當下便能瞬即忘卻，然而此次卻大不相同，反而因日子流動的增疊，而層層的厚重起來。或許，潛意識裡，他深深的記掛那名受了傷的女高中生吧。但現實裡，他否定這樣的想法。匆促離開醫院後，不曾聽說過她的消息，更無意去瞭解她的近況。與人群本就疏離的他，難以想像，自己會牽掛起誰。甚至，他們之間連交談也不曾有過，不可能。只是以太總記得當下抱住她時，奔跑中，世界都在晃動的破碎溫度，還淺淺的殘留在他的手肘上，如層淡淡的果膜，無形的包覆著他。最終，這樣淺薄的記憶，成就他近日來，反反覆覆的夢境畫面。

夢境裡，以太的腳步，一如往常的匆促，穿著塌塌作響的人字拖，急急的就要往什麼方向過去。有什麼正在催促著他，而且，有什麼，正在這裡。他十分確定。他提不出任何的科學證據來證明，然而，他就是清楚明瞭這一切。彷彿所有的基線，都從他的掌心開展出去一樣，脈絡清晰。四下從寂靜，開始漸次發出些微的聲響。初始，是他台北破舊公寓裡頭，老舊時鐘走動的噹噹聲，沉重，緩慢，某種程度上，更似他父親暗夜裡慢步靠近的沙沙腳步。時間緩慢的在走動，卻絲毫沒有要停留的意思。可是以太很焦急，時間快不夠了。要快，他如此的被催促著，血管裡的血液因倉促而急急的沸騰起來，燙燙的。其實現下沒有光，四下是黑暗，他有如一頭蟄伏在黑夜裡的獸，緩緩的於陰暗處浮現，然後開始左右張望。在夢裡，他想起當初剛來台北的時候，在他公寓前，停下，仰頭而看的視線記憶。那是台北某天泛黃的黃昏，地面還淺淺的殘留，下過微雨的痕跡，空氣因此顯得濕氣濃厚，冰冷寒涼。他就站在那加裝的鐵窗外，翹首四盼，想直接看進屋裡的樣貌，鐵窗的頂端是尖刺，陰鬱的如同德古拉伯爵的幽深古堡。可他知道，那也不過是棟公寓，沒有電梯，古老的水泥梯傳出了久未清理的惡臭味，更堆滿了垃圾與不知名物體。像極了堆滿雜物的小小閣樓。以太就這樣慢慢爬升，爬升，一階一階，但閣樓是望不見底的黑暗漫長，他永久的找不到光，找不到出路。

鐘聲又開始響過一聲，拉扯的時間變得稀疏，變得細長，最後微弱下去，消滅。相反的，他開始聽到一種滴答滴答的聲音，是水流潺潺、噴濺滿溢出來的晃動感。水正流著，往四面八方而去，或許是正朝著他前來，他不確定。他豎耳，偏頭傾聽。忽遠忽近，難以辨認方向。聽到這淺淺的水聲，是什麼時候的事。他不清楚，但這聲音似乎有方向性的引導他。不可思議的是，此時他粗厚長繭的掌心忽地閃過了光。有種堅硬、細長而冰冷的東西落入他手中，及一個方正而粗糙的小盒。是個火柴盒與細小棒棍。他本能的握住，喫一聲劃過，劃出了一朵微小而溫弱的藍橘火苗，在他眼前揚起。他想起他曾於颱風來臨的暗夜，握著細長蠟柱，坐看水流滿溢而上，而臉上也是映照著晃動不停的微弱火苗。雖是不可思議，卻讓他倍感心安，覺得溫暖。因這是現下他擁有的，所有。掌著這微弱翩然的幼小火苗，他開始放輕腳步，在屋內躡手躡腳的四處漂移，恰似頭窸窣的蟋蟀，以太想要呼喚誰，卻發不出聲響。他還不知道這是哪裡，他在找誰。但他發現，他正走在階梯上，一格一格，往上，上，因踩踏的腳步而將木板壓制的嘎吱作響。水流聲因此被分散了。他想，他必是已翻過整間屋子。再沒其他地方。他很確信，就是在那裡了。雖然轉角過後，又是一片漫長漆黑，但他知道他正在靠近。

已經很接近了。

不出所料，有個人正站在那裡。可內心深處，有什麼阻擋了他，他猶豫，遲疑的停佇在那裡。隱隱約約的走道盡頭，他瞧見有個人影背對著，看不清楚臉。掌上以手護圍的微光顯現的，是對方女高中生制服的穿著，跟那天救起來的女孩有點像。不同的是，這次她的衣服完好潔淨，整整齊齊，就要去上課的樣子，只差沒揹上制式書包。他不自覺的，終於克服內心的什麼，跟向她，掌著飄忽隨時可滅的火苗，亦步亦趨，前進。手中逼近的熱燙氣息越發靠近，火就要滅了。然而轉過轉角，進入一個他從未見過的怪異房間。而她，正好整以暇的，站在房間的窗口旁。似乎在等待以太更靠近些。不過就當他一腳踏進，恰如其分的，柴火滅了，忽地熱燙了他的手，本能的一縮。但更令人驚奇的是，月光便於此時，從她靠著窗口的左斜上方，輝亮地透射進來。女孩就在這個當下轉了身。

以太不由得深吸了一口氣，因為，與他正對的女孩臉孔，映照著輝亮月色，浮現出淡青的微光，模模糊糊的，僅是一無所有的白燦光芒，沒有五官，沒有表情。他瞬時嚇得就要閉上了眼。不過，慢慢的，有種彎彎曲曲，如外頭橫斜月亮般的弧線浮現了。女孩似乎在笑，那是她笑時揚起的柔美嘴角弧度。空間裡有種微不可聞的聲音在漂浮，喃喃的不知道在說些什麼。女孩是不是在跟他說話？以太努力的想要聽出點什麼，卻還是聽不見。

「嗯。」以太輕聲點頭，應該是達成了某種協議，他正思索協議的內容。卻驚異的發現，正在笑的女孩身上，後頭有雙不屬於她的手，從她身後月光透射進來的窗口處，慢慢伸出來。那是雙瘦削已無血肉的手骨，如停格的慢放，緩慢從後而出。瘦削掌骨撈動穿梭於女學生的心臟，將她胸腔如X光片顯影般的，弄得透明又具體，灰黑淺白。像部過了時的黑白片。然而可怕的是，女孩仍是吃吃的笑著，似乎對這一切渾然不覺。可她的心窩處，正被那雙莫名的白骨，宛若是在水裡面撈索什麼一樣，一邊流蕩，一邊傳出流水涓涓的淙淙聲——這個就是以太一直聽見的，水滴聲更從那手骨滴答答的流動下來，穿透女高中生的纖薄身軀，從之前的酒瓶插入處，大腿內側，一點一滴流淌在地面，初時範圍很小，然後漸次擴大，成就一團暗紅色的血水圈，圈圍越顯得大了。她的心晃動，雖仍穩當的存留在黑白顯影的肋骨處，但卻被那雙手骨，如推動來去的皮球，挪過左，又移向右。靜謐中，那怦怦的心跳，漸次地放慢速度，似無力的幫浦，跳慢，慢，再慢。隨時都要停止。那張被光芒所遮蔽的臉龐，只浮現淡淡上揚的微笑，臉上青糊糊的映射淡微的月光，然後慢慢倒下。

而他的夢境總斷續難以接上。入眠瞬間，常不經意發現被隨意安插在某個特定環節，像電動裡儲存進度後，下次再開始的備份。然而進度他無法自行操弄。並且，開啟這場遊戲的環節，便是那淙淙的水聲（血水聲？），涓涓的從那瘦削白骨上滴出來，穿透女學生的身軀，流淌成一灘血水。那掌骨張開爪，伸過來，好似正跟以太招手。也許還說了些什麼，但他真的不記得了。或許這是個暗示，白骨在哪，女學生也就在哪。他常在夢境裡就開始思索起來，是否時間能夠倒逆，於是他試著去前推或後退夢境。只是過程結果總一無可改。定局。摸索出柴火微光、追索水聲前進。一點，一滴，慢慢靠近，再近些。這種夢境，彷彿自殺人們的迴旋反覆，總重複回應返向最關鍵的要點，卻無可奈何。好幾次，他伸出手，要將女學生往旁移去。但那隻瘦削掌骨，卻還是從月光下的窗面，伸進來，撈動揉捏。然後他只得眼巴巴的看著女學生滲血、倒下，縱然還是面帶微笑。

那是什麼氣味，好熟悉，似乎曾經是那樣的接近。以太聞到了，但他始終無法從腦海裡抓出任何一個詞來形容，只是不知覺的，本能，順著那樣的氣味靠近，如同有條隱形的線。牽引著他。他腳步一步一步踏著，絲毫沒有察覺後面有些什麼，實際上，那也不過是空蕩蕩的靜謐。然而前方所見，他看得出川流不息的台北人潮，正以他們飛快的步伐前進著，分秒必爭。每個經過的臉龐都嚴肅而快捷，難以仔細的去觀視他們的面貌。萬家的燈火、服飾店輝光，閃閃爍爍的不停旋繞，透著台北特有的霧氣，如朵燦開的蓮花。可是以太一邊走著，燈火慢慢的退到遠遠的背後去，他正走近一個僻靜無人的小巷，大約還要經過幾步的路途。這個地方似曾相識，但他還需要一點時間去回憶，去辨識。但等不及他回過神來，後頭便傳來了一個冷酷的男人聲音，「警察，不要動！」他並沒有直接服從命令，轉身，跑進了最為靠近的那個小巷弄，當他發現前方並沒有出口時，後悔已經來不及了。那個自稱是警察的男人更於此時對空鳴槍示警。砰啪一聲，如爆裂的鞭炮。他只得轉過身，默默舉起雙手。其實在那個人發出不帶情感的聲音時，對於結果，他早已猜到幾分。實際上，他等待這一刻已經很久了，他沒想過要掙扎，只是本能因害怕所以逃跑罷了。

「往前走，靠牆，兩手舉高！」被槍指住的他，不由得慢慢後退，靠在死巷裡厚重的那面牆。他被轉過身，一面感受到冰冷槍枝從後傳來的威脅觸感，一面感受到另有隻手正在他身上摸索，大概是有可能放置物品的各種口袋吧。不過遺憾的是，他總是那幾件萬年運動衣褲。沒有什麼好翻找的。與那阻絕生路的牆壁如此貼近，冰冷的觸感從貼上的手掌心傳來。不僅如此，他更聞到有股濃重的青苔味，與掩不住不知是什麼腐爛的惡臭氣味。摸上去淨是濕滑、毛茸茸的噁心觸感，他的胃開始因此翻攪不已。不過，當他手被反扣，涼涼的手銬鏗一聲從後扣緊時，他的內心反而安定下來了。

即將就要走出這個巷口，他吊掛在胸前的手機，因走動胸口的碰觸，而閃爍了一下輕微的螢光。幾條狗不知何時，從旁忽地竄出，大聲地不停吠叫。探照燈的強烈光線，猶如舞台劇幕的放射圈狀，四下移動。以太這才發現，守在巷口的，不僅男人一人，而是大陣仗，武裝齊全的警察。他不由得感到一陣歉疚。他無意浪費社會資源。內在的自責，完全暴露在這刺眼的強光下。雙手被反銬的他，無法舉起手來遮擋光線，只能略略的抬起那充滿粗重厚繭的右手肘來，並本能的瞇起了眼。可是微縫中，他瞥見了。剛剛發出聲響的，是幾隻身形碩大的狼犬，正接連狂吠幾聲的從一旁極不起眼的角落一隻隻出現，也許這行動驚擾了牠們藏匿許久的祕密基地。不過，讓在場的人都驚異的是，一條還張嘴吐氣的狼犬，從牠尖銳的利牙下落下一物，與地面發出吭一聲的清脆聲響。燈光恰巧集中照射在其上，那是根看得出來腐爛許久的手掌骨。落下的手掌骨零碎的朝著天空的方向，蜷曲著。另一隊伍慢慢的過去了，而他則全身僵硬，站在那個不起眼巷弄裡的分岔路口，頻頻注視，接下來的一切動靜。

原來剛剛的腐臭味道，不僅是潮濕的青苔與廢棄物而已，一個個潮濕、爛朽的紙箱散落在地，探照燈迴旋的照射著，眾人才注意到，那裡有具腐爛過半的屍骨，只剩了幾塊類似頭髮毛皮的東西，覆蓋在最上頭。屍體靠著牆，蜷曲著，好像低下了頭，不想讓人看出她（他）顏面的表情一般。血肉則是零零落落，也許是被那些不知名的野狗咬去。以太心中一陣心酸，而那屍體彎曲的模樣、四散的腐朽、血腥臊味。他剎時想起了剛剛存在內心，尚未解答的疑惑。這熟悉的氣味，正是上次他救起女高中生的地方，只是在小巷更為前方處。就這麼靠近的距離，他竟然到現在才察覺。他一直以為那血腥味是由女高中生所發出，沒想到，那是重重疊疊，更深一處也有的。行走間，不知道踩踏到了什麼東西，腳底下一陣窸窸窣窣，好像故鄉的花草觸感。但他無暇分心，此時他專注的，頻頻往後，努力的從他眼角餘光看向那屍體的所在處，正被圍起了黃布條。四下一陣喀啦喀啦的閃光聲，警方大概正在搜查拍照吧。女高中生當時受傷的位置，距離如此靠近，讓他懷疑，或許死去的那人便是她，而他並未救起她過，他沒成功，正如他放置炸彈的訴求一樣。沒成功。警車的嗚笛刺耳的嗡嗡作響，透過那微黑的暗黑窗戶，他看見大批的圍觀民眾，看向巷內，看往車內，但他一個也不認識。不過此時，不知道是不是錯覺的緣故，他瞧見了近日頻頻在他夢中出現的人影。雖於黑暗之中，然而那臉是清晰的，美麗而清秀的面貌，正朝著他的方向揮手，如同最後的告別。她的眼眶中擒著淚光，但露出與夢中相同彎曲弧度的甜美微笑，另手則捧著鮮花。他終於想起，那個反覆的夢境碎片，他一直聽不見的那兩句話是什麼了。

「你來了。我就在這裡。」然而警車已經開始啟動了，正駛向不知名的前方。他端正了姿勢，試著去想，或不去想，任何的事情。慢慢的垂下了頭。這才發現自己底下所踏的人字拖縫隙當中，沾滿了些枯萎花朵根莖的碎屑，黃黃的，略帶點腐爛的褐綠色。聞起來酸酸的。

＊＊＊

這到底怎麼回事？地板上好冰，阿火突然醒來，帶著滿心的問號與猶存的夢境餘味。可清醒過來的他，明白了剛在作夢，滿心失望。他又在這個地方了。僵硬的地板傳來一陣寒冷的觸感，快要到冬天了？但其實春夏秋冬對他而言沒能有什麼改變，無時無刻，地板總是冰冷的，如他夢中插秧田裡的濕冷水氣。他怎麼又作起這樣的夢，他問，可連自己也沒有解答。伸出手，算完整的只有一隻，勉為其難的摸索，果然，還在。電子琴、四角鐵盒，都還在。他總算安了心，但同時也明白，又是無盡的循環了。阿火已經看不見。世界對他而言僅是片暈呼呼的黑色模糊，沒有色彩，只剩有聽覺與觸覺。身上僅有的電子琴與鐵盒，印象中是涼涼的形狀，傳遞到他本來也不溫暖的手掌中。日子起點不知從何時開始計量。

那是一片動彈不得的黑暗，隨著劇烈搖晃，世界因此翻轉。這跟他遠古夢裡，水牛背上看落日的漂浮感不同，他身下，轟隆隆的在晃動。他被晃丟的幾次都差點要吐出來。可他沒辦法，嘴巴有東西堵住了，他只得再嚥下去。好噁心。他想起以前沒把碗裡米粒吃乾淨時，被逼著把米吞下，粗糙米粒在喉嚨中滑動的痛苦，有東西想要從胃裡出來。轉移注意的，是耳邊肅肅風聲與鞭子的揮打。他會去哪裡？在暈眩、嘔吐與搖晃的不快中，過了許久，晃動的世界終究靜止下來，那雙又厚又粗，妖怪的手，伸了出來，冰冷托住他腰，然後移動。開門的聲音，鑰匙轉動，然後被粗暴的丟進去，硬生生的碰觸到地板。很痛。但暗黑中，除了他嗚嗚兩聲，其他什麼也沒有，他聽不到，任何聲音。寂靜。

他聽到了腳步聲，不由自主，用殘餘的那隻手，畸形的去彈奏他被教導的歌曲，從以前他就只學了這三首。期待那金屬撞擊的鏗鏘聲，然後他便會奮力的再多彈幾次，休息時刻，再去摸索聲音所落之處。雖也是冰冰冷冷，但那錢幣圓圓的，像枚落日，他總會緊緊的握在手心，將那東西握得發燙，握得印出凹痕，彷彿這麼做就可以把童年看到的太陽抓回來給自己。不過，紙鈔才是免除他身體苦痛的最好來源，雖然紙鈔上總有種說不上香，濃烈而怪異的氣息。

於是他又開始奮力彈奏，縱然曲目不變，但他同機械般，沒法停下，恐懼驅使他繼續，鞭打水牛的鞭子彷彿就在後頭。他只能無止盡做著重複的事而無法停頓。人聲與腳步雜沓、零散，接而紛亂，又變回原樣；腳步高峰與零散交相替換，一天大概也就又結束了。人來人往，那他為什麼停留在這裡，他在幹嘛？他覺得好怪，害怕，可他看不見了，只剩了隻彈琴的手，另外一隻則被地板磨來磨去，非常痛。心裡有千萬個困惑，但沒一個獲得解答，甚至沒法反抗，像家裡那頭水牛般被牽來拉去，但他現在連自己走路的能力都失去了。他變成以前大家懼怕的臭青蛇，軟趴趴的癱在地上。可他不是蛇，誰也不怕他。豎耳聆聽，最終有特定的腳步聲來到，在他疲倦至極時候。那雙又厚又粗，妖怪的手，便再度來臨。人在最疲憊空虛時會有幻覺，妖怪才出現。但這妖怪卻天天來。將他如孩子般托起。此外，那雙手總會先在鐵盒裡四下擾動，像擾動一池金魚，一窪蝌蚪。然後他又再度被抱走，此時四周幾乎沒有腳步聲，地板冰冷至極，妖怪總在深夜來臨，他相信一切都是幻覺，他太累了。

他曾有機會看清妖怪的臉，在失去視力前的最後畫面。妖怪既沒長角也不是青面，跟一般大叔沒兩樣——濃眉，尖削下巴國字臉，看來方方正正的，手中倒有一長棍棒。他試過要逃跑，但門口被鎖住，方正臉就站在那，拿起棍棒追打，他不由得尿濕一褲子。方正臉一臉冷淡，皺起眉，猝不及防就給他幾下。「髒死了。」一太過濃厚的尿騷味，跟隨他許久。然後便開始學習彈奏的日子。他以為，只要學得好，他便有機會回家。回去，趴覆在溫暖大水牛身上，緩緩作夢。看叔嬸彎腰工作。他們的臉已模糊，可他還是很想念，半夜裡，總有種懷念的淡淡情懷。瞎眼的那晚，他還作著夢，夢見那美麗落日與雲彩，以為夢想成真，如雲彩般漂浮起來，浮得高高，他試著睜開眼，想看看久違的落日。一個紅豔而尖的東西逼近了，焰焰的閃光，上頭冒著煙氣，世上也有不同形狀的太陽與虹彩嗎？正當他這般想，那枚不成形的太陽落入了他未及閉上的雙眼，雲彩發出喫喫的漂移聲。眼睛劇痛，然後他的世界從此失去光芒。另一隻手掙扎著，伸過去想推開，結果是更為熱燙的觸感，阿火失去知覺。淡淡的只聽見妖怪的斥責道：「別讓他傷了手！」

參、我們都活在宇宙的蛋裡

一間窗明几淨的小房間內，實際坪數大約不會多於十二坪。然而，環顧四周，擺設高雅簡潔，牆上的收納空間美輪美奐，實用之外，還具備時尚的設計感。玻璃花瓣型開展的水晶燈亮著，將底下的透明圓桌映照的閃閃發光，映照範圍的圓桌上，有個小小的曲形空瓶，瓶裡垂插著一朵玫瑰，或許才剛換過水，故而花瓣上還殘留點滾動的水珠，充滿浪漫氛圍。木製的地板上，發散出淡淡香氣。而往東邊的方向，柔軟的雙人床折疊整齊，米白色的羊毛被外，尚有些長型的抱枕與唯美床巾。附近，則是灰色接近象牙色的沙發，對著平面液晶電視，一個身形優雅的女人，正極疲憊的，仰躺在沙發上，手上拿住混入冰塊的威士忌，一邊搖晃，一邊慢慢喝下。四下似乎顯得過於安靜。彷彿是要打破這樣的沉寂，慵懶坐在沙發上的女人，百無聊賴的開始選台。精美的畫質上，呈現電視台正在播映的劇碼，韓劇最新流行《原來是美男》與重播的《妻子的背叛》。以往被日劇所攻佔市場的場景似乎早已不復見，近來各家電視台，幾乎都被這股新興的「韓流」所取代。不一會，畫面跳動了幾下，終於發現比較有台灣本土氣味的劇情：當紅女星楊謹華主演的《敗犬女王》。迷濛的時光流逝間，遙控幾經切換而畫面不停跳動，似是不由自主的不停按下遙控器，任意轉台。隱隱約約彷彿播放了歷久不衰，很夯的《天下父母心》、《戲說台灣》，以及之前才崛起的《星光大道》、《超級偶像》等。最近的夜裡她如此恍惚，看過什麼也記不真切，記憶重重疊疊的混在一塊，不過，僅是隨意的打發時間罷了，她也沒太放在心上。最終，無意識裡，她轉到新聞台。主播報導時事的聲音細細碎碎的流洩在這雅潔的小房裡，使這小小的空間，沒那麼安靜了。不過女人最後還是輕聲的嘆口氣，按下紅色的圓形鈕，將電視關上。四周因此而變化得落針可聞，靜寂無比。唯有女人手中加入冰塊的威士忌匡啷作響，略帶刺耳的尖銳。不遠處的樓下，居住的家庭，正傳來小孩歡笑的追逐聲與父母的窸窣對談，充滿溫馨氣息。相比之下，這房裡，似乎一點快樂的氛圍也無，瀰漫股死氣沉沉的寂寥。別人看來，她並不很快樂。也許是吧。

韶寒約莫三十六歲，單身，一人居住，是某個高中的女教師。在現今台灣普遍存有流浪教師上街頭抗爭的困境。她明白自己已算幸運，至少，還有個穩定的工作。近來台灣經濟，仍是一派低迷，雖亦有復甦之說，然就業市場上，極大比例，都是些吃力不討好又工資低廉的工作。而教育水準的提高，博士生的培養亦供過於求；令人嚮往的大型企業，員工內部暗鬥，爭擠破頭、甚或有超時加班的情況，亦自有其難處。然而對剛出社會的新鮮人，在茫無頭緒下，除非實力超卓、目標明確，否則很難快速的達到定位。相對的，韶寒那時一畢業就「如斯幸運」，光這點她就覺得自己該倍感知足，沒什麼好抱怨的了。隨著時日推進，「為人師表」之路，越顯艱辛。即便修完教育學程，還必須歷經長達一年的實習時光，美其名為「教師實習」的過程，說穿了，也不過是淪為那些正式老師與行政官僚的跑腿人偶，做東做西，活像普通大學時薪九十五的廉價工讀生。不僅如此，付出勞力沒有相對應的報酬也就算了，還須繳交實習費，通過艱難重重的實習、教檢與近1％錄取率的教甄，才能成為「正式老師」。（雖然之後便是不停備課，與怪獸家長及頑劣學生對峙的恐怖生活）但至少當年的門檻，還沒有如今廝殺的慘況。她該感到慶幸與感恩。不能再奢求些什麼了。

不過也許這一切都當歸諸於命運的磨練。她從小便是個被人棄養的孤兒，在寒冷的冬至夜，每個家庭溫馨環繞著準備圍爐的同時，她竟被放置在台北土城派出所前，一個破爛的紙箱中，宛若流浪的小貓狗，箱蓋雖被特意闔上，然而卻因冷風而時不時的掀動，身上僅存有條保暖用的大圍巾。一個要外出值勤的員警，在寒風中搓著手掌，正抱怨著寒夜還須出外值勤的苦差事，卻意外發現了在紙箱中，幼弱、凍得發紫而哭聲漸微的她。仔細一瞧，臍帶剪得不平整，身上還帶有血污。他連忙將韶寒送醫看護，那時，她已有失溫現象。而後，調閱了監視器，希望能幫她找回親人。然而，湊巧的是，不管怎麼放大解析，都僅剩下個模糊的黑影，那人恰好在監視器的盲點部位，連女子（或男子）的容貌都難以辨別。依稀記得，她小時，周圍的環境總一直在變化，應該是流離於社會安置中心或兒福聯盟之類的機構吧，她印象早已模糊，連那名不時來探視她的好心員警臉孔也是。多數時間，她總靠在牆角下呆坐著，不哭也不鬧，什麼事也沒做，一副逆來順受模樣，唯一波動的心緒，是熟悉員警到來的一刻。另外，偶爾會有些陌生的臉孔來看看她，抱起她。她才會在這難得的瞬間，感受到除己之外的烘熱體溫，雖仍一臉漠然，她其實是高興的，然而內心卻時不時會因陌生不熟悉而抗拒似的感到害怕。後來不知什麼緣故，親切的員警沒再來了，那時還年幼得不知該去詢問誰，只是，存在內心當中唯一的期待，如星子般，被宇宙的黑暗慢慢所吞噬。長大後偶然才得知，他在值勤時被意欲逃逸的歹徒撞上，就這麼丟了命。天空裡的星光從微弱到一無光芒，也不過一閃而逝的瞬間。

年齡漸增，記憶較為清晰時候，仍是漂泊不定的日子。從各個收養家庭裡，穿梭來去，沒個定處。並且，她總湊巧的被上了年紀的歐巴桑、獨居的老奶奶所收養，對上述者而言，與其說她們認養了韶寒，倒不如說她不過是她們排遣寂寞與哀怨的小寵物。而不多時她們便會因意外或疾病年老等因素撒手人寰。首先令人匪夷所思的是，常理而言，安置中心等機構，當有訂定一道評估家庭是否具備適合領養孩子的條件環境等，才能置辦手續。然而，為了什麼緣故，她總是很草率地，就被隨意託付出去。其實，那些人說來本性也不壞，撫養過她也有份恩情在。但她卻是沒辦法不去討厭她們——至少在個性上，失婚後極度神經質的老女人，成天說別人八卦的婆娘，或只浸淫於緬懷死去丈夫的老太太。全身蕩漾著一股腐臭而寂寞的氣味，讓人難以忍受。有時，她會有個錯覺，那就是她自己的稚齡氣味也一同，日漸腐敗下去。高齡又苦痛纏身，不久即死去自是意料中事，那時她還未因此而揹負莫名掃把星的罪名。然而，日子一長，她所企求在「正常家庭」裡普通生活的希望，似乎越顯渺茫。極其難得的某次收養，對方是對慈祥的年輕夫婦，因不孕多年，想要個可愛的女孩，韶寒雀屏中選了！然而當她正為著即將到來的「健全家庭」新生活而興高采烈的同時，卻傳來了這位善心養父因癌症而病逝的消息，此後她「掃把星」之名，不逕而走。到最後，旁人避之唯恐不及。那時心中煩悶，在閱讀經典名著《簡愛》的當下，讓她心中戚然。她正是那種會被老師叫到個突起的圓圈站台上，被處罰，眾人直盯著她瞧，卻無所動作。因為她不過是個孤兒，沒父沒母的孩子。沒有靠山。考上師大的公費補助，大概是成長過程中，最讓她歡欣，也極具意義的事。由不知名的父母替換成國家來扶養，吃住不愁，經濟上獨立安定，以及與今日不同，決定性的安穩未來——教師鐵飯碗。她終於可以暫時擺脫宛若依附性草籽、花瓣，沒自主性亦沒有被尊重的可能，就被任意的往天空拋灑上去，然後一直被風吹往不知名的某方，永遠都在憂慮，何時，又必須要接受一段新而陌生，令人不熟悉的恐懼循環：顛沛流離，忍受對陌生環境人事物的恐懼，努力適應了卻又猝不及防的被隨意轉移，移轉後又令人不耐的，重複而無趣的難題困境。這樣充滿不安全感的生活讓她厭煩至極。她想要落在一個安穩的定點上，靜靜的不動。一下子也好。

師範體系雖是她夢寐以求，然而其中濃厚的保守氣息卻宛如烏雲般，罩住她整個青春的天空，暗暗的。本來從小，不管如何轉校，離開，到新的地方去，扶養家庭或學校生活等，韶寒所接觸的，幾乎都是各個年齡層的女性。然而對於男女間的相處，卻彷彿隔絕了一道厚重的牆，永遠也穿透不過去。即便她非常漂亮溫柔，卻總一直單身。原先她並沒意識到如此生活有什麼不對，直到見到同寢的室友，一個男友換過一個，並且任一位都對她噓寒問暖、死心塌地的示好，才不禁有點欣羨的意味。雖然室友長得胖胖的，有種福氣的圓臉，每次吃飯時，都會因吃得太快而兩頰鼓鼓的脹起來，像條其貌不揚的小海豚。腿雖然細，但肚子很大，跟臉一般。不過，最令人注目的，許是她豐滿的三圍與強勢的個性吧。而韶寒從小不愛哭鬧，茫然呆坐的積習，在各方面而言，就顯得無能，或說是「沒意識」的去特別爭求些什麼，而給人太過溫順的感覺。事實上，或許，她的情況，正好也反映了台灣當下，男女間苦無認識機會而興盛起單身貴族的新潮流吧。於是在她寂寞的青春日子裡，沒有一般少女轟轟烈烈的戀愛史，只顯得一片空白。然而這不曾稍減她善良的心性，身為棄兒，能活下來便已算幸運，彷彿是要回報這樣感恩的心緒，她對朋友的態度，總在自己的能力範圍內，真心實意的付出。誰生病、誰需要幫忙，甚至有時不需開口，她便抱著滿腹的熱誠去做這些事情，載朋友去醫院，接送車站，替班級服務訂購各類書籍等等，諸如此類等的雜務，全不避諱，絕對一馬當先。如今回想起來，是否在某個部分，因她不停漂泊，未能安定的過往，與環境中的人事物等，存在的是某種輕薄脆弱、隨時可斷的幼細絲線，為了穩固這脆弱的連結，讓她下意識的為每個當下的人拚命付出，就只不過是因為害怕失去的緣故。

然而，似乎越是恐懼，事情越容易發生，她與人際關係上的微弱細線，終究還是在陣強風中，被吹斷了。轉捩點發生在她面臨畢業的那年，她突然罹患了重病。向來健康的她，一時間，恍若洩了氣的皮球，元氣大失。耳鳴不止，並嚴重心悸，即便藥物亦無法壓制住，她突然覺得非常害怕。自小即便在各個寄養家庭中來去，雖是恐慌，但至少，身體足以支撐她應付各項狀況。只要努力，就不用怕。這是她常告訴自己的，也沿用至今。然而這個變化讓她猝不及防，不是不願努力，而是有種深厚的無力感——對每件事。另外，學業需完成的時限迫在眉睫，若不能及時完成，她並無多餘的獎學金可供繼續，甚而需要償還。以前在內心中壓抑的惶恐、不安全感此時全被激發出來，如巨大水流般地淙淙作響。這不曾經歷及預想過的困境，彷彿回到以往面對又一個陌生新環境，手足無措的模樣。韶寒被逼迫著，往時間巨輪壓嘎的反方向移動過去，時光倒流了。生病的她，如稚嫩幼兒般，帶著陌生而不熟悉的新身體，只得一面帶著恐懼，一邊慢慢摸索，一切重頭來過。事實上，她正因討厭那種倉促的意外與被動遭移轉的感覺，所以她總儘可能準備周全再奮力面對，但如今這一切似乎都由不得她作主。本性原就不習慣向他人求援，正確說來，是她從不知該怎麼開口，去請求他人幫助，而經歷又使她向來獨立，總靠著自己（也只有她一人）去完成每件事。然而如今，沒寄養父母的她，忽然間覺得無助，但卻不知道此時有誰，能給予她援手。在冬天的某個黃昏，她於校園行走時，突然感受到心臟因強烈鼓動而劇烈發疼，世界旋轉起來，只有迅疾的心跳聲響，一陣過一陣，強烈的耳鳴讓她聽不見世界，只有尖銳吱吱作響的的摩擦聲。她顛簸的腳步逐漸從直線變成偏斜。此時，她想到了朋友。努力克服自己不慣麻煩人的心理障礙，深吸一口氣，撥起了電話。

「喂——，韶寒啊，有什麼事嗎？」

「喂——凱蓉？妳現在有空嗎？我身體很不舒服，能不能請妳……………」她話還沒說完，就被一陣男女的打鬧聲打斷了。「喔對不起韶寒，我正跟男友一塊，現在不方便，妳自己去醫院吧，妳行的，就這樣。」她還來不及說些什麼，就被掛上電話，內心感到一陣愕然，耳鳴越發嚴重了。她想這必定只是個特例，她如此說服自己。然後從滿滿名單中的下一位，按下了通話鍵。

「喂——翌新………」

「喔，韶寒，妳的聲音聽起來怪怪的，怎麼了？」

「喔，」她有點猶豫的，不知該不該開口，「我人很不舒服，妳可以載我去醫院嗎？載到醫院就好，可以嗎？」

「蛤，這種天氣我懶得出門耶，妳叫別人好了，抱歉囉。掰啦。」

「可是，我有點累，好麻煩——妳要不要問問看凱蓉呢？」

「不過，我想陪我男友，妳問別人吧。」

「……………」

大約七八通的電話，都是這般的回答。本已極不舒服，而今有種更被揪緊的痛楚。施恩本不求回報，然而平日裡，她為朋友兩肋插刀，義氣相挺。接送車站，送醫看病自不用說，許多時候，更負責聯繫與處理大小事件，表面上，她與朋友一派融融和樂，知心要好。但如今對自己生病卻無動於衷的冷淡反應，竟說懶得出門也就打發了她，而要相陪男友看電影玩樂，更可以置自己不顧。往日對朋友的好，當下如反噬的火般，從後燒灼開來，強烈被背叛的感覺使她痛苦難耐。她若是有男友，知道朋友有難，也會奮不顧身。可惜，她還不是那個擁有對方的人，她還沒擁有過誰——到如今。當下瞬間，宛若腳底竄起了一股寒氣，韶寒突然明白了某些事。原來善良與熱誠，並不能保證些什麼，她是天真的傻瓜，愚蠢至極。並且，除了發現自己仍是一無改變的孤獨無依，即便環繞於眾多的「關係」層次裡。但人各有其羈絆，只是她不在那裡。以往她交友本無性別之分，付出亦是，然周圍總是女性無異性。純女。她僅是無意識，自然發展成這樣的圈子。表象上，「她們」愉悅的在群體中相互依偎，彼此作用。時不時歡樂聚會，或偶爾幫點小忙。然而說穿了，其心中自有根戒尺在橫量。對她朋友而言，相當聰明，亦極度實際，男友第一，家人其次，至於她這般真心付出的人，她發現了，永遠排在後頭，很後面。薄弱的鍵結關係，隨時崩落也無所謂。她不過是朋友沾不上邊的邊緣人，她們需要的，只是她的做牛做馬，沒有其他。這時她才真正的體悟到，人是孤獨的道理，尤其是她。頓時，被世界所遺棄的感覺再度攫住了韶寒。又只剩下她一人了，沒有誰。灰撲撲的如同被熄滅的柴火，啪嗤一聲就滅了。於是而後，她再沒奢望過不變的穩定與永恆性，因她早明白，世人所能保有的，不過是晃動的當下。那天的冷風不停的吹往久站在原地的韶寒，吹得連她帽子掉了，也沒發現。人跟毛帽的影子最後都變得小小的，遠遠看去，如同兩個小小的圓點。

後來是如何抵達醫院，細節她早已忘記。只模糊的感受到世界的每一角度切片，都彷彿同心圓般的盪開，她活似轉換到不屬於她的異世界裡頭——在「別的地方」的街道上，一人獨自行走，發著燒，四周亮麗的景物如透明的薄凍，凝結，然後搖動起來。四周地面突突的冒起煙——

靛青的、淡灰的、橙橘的煙，陣陣異色煙霧將她包圍，似ＤＮＡ的螺旋狀旋繞，縮緊。她的靈魂在斑斕的煙霧中行走，身影因而顯得飄忽。影子開始與她對折相離，恍若彼此將要走向迥異的角度。世間的三軸空間線，頓時幻化簡約為二軸，她在這謎樣般的ＸＹ間隙裡浮沉不已。頭熱燙著，心卻陣陣發寒慘白。顛簸行走於異世界與原初宇宙的交界線，卻不屬於任一方。等她倏然張眼的瞬間，才瞧見她嘴中的溫度計測量數字，恰恰是39.6度。醫護人員剝去她外衣，試圖先行退溫，套上的青色寬鬆衣，不僅僵硬冰冷，甚且觸感粗糙。兩肩背後呈現不規則、天使雪白翅膀般的飛起之形。只是她沒有力氣飛，不能飛，意識殘存的，僅有暈眩與漂浮。四周靜靜的不說話，蒼白。病床底下的土地正竄起陣陣寒氣，直線上升，衝擊她瘧疾般發寒又發熱的身軀。好冷。

這世上，一個人的體溫，39.6度，還是很冷。

口中呼出陣陣白氣，使她前方一陣模糊。

韶寒對朋友在自己最需要時候的冷淡態度，感到心寒，態度漸漸地不是那麼熱切，本來已沒什麼要來往的意思。不過是禮貌性、客氣的周旋，她本就是心軟的人，也或許對人性還抱持著最後的一點期待，並無毅然決然的橫生切斷。不過而後，韶寒是另有緣故，再也不願意，去參加她們的聚會了。因為，只剩她一人是單身。青春時期，如一般少女渴求浪漫愛情的她，並沒什麼結果。而後隨著年齡漸長，有朋友試著想要替她介紹對象，不過，不是她沒有感覺，就是對方對她毫無興趣，這也很傷她的自尊心。這樣的事越演越烈，越顯得可怕。最後竟習慣性的將她單身與每件事連結起來，作為取笑與指責的標靶，砲火猛烈，完全不顧她顏面。某次，應新居落成的朋友之邀，前去拜訪。她一時找不到廁所的開關，隨口一問，竟得到「連廁所開關也找不到，難怪沒有男朋友」的回答；穿著明明也是最新流行的穿搭，結果才一見面，就被劈頭數落說，「穿成這樣，怎麼釣得到男人？」鞋子也是，化妝也是，個性也是，一一被數落殆盡還不能趁她們心意的模樣。剛認識她的人，每一得知她還單身的事情，總會面露驚訝表情，「妳這麼漂亮溫柔的女孩子，怎麼會沒有？」她不太清楚這是真心的問候還是只想套出內情來作為家常閒聊的八卦。但她周遭確實都女性朋友居多——這些號稱好友，平常讓她做牛做馬，重要時刻，卻將男人與她們自己永遠擺上第一的人。名單上少得可憐的男人，大半多數早已死會，不然就是同性戀者。她對於異性、同性戀者並無歧視分別的意味。只是說，如此環境下，她哪來的機會。對於因單身而屢遭砲火抨擊指責、被嫌棄，她滿是無可奈何的辛酸，又不擅言詞去辯駁，只能將這樣的苦水默默的往自己肚裡吞。某次大家又起鬨說要介紹某個男孩子給她，她既期待又怕受傷害，然而一見面，卻是滿心的失望。是個又矮又胖，臉皺得像橘子的男子。剛開始，態度謙恭，很有禮貌，可是細問下，學歷不高，失業中，家庭背景也不清楚。介紹人並非很熟絡，僅有幾面之緣，只不過他還是單身的緣故，就被邀請來了，她頓時有種被羞辱的感覺。單身的女生又不是剩菜剩飯，可以被任意傾倒。然而可怕的是，這些自恃「好心」的人，只要結果一不成功，便將矛頭全指向了她。表現一副在做好事，是施捨，而韶寒卻不領情的模樣。又叨念起：「既然單身，眼光就別那麼高，有就不錯了，還挑……」然而，她不是不顧及朋友顏面，她也試著釋放過善意，但感情又不能強求，她沒辦法勉強自己，或去勉強對方。事實上，在這樣的情況，一般人的當下反應，覺得尷尬受辱，也是正常的。有時，被嘮叨的過份了，她忍無可忍反唇相譏，「妳喜歡送妳好了。」

「才不要，」那些人馬上回嘴，「他長的那麼醜，又矮，學歷不高，誰要？送我都不要？」

「…………」連介紹者自己都不滿意的人，韶寒喜歡的機率自然也不高。或許是因為沒滿足她們「做好事」的心理，因此被強烈指責是自己的過錯——眼光高，條件不好等等，所以才落得「如此下場」。說這些話的人意味著什麼她不想再去計較。但仔細檢視她們，有的每天煎早餐的平底鍋，與吃飯的碗筷，半月沒清洗過一次，直接往廚房流理台上疊上去，留給別人去清理。在女生面前肆無忌憚的大笑，笑到將爆米花灑落在沙發上也沒掃去，總留下一堆髒亂。可到男人面前，便嬌聲嗲氣，一副溫柔賢慧的模樣。聽聞搬家時候，她室友還從洗手槽下，清出她未吃完忘記洗或不想丟所以直接踢進槽下的咖哩便當。其他人的房間也充滿毛髮垃圾。反觀自己的雅緻小房，一塵不染地乾淨，面對鏡中的容貌，亦無所挑剔，個性又好相處，只不過因為單身，竟受到各項指控。眼看她們的男友個個都是精挑細選，人中之龍。她不禁想，真正眼光高的是那些毒刺般說話的人吧。但現實點，她們之所以能一副傲氣凌人的說嘴，批判她，不就是因為她們有手腕，有男友。韶寒承認自己或多或少，對於她們十分欣羨，然而沒機會遇見對的人，不會耍女人的心機手段，是不爭的事實，無可奈何的單身並非她過錯。她也曾遇過讓她掏心掏肺付出的人，但對方完全不當一回事，沒有珍惜她，反而只是嘲笑與不屑的態度。這讓她覺得自己宛若舞台上的小丑，任人使用、取笑，傷心至極卻無人援助。如今懶於戀愛的草食男如此盛行，男方也當負起責任，然而社會價值觀卻屢屢將過錯歸咎於女方，單身女性，如她，彷彿步步皆錯，打扮、行事、個性各方面都是。她明知做好自己最重要。然而被注視下，偏差與指責的目光，仍如影隨形，時不時的刺穿她，使她感到沮喪。更讓她恐懼的是，她開始深覺是否有種無形的力量在操弄。如她過往，渴望父母的溫暖親情，企求安定，卻生來便是個孤兒。努力為朋友付出，然友情脆薄如絲，發病時才知人情冷暖；奢求愛情，卻苦無對象，命運的線擺佈著她，努力並不能保證什麼，僅有無可奈何，虛垂的無力感。

漸漸地，她厭煩這樣重複而制式的循環對話場景、比較心，以及成為被嘲笑小丑的角色或指責箭靶。來往僅是增加自己的負擔，她們把粗活丟給傻傻的自己，然後甜蜜的去跟更重要的人在一起。看穿一切過後，她下定了心，決意一人生活。人際來往也不過是給她心神上的壓力，如今，她再也不能容忍任何會給她羈絆感的關係了，即便最簡單的亦讓她感到負擔覺得煩。從前她傾力追逐的，如蛇般反轉回噬自己，啃得鮮血淋漓。她開始專注於專屬於她一人的小世界。出乎意料的是，一個人的生活，反而更可以聽到自己的喜好、聲音，與內在的需求。那些只想用用自己，一甩而丟的人群，已被她拋諸腦後，退到遠遠的後頭去。她把心力投注在工作上，既沒父母，也鮮少朋友，雖然偶爾寂寞，然而她不再因而感到刺痛、被使用。沒人際關係的繁瑣，反而樂得輕鬆。其他就隨緣吧，她沒再奢求。

養活自己，過得快樂，新的契機才有一切可能。如果有「可能」的話。

抱持著這樣的心情，經歷過多久歲月，她無心細數。望向房內漂亮的水晶燈，在圓桌上閃閃發光，金燦燦的將玫瑰上的水珠輝映的朦朧曖昧。腳雖穿著絨布兔鞋，卻還是感受到底下木板傳來的一絲涼意。四周的空間收納的恰到好處，雖然坪數少，但還是顯得有點大，特別對她而言。她從小便十分喜愛狹小的空間，尤其狹隘到擁擠的那種。或許正因為地方如此窄小，角落裡，她蹲伏著，彷彿透明地在腳邊劃上一圓圈，如行星的環。結界。一顆飽滿的果實，在這特有空間裡，填得滿滿，有專屬於她，充盈的溫暖感覺。有些時候，她就這樣抱住雙腳，在圓圈中打盹到睡著，夢裡的仙境裡，她化做被纏繞在繭中的蛹，蜷曲著身子，緊緊地被裹緊，像條彎曲的小月亮，蛹裡的顏色，是昏黃而溫暖的暗光。誰也沒進來。

今天實在過於疲憊，睜目瞧了一下時鐘。現在去睡未免太早，極有可能半夜就醒來，這樣更不好。於是她決定先喝點威士忌，小而美的冰箱噹一聲的被打開，她又在杯中加了點冰塊，冰塊與杯子清脆的發出匡啷的撞擊聲，在酒中晃動著。她緩慢優雅的坐下，對著電視發呆。四周實在太安靜了。她開始選台。舉目所見，都是韓劇。《原來是美男》，這種劇種當她少女時代也曾風靡過，然而現在已經激不起她的興趣了。但還是無意識的停留一陣，不過，她發現仍是公式化的劇情。男主角脾氣壞又古怪，怎麼瞧也是溫柔體貼的第二男主角好，不過女主角怎麼就是不懂得選擇後者。她想到了自己，溫順可愛，反而在戀愛當中，老是被退居在後的情況，心下惻然。不由得轉了台，《妻子的背叛》又重播了，男主角一臉沒用，然而兩個條件極佳的女孩鬥得慘烈，大概世界上男人這個物種都消失了，沒別的選擇；而申愛莉恩將仇報的作為，跟以前她對於友情真誠性的體悟，若合符節。下意識的再轉台，是台劇，楊謹華主演的《敗犬女王》，大概就是描述韶寒這一類型的女人吧。不過劇情實在太夢幻了，現實裡，哪來的癡情學長與可愛的學弟哩。阮經天年輕俊俏又深情款款的模樣映入了韶寒的眼簾，她彷彿否定性的搖搖頭，想拋開掉些什麼。接而是鄉土劇的《天下父母心》、《戲說台灣》，還蠻有趣的，雖然與她的年齡不相符合，但善有善報，惡有惡報，看了大快人心，其實也不無小補。她想到年幼時，以前撫養她的養母們，一定會喜歡這種劇情的。一想至此，那股久遠，因寂寞而腐臭的氣味好似又瀰漫在她四周，或許，再過不久，她也就與當年的養母們相去不遠了。她不由得全身一震。過去的片段歷歷在目。她不禁想問，那麼，我做錯了什麼，有此報應？這麼想著，再也提不起興趣看任何劇種了。也許她太敏感了，她竟覺得，今日所見的戲劇，都在針對她個人，使她內心一陣酸楚，慢慢陷入恍忽。以致於後來看些什麼，也沒太注意，只隱約的聽見校園霸凌及援交的普遍問題，似乎還有個畫面顯示一對父母正淚眼縱橫的請眾人協尋失蹤的女兒……她開始微微的作起夢來，這些細碎的片段，如掉落在盤中的彈珠球，嘩啦嘩啦，聽不仔細。打盹中，她下意識地又啜飲了一口威士忌，漸漸地，厚重的睡意竄起，她終於忍受不住，走向床邊。而關上電視後，四周顯得非常寂靜，連樓下模糊的吵鬧聲響，都被掩蓋過去。她什麼也沒聽見。

校園內的鐘聲已響起一陣子，差不多要結束了，然而韶寒還在前往教室的路上。她一邊責怪自己的懶散，也困惑今日的反常。以往她總會好整以暇，時間前便會抵達教室，必定是昨夜喝了酒的緣故，她心中很是懊悔。甚至，喝了酒的頭腦裡，連今日的上課內容，也記不真切，彷彿雪上加霜似的，她突然發現自己並沒帶上備課資料……。她匆促的意欲返回辦公室，之後再與學生找個藉口搪塞。然而就在這個當下，「上課了還在外面幹什麼！」一個嚴厲的男性斥責聲在耳際響起，聽起來像是校長或主任的聲音，她心下一涼。但不知何時，一旁忽然有隻手，拉住了她，開始快速的跑動起來，邊說著：「韶寒，快進來，老師上課了」。「老師？我就是老師啊。」她感到十分困惑。然而卻身不由主的被那隻手所拉引，快步的跑動起來，她此時才驚訝的發現，自己竟身穿高中女生制服，而那統一規定下的百褶裙，正隨著奔跑與風，輕飄飄的鼓盪起來，像朵花。而她的名字正端正的繡在透白的上衣上。那麼，拉著她的，到底是誰。是誰呢。

不知不覺跑進了教室，然而本該在課程進行中，坐滿學生的教室，此時卻詭異的空無一人，只有相對彎著身軀，因過度跑動而氣喘吁吁，將手搭在膝蓋上呼氣的兩人。她不太確定，「念平？」遲疑的叫喚出這個名字，男孩抬起了頭，對上她的，是他沒錯。四目相對的瞬間，不知為了什麼緣故，兩人都笑了，男孩揚起嘴角的一抹微笑。然後漸漸地靠近過來。她十分緊張，真像個普通女高中生的羞澀。忽然想到的是，書包裡，還藏有給念平的情書，粉紅色信箋，上頭還有淡淡的花露水味道。那封平躺並寫著「我喜歡你」的情書上，宛若魔幻色彩，正在發光發熱，一陣陣隨著她鼓鼓的心跳悸動，出現在剛剛跑動時尚未存有，而今穩穩掛在肩頭的制式書包裡。念平走得如此靠近，俊俏的臉龐逼視著她。輕輕握住她的手，什麼也沒說。但她卻聽見了「我知道。」三字。也許是揭穿了她心事。這時才發現教室的四周，不知於何時，都是課桌椅般的黑褐色，厚重紮實得連外頭的陽光都射不進來。四處因而顯得暗暗的，黃黃的。恰似老舊的日曆，一頁一頁的被翻動起來，發出啪達的聲響。嘴唇有涼涼的觸感，是吻嗎？正疑問著，卻突然坐起。從那泛黃的夢中醒來。

「原來是夢……」韶寒內心難掩失望，瞥向鬧鐘，清晨五點半，果然，又是這個時間。她不由得嘆口氣，本就難以入眠的她，即便再躺回去，也只會反反覆覆，難以繼續，等接近熟睡的瞬間，又該去上課了。不過，今日不同，她睜著眼，面對空蕩蕩的天花板，努力去溫存那殘存的夢境，試圖去探索這夢的意義。沒想到都三十六歲了，還有這少女般輕小說情節的夢，必定是昨晚

《原來是美男》的影響。她想，轉過身，看見了附近桌上擺的威士忌，冰塊已經融化了，還有旁邊的空瓶，玫瑰花不知道還能持續幾天的鮮豔，改天有空再去買束新的。不過最近實在太忙，還不是因為要代課的關係，加上自己所專屬的班級，讓她整天不停上課與處理事務，顯得十分疲憊。本來每人都有固定班級，然而校內唯二的化學老師車禍住院，重責大任於是落在同具備有化學資歷的她身上。臨時就被叫去校長辦公室去，問也沒問的就直接把B班班級事務相關資料，全都交到她手上。像她這種還算是資淺的老師，根本也不能多說什麼。於是她默默的，什麼也沒說，很識相，本能的伸出手，接過了資料。

然而一進教室，才感到緊張，生來總與各階層的女性—長舌歐巴桑、老奶奶、青春少女、同性戀男人等處在一塊的她，忽然間，面對這群十七八歲，正值青春期的男孩們，一時有點不知所措。而她走進的同時，學生們的反應也不遑多讓，先是驚訝、有人吹起口哨，接而陣陣的喧鬧聲揚起，又安靜下來。最後變做一群張大嘴巴，如同雀兒張嘴向母親討食的嘰喳模樣。她走到講桌前，大略告知他們原導師車禍的事，然後淡淡的說了聲，這段時間都由她代課及負責所有事情，便不再理會之後幾個不相干的提問，開始點名。然而底下仍是一陣嘩然，這些稚氣未脫，臉上長滿青春痘的小男生，一個個仰頭看她，感覺有股說不上來的怪異。心裡暗自懊悔，剛剛是該想點藉口推辭掉的。上課時候，隱約感覺有人一直將視線投射過來，學生抄寫老師筆記，注視眼光自是當然，可是她就察覺有差異。這強烈的感覺並沒有消失，反而越加明顯，於是她試著往黑板抄寫些筆記，然後猝不及防地停下寫字的粉筆，往後看去。意外發現，這些小男生們真是花招百出，有的確實一臉專注，然而其他心不在焉的玩手機、iPad，或看向窗外的也不在少數。而最終讓她極為不自在的特殊視線，來自一個叫做念平的人。他沒有動筆，僅是目光灼灼的，看著，她。

轉身同時相對的目光，讓彼此都吃了一驚。「念平，有問題嗎？」他搖搖頭，沒說話。其他玩手機、看iPad、望向窗外的那些人，忽然都回過神來，強裝鎮定，拿起筆，表現專注模樣，可能以為在提醒他們用功，其實不是。不知什麼緣故，她就是無法不去在意念平對她的目光，那樣看她使她覺得心跳加快，害羞不已。而為了舒緩緊張的情緒，只好以頻頻抄寫與講解內容來轉移自己注意力。整節課就在這樣的緊張焦慮中結束。接下來也是。日子仍是不停的邁步前走，不過情況依然沒有改變。她曾仔細偷空觀察過，念平的眼光確實始終盯著她瞧，目不轉睛，但卻完全沒有抄寫筆記或專心聽課的模樣。她不擅揣測別人的心意，念平也總一無表情，只是這樣近乎熱烈的目光，看得她非常不自在，常不知不覺間，兩頰便開始發燙、漲紅。其實這種熱烈、專注於她的眼神不時的在發生，當她行走在路上、三餐的簡餐店，及各種的場合上。可以說，她知道自己很漂亮，即便不打扮，故而很習慣這樣眼神的投射。然而這些也不過是偶然行經的陌生路人，並無勇氣前來向她搭訕。或者是，難得認識少數性向一般的「普通男人」，即便他們表露強烈興趣，但還沒機會跟對方好好相處，他們便有如那不具名的父母、顛沛的撫養家庭，迅疾地消失無蹤，必須離開。她不明白自己是否做錯了什麼。總苦無機會，難得遇見了卻還沒開始便擦身而過。讓人悵然。不過這次的不同，天天見面，使她痛苦不已，內心深處暗暗的在滋長些什麼，但她卻又抗拒著，於是她只好極力的去避開念平的眼神。並且總試圖說服自己，這一切不過是她自己的庸人自擾，光是年齡差距與師生關係兩點，早就代表了不可能。若真有好感，麻煩才大。並且，這種年紀的男學生，本就容易對女老師有好感，因每天見面，產生信賴，又沒別的對象，就容易把仰慕的心情投射過去。特別是她的臉。她少女般的臉龐，到底是幾歲開始定型，或者也不曾改變過，莒哈絲曾寫道，她的臉在十八歲固定住，並以那張恆久而魅惑的臉，在經歷自身貧窮的痛楚中，一步步的推向中國的富商之子。然而對韶寒而言，她不記得當年的樣貌，也不明白或許在何時定了型而不再改變。然而她的臉並未替她穩定住任何一段關係，親情、友情……愛情，她早心灰意冷了，即便一路來，仍不時認識新的人，她卻總是孑然一身，一個人。不管外在如何變化。近來做的夢越加頻繁了，她睡得極不安穩。唯一不變的是，夢總是關於他與她。

不過夢境屢遭更改。此次鐘聲乍響，她早已拿好備課資料、好整以暇的走進教室。但四周是喧鬧的，無視鐘聲強制性的告知上課時間已到。她拿出點名板，拍了拍講桌，示意同學們坐下。雖有股怪異的氛圍，教室裡仍是一如往常的喧囂，學生匆忙移動回到原位的身影穿梭來去，還透露出陣陣的打鬧笑聲。她無暇顧及其他便開始上課。那個她眼神極力迴避的熱烈注視，仍是使她避無可避，難以招架。不過，漸漸地，那股難以言說的不對勁，漸層式顯影出來。剛剛還在彼此聊天、說笑、互動的人影，竟逐步變得透明，如幽靈般的穿梭來回，四下走動，漸次地從厚實的群體人影，轉而輕薄透明，最終消失不見。全數人都離開了，四下一片寂然，但念平卻還定定的坐在位子上。以堅定的眼神望向她。

他正定定的看著她，時間彷彿漂浮停留在這一瞬間。

感受他熱烈的注視光芒，穿透進她，然而她沒勇氣回望，只下意識的低下頭，顯得很是怯懦，以往的經歷讓她不敢再抱持任何期待，也不想再受傷害。她早已本能的投射出，可預見的惡兆結局。無關悲觀，而是認清事實，她不再年輕，歲月流逝帶走了她作夢的能力與勇氣。她所能給的，只有強裝鎮定下的，一個禮貌微笑。所以她慢慢的垂下她眼簾，假裝什麼都沒看見。屢次更迭的寄養家庭，漂泊的顛沛童年、努力付出卻未在朋友心中佔一席之地的可悲，愛情長期上的不如意與缺憾等。她退縮了。恰似化學上所談的離子，她與眾人漂離，別人自有對象、家庭等彼此強力而無法任意切斷的穩固鍵結；而她，卻是異數，永久的漂浮者。人世間上，所有重要關係上的鍵結鏈上無她位置，不管是對於誰，無論何種關係：親情、愛情、友情，她都是虛浮的，無法與任一人產生緊密的鍵結力量。只能暫時性的連結或短暫發生些化學作用，但卻隨時可被打斷、分解。她是宇宙中游離的電子質子，不穩固，在漂浮，一直是的。她曾因此而懷疑起了自己，是否內在虛空，毫無力量，所以她留不住誰。她對外表很自信，內在部分，她閱讀、擅舞，會做菜，體貼，溫柔。然而別人即使沒有這些，結果仍是自然地便擁有了許多她所欣羨的安定家庭、親密愛人，及固若金湯的朋友⋯⋯⋯即使被傷害被利用也都心甘情願。然而是因內在的力量緣故，還是命運的基線總把她往別處推，往外擠，抽離出去。她沒有答案。

代課幾週過後，她顯得筋疲力盡。慶幸的是，今天是週五，她有個週末可以好好休息，她不禁鬆一口氣，辦公室的人也是，帶著一週工作的疲憊，並沒互相邀約，就只是四散而去。她早習慣這樣的生活，就算有什麼聚會，大家也一點都不想去，每個人都只想專注在自己的事。校園裡歡樂喧鬧氣氛終於也漸漸地淡了，可是她還虛脫的在辦公室看著成疊的備課資料發呆，偶爾整理一下東西。最終，她不打算收拾了。一走出來，學生人群早已散盡，大家都離開了，四周安靜空曠的只有細微的鳥鳴與蟬聲，啁啾鳴叫。她深吸一口氣，為短暫安寧的片刻感到幸福，日頭偏向黯淡的黃昏，太陽就要落下了，但這種冷清而超乎尋常的寧靜感，使她停留到天色暗下許久也無所謂，完全無視時間的流動。而在灰暗底下漫無目的的行走。校園暗黑的模樣，如平日埋藏在地的影子，此時才緩緩的顯露出輪廓來。等停下腳步，抬頭一望，竟已走到B班教室面前。「我是怎麼了………」她咕噥著，就要離去，卻乍見B班的門未關上，頂上的巨大扇葉也還在轉動。

今天的值日生必定是忘了，韶寒嘆了口氣，在漆黑中摸索著，尋找開關。

「老師。」按下開關的那一瞬間，不知是不是錯覺，有人叫喚了她。

「是誰？」她問，此時才為這暗黑的光線感到惶然不安，「誰在那裡？」

「我是念平。」

「你……」聽到回答，心下不由得一陣忐忑，「很晚了，怎麼還不回家。」

「……」念平沒接話。

而就在不知何時的瞬間，念平已走到她眼前。走近講桌前。前幾夜斷續的夢境，也是相同，四下空盪盪，總僅有他倆人。「只有你一個人？」夢中的她問，「其他人呢？」他們相互對望，她不由得感到心慌意亂，手足無措，往常喧囂而吵鬧不止的青春孩子們，都不在現場。如今也是。

「不知道，只有我一個。」

「為什麼？」

仍是無聲的回答，一時浮掠過她腦海的，是平日裡點名、出席率等制式作業過程，失蹤學生安全，家長投訴受教權、考績等，連在夢中也不曾忘卻這般鮮明的焦慮與心急如焚，甚至在虛浮的夢境裡也會真實地倉皇失措起來。「別擔心。」念平說。她拿住點名板的手心忽然被一陣溫熱所覆蓋，是念平握住她的手，安撫了她慌張的心。如慢格播放般，一字一句緩慢訴說：「大家今天都不會來的，」頓了頓，「老師忘了，這是我們一對一的教學。」不可能，是她當下立即的想法，甚至遍尋記憶，也完全尋索不到相關的片段。但她不由得發現身體僵硬的不能動彈，亦無法思考，轉而什麼也不想，竟反而開始期待與念平單獨相處的時空，為此感到高興不已。「上課吧。」他這麼說，彼此間的身分似乎交相遞換，變化成她聽命於他，滿是順服，懷中的課本資料等早已消失，空蕩無一物，僅有念平強而有力的溫暖手腕，讓她感到真實，作夢一般，現在亦是。然而內心震顫發窘的她，不由得將手如觸電似的本能縮回，卻又暗自懊悔。然而那握手的瞬間，已永恆持久的停留在那裡。他青春溫熱的氣息，也電流般地傳遞過來，使她早已冰冷的心、逝去的空白青春，慢慢的被拼湊、回溫。他持續的逼近，男孩專屬高中的制服，充滿熱血青春與強制壓抑下的教條氣息，真實又熱燙地過度靠近，她胸口窒悶的快不能呼吸，想逃，卻無能為力。她不知道他意圖為何，但他再無開口說話，他默不作聲，緩緩的伸出手來，顫抖著雙手，像個孩子也像個男人一樣的輕輕的從背後抱住她，她感受到他青春而動人的氣息，在課堂上，教室光影斑駁的穿梭中，他倆稚氣而年幼的臉，像極了路上一般普通的戀人。她顫抖著，想要試圖推走他，念平卻又更靠近的貼近，環抱中，握住她的手，將她的手拉近他，緊緊握住。這次她沒有放開。此時，夢境好像突然成真了，她穿著普通高中女生的百褶裙，天真而快樂在校園奔跑，隨著奔跑，隨著風，百褶裙輕飄飄的鼓盪起來，在青翠的校園樹叢外，消失了蹤影。極為真實的，在消失的瞬間，似乎還聽得見可愛小狗的汪汪吠叫。

一切就這樣自然而然的發生了。念平解開他那崇尚自由青春與束縛教條抵抗的鈕扣，每顆釦子蹦開時宛若她自己陣陣的心跳怦咚聲響。他側向吻她，略顯羞澀，輕極了，嘴涼涼的，臉頰卻發燙，氣息蛇般的鉤住她，電流的流竄讓她全身顫慄，她終究不能自制，帶點膽怯，緩緩的回吻他。她並不比他熟練多少。念平的手伸下，先是鎖骨，摸住她胸部，然後輕輕下滑。他的手在樹影斑駁中，透明的顯得有點不真實，整間教室空蕩蕩的虛冷不已，唯有他跟她的體溫是真實的。他那熱燙的溫度，讓人很覺溫暖。她擁抱著他，撫摸他柔軟而突起的，背部骨節、修長的腰與髖骨，當他將手伸進她裙下的私處，她同時感到一種興奮的顫慄與畏怯。手心冒著汗，濕了。最終她還是卸下了內心那揮之不去的罪惡感與包袱。他們衣裳簌簌著地，赤裸的如同上帝初生時純真的羔羊，沒有危險的氣味。彷彿這不是引領他們走向罪惡的途徑，而是一種歸返。他摸索著，慢慢滑入她內裡，一種充填感油然而生，她為著這突然的撐漲而驚吒不已，很痛。她抗拒的雙手抵住他，可是他用身軀的力量將她壓制，開始行進，由慢至快，加快速度，他倆交纏著身軀，夾緊的如同脫蛹的蝴蝶，為著掙脫世間的命運而面紅耳赤，喘氣作響。汗流一地。血流一地。韶寒處女的鮮血汩汩竄流，環繞著她與他，圈起贖罪儀式般的符咒，永不止息的烏羅伯洛斯環（註，見卷末），永生不滅。

時光在教室裡流轉，他們暫時性的失去本有的身分，改以戀人之姿存在，她的外在武裝必必剝剝，如燒完的灰燼柴火，灰飛湮滅的擊落在地，在寂靜裡散出零星的暗紅火花。離開前，念平細心的將血跡迅速擦去，極為熟練的模樣。高中生真是習於勞動，她不疑有他。剎時清醒的瞬間，不倫的罪惡感又襲上心頭，但她既沒有後退的道路，並且，得來不易，初嚐愛戀滋味的甜美，才叫人迷惑。回到她公寓後，剛關上門，燈光才轉調至昏黃的鵝黃光線，念平便又迫不及待的從後面抱住她，就在沙發上，一路到床上做個不停，不僅是身體，她的心靈也感到充漲不已。甚至，她還用冰塊含著威士忌替他口交，這是她之前想都沒想過的事情，可是現今卻如此自然。最終他倆累的喘氣吁吁，疲憊的分別躺下來，隱隱約約她感受到他不知道在摸索些什麼。可是她一點也不在意。只想要保留這一刻的溫存，她試著躺過去他身上，沒想到，在他充滿青春氣息的胸膛上，她竟哭了，不知道為什麼，就是哭了，他年輕而光滑的手撫摸過她的頭，她的髮，「不要哭，老師，我們一起想辦法，會有辦法的。」他喃喃的說。她覺得很驚訝，第一次，有人對她說，「我們」一起想辦法，而不是「我」要好好的想辦法。她也有屬於她的鍵結，而不是宇宙永久單一的漂浮者？可是我們該怎麼辦。她一點也沒有想法。還來不及問他，他便已經沉沉的沉入夢鄉。帶著微笑，好夢正酣。

當她睜眼的時候，男孩就側躺在她的身旁，使她有股安心感，房間裡很暗，但多的是昏黃的和煦光芒，像層薄薄的蛋膜，歡愛的體液猶存，在光線的浮動下，看似稀薄而透明的蛋液，而她與他，都在蛋裡。她跟男孩面對面，相視而睡，頭腳靠近，中間手握著手的地方空出了一個小小的尖橢圓間隙，她不由得想起海馬突起的小肚，裡頭孕育著新生。然而這間隙亦像顆蛋，略帶溫熱，她想像男孩起身後，男孩本來所在處溫暖的凹陷處，留有淡淡體味與餘溫的幸福感。她以前就不曾想像過這一天真的會到來。她忽然有種感覺，那就是，他們在宇宙的混沌裡被孵育，存在蛋裡。慢慢成形。時機未到時睜眼所見，僅是薄薄的蛋膜與昏暗的水光，於是他們再度沉沉睡去，像稚嫩的雛雞那般的睡，緩緩睡去。進入宇宙飄渺而黑暗的虛無。這是她所能掌握的，晃動而不安的當下。

韶寒很少會睡得這樣沉，這麼晚，可是今日當她醒來時，發現床頭的時鐘已經差不多指向中午了。往常的她不僅難以入睡，常須藉助酒精來幫忙入眠，就算好不容易睡著了，她也總是帶著一股倦意的在清晨五點半，醒來，然後斷斷續續的，再也回不去被中斷的睡著狀態，就算是週六日也一樣。可是今日確實不同。是因為念平在自己身邊的緣故嗎，韶寒思索著，她看著狀似天真，也還在沉沉入睡的男孩臉龐，用手輕輕，但在不碰觸的情況下，順著念平臉龐的弧線畫圈圈，覺得有股安心感。房間的燈還是暗暗的，停留在睡前的昏黃鵝光，百葉窗仍然沒有拉上來，將整個安靜的房間罩成一個緊密黏稠的小小空間，有點悶，像特有的溫室。韶寒躡著腳緩慢動作，輕盈的翻身下床，就怕驚醒了尚在入睡的念平。然而念平還是感應到什麼的，睜開眼睛，伸手抓住了她正要起身的手。

「你要去哪裡？」念平說。

「你醒了？」

「嗯。」

「是我吵到你了嗎？」

「沒有，就醒了。」

「餓嗎，洗完澡我去替你買些吃的，好不好。」

「可以，一起去吃也好，都好。」

「那你再睡，我準備一下。」

「好。」

這時他才放開了韶寒的手。她本來想在不被發現的情況下，起床，沖澡，買好食物才慢慢叫醒念平起來吃。沒想到念平似乎比較傾向兩個人一同去，有種依戀的感覺，這想法讓她微微的，發自內心的高興。進入淋浴間的前一刻，她瞥眼看見她離開的被窩裡，還殘存著她昨夜至剛剛的體溫，棉被也透顯出她軀殼的形狀來，似是脫繭的蛹一樣留下它蛻變的殼，而念平正望著這個殘留的殼狀空間發呆失神，他沒再睡去。蛹與殼，韶寒覺得這個比喻實在太妙。充滿喜悅的沖起澡來，面對鏡子，用手將霧面的鏡面一抹，發現自己掩不住的笑容，她察覺了自己的改變。不僅外在還有內在。那是發自內心的喜悅，電流般的充滿她全身，整個人因而煥發出光彩來，原來「被人所愛」的感覺是這樣的。真實的體溫、擁抱，身軀，不是虛幻。從前她看著別的「閃光」甜蜜的模樣，總有種「局外人」的被排除感。她也曾想過若真的有一天，命中注定的那人來了，她會怎樣雀躍。沒想到就只是現下充滿平和的淡然，可是內心塌陷的部分卻因此而飽滿起來，充滿力量。這是她之前不曾經歷過的幸福感。那感覺難以形容，有個畫面閃過她腦海，日本賢慧的小妻子在門口遞著親手做的便當給丈夫，並在門關帶著微笑送走去工作的男人。「晚上等你回來吃飯喔。」日劇裡好像都是這麼做的。大概是這樣。

邊沖著澡邊想，以前，確實是的，她常聽見別人稱讚她美麗的外貌與溫婉的個性，這也不是敷衍而已，韶寒本來就是一個溫柔而美麗的女子。但總沒機會遇見她喜歡的男人，連男性友人都少得可憐的她，還談什麼機會。在路上擦身而過，對她目不轉睛的人很多，但不曾有誰真正的過來認識她，展開追求，現在的人都也只是看看而已。朋友介紹的，有時慘不忍睹，像是因為單身就失去了挑選的權利，難得遇見喜歡的，對方卻又是一副興趣缺缺的模樣，事後才聽說那些人的意見是，「我最討厭長得嬌柔漂亮的女生」。原來長得漂亮也會惹人嫌棄。韶寒的自信因此受到極大打擊。沒感覺就是沒感覺，何必這樣硬要批評，找藉口。雖然後來轉念想想，有些少數真心的朋友為了安慰她，也試著不停的替她加油打氣，每次聚會都稱讚她的美麗與溫柔的個性。可那不一樣。就像一個學生聰明絕頂，也非常用功，但卻總是繳出不及格白卷的那種無力感。是，大家都看得出學生聰明，本身也用功，但為何，考卷上，就是不及格，就是零分，稱讚學生聰明無濟於事，最主要的是，要讓學生藉由成績實際的印證確認，被正式認同才行。而在感情上的曲折變化，更不是韶寒所能掌握的，也並非努力就能確保些什麼。她在感情的考試上，不知為了什麼緣故，連報名的手續都還沒做，卻已被剔除在外，努力的擠進大門，卻發現受不到任何人的肯定。她感情的成績單總是白卷，無關乎什麼。可是社會傳統的眼光壓得她喘不過氣來，他們總要求一個答案，似乎這個世界的運轉，一定會根據方程式來跑，A加上B必定能成就化學反應，最後得到C，以此類推，逆推亦是。於是眾人開始逆推，以結果論來審視她。這個世界真的有所謂的公平與真正運轉的規則，永遠適用每個人每種情況？她以前常這樣想。但現在，這些問題都不重要，只有念平是真實的，才重要。

裹著浴袍出來的韶寒，被念平輕輕的從背後給予一個擁抱，他才去梳洗。韶寒歡欣的化起妝來，她不曾帶著這樣高興與期待的心情化妝，臉上更自然充滿羞澀的紅潤氣色。開始有飢腸轆轆的感覺了。當念平全身幾近赤裸的帶著熱水水氣出來時，韶寒已精心打扮好，等待多時了。她今日特意選穿了比較年輕款式的衣服，保養得宜的身材加上卸下平日死氣沉沉的教師套裝，配上她那張年輕而漂亮的臉，整個人年輕而美貌，就像時下沉浸在戀愛的「少女」一樣。念平的反應自不用說，看見她穿著的當下，像是非常震驚似的，直盯著她看，看得她都不好意思。他抱住她，然後壓住她。充滿熱氣的毛巾掉在地板上。

終於出門時，又不知道經過多久，乍見亮白的陽光，還有些刺眼不習慣，雖然她內心本想抱怨因為剛剛又做了幾回，所以韶寒不得不又換了衣服，可是她的心裡還是喜孜孜的，至少，她也是個擁有對方的人了，而且對方又是帶著如此讚賞的眼光看她，她覺得很心滿意足。再挑衣服時，念平說：「不用挑了，妳穿什麼都好看。」兩人手牽著手，走在路上，如普通的小情侶一樣。

其實韶寒並不太清楚一般情侶間有什麼活動，她猜想，大概也就是吃個飯逛街看電影之類的，可是終於，她身邊也有只看著她一人的人了，那種在閃光族「其中」的感覺，讓她一時之間還不太習慣。念平也似乎是，外出的他似乎有點靦靦害羞，握著她的手心濕濕的。可是她一點也不介意。就這樣漫無目的的走著，兩人都無所謂，在繁華而美麗的台北街頭穿梭，穿過重重疊疊的人潮，手牽著手，這時才發現她任教多年，還沒機會好好的看看這個美麗的都市，燈火輝煌，人潮湧動，新興充滿朝氣。她好喜歡。慶幸自己來到了這裡。進入某家知名連鎖餐廳，她與念平正專注於菜單，念平先去了洗手間，她則是在排隊的隊伍上，突然後頭有人叫住了她，「韶寒老師。」她全身一震。轉過頭去，發現是她本屬A班學生的一個家長，曾在校慶上見過面，是四十多歲，臉上卻已經充滿風霜的典型台灣歐巴桑。「韶寒老師也在這裡用餐？」

「對的，剛好經過這附近。」

「韶寒老師真是年輕漂亮，保養得好，書又念得多，真好。」

「哪裡。」

面對家長的恭維話語，韶寒內心不知道接下來要說些什麼，因她一面擔心剛剛她與念平的親暱舉動是否有被發現，他什麼時候出來，會有怎樣的反應。並且，通常這些恭維的話語，與這些歐巴桑特有的愛好，最後都會傾向一個方向……

「老師這樣年輕漂亮，工作又穩定，有沒有男朋友阿？」

「果然……」韶寒就知道話題總不脫這些，長久下來，一般最後結論不是安慰她機緣未到，就是對她進行各項挑剔，說實在的，她其實也清楚的很，這些人說穿了，明為關心，實際上不過是想要得到一些茶餘飯後的話題，她對於應對這些話題實在顯得厭煩了。焦急的就只想打發對方。但卻突然想到。她的女兒，小柔，已經休學好久，都不來上課了。正要開口問。念平卻從後方出現了。

「老師，妳怎麼也在這裡？」他若無其事的說。表現巧遇的模樣。韶寒方才猝不及防，全身血液沸騰，汗珠從額頭慢慢滲出的焦慮，都因為這句話而稍稍抒解。念平怎麼可以表現的這麼從容?!

「喔這也是妳學生啊？」

「是的，是我另一班的學生。」韶寒故做鎮定，其實她想的是，「對，我們不是約好的，是恰巧偶遇的。」她急忙的轉移話題，「對了，小柔怎麼好久都沒來上課？生病好些了嗎？」

「……」沒想到這麼一問，臉龐充滿風霜的家長忽然臉色大變，好像被戳中了痛處一樣，臉擠成一團，像顆皺皺的橘子，倉皇，而且有些驚慌。「沒……沒什麼，小柔她……她快好了，真的……」語氣中卻充滿酸澀。韶寒還想繼續問下去，對方卻很害怕似的，「老師，我還有點事，您要不要跟您的學生先用餐。不好意思。」然後做賊心虛一樣的逃跑了。

「她看起來很奇怪……」念平說。

「我也這麼覺得。」她頓了頓，才忽然想到，「念平，我剛剛很害怕，還好你裝得好像是巧遇一樣，我們是太大意了。」

「沒關係。總會有藉口的，再遇見人，就說剛才遇到的，甚至還碰到別的學生家長，本來要一起吃飯，對方卻突然離開之類的話。」

韶寒此時對於念平的思慮周詳與順手拈來的藉口感到有點吃驚，還是因為她從小就不擅長說謊、找藉口的緣故，她內心升起更崇拜念平的愛戀感覺，可是一方面，又覺得微妙的，有種隱約察覺他深不可測而感到害怕的心情。之後，即便行走，她也不敢再大剌剌的像剛出門前，毫無芥蒂的勾住念平的手，想要試圖保持距離。但念平卻表現得一點也不在意的樣子，隨意的在路邊攤買了個時髦墨鏡，戴在她的臉上，然後若無其事的，再把她的手握的更緊，不放開。

他真是個聰明的孩子。個性上相對的，她更像是個孩子。而他則是大人模樣。台北交通捷運發達，他們就這樣轉搭著捷運，來來去去，在各個景點閒晃。其實她對某些景點也並不是特別的熟悉或感興趣，只是，因為是兩個人的緣故，她覺得一切都非常有趣，還有那種深怕隨時被熟人認出的不安全感與刺激，讓她更深更厚的依戀念平。不知道是不是錯覺，韶寒一直隱約察覺到有眼光在注視她，他們。但那麼一轉身，這種被人監視的感覺卻又很快的消失不見。

「怎麼了？」

「沒什麼。總覺得有人在看我們。」

「沒有吧，別想太多。難得出來，放鬆點。」念平毫無表情的說。

「也是，是我想太多了。走吧，接下來去哪？」

念平沒有說話，但牽著她的手卻有方向性的行走。也許只是心理作用吧。有他在身邊，一切都不必害怕，她想，一副小女人模樣。不知不覺間，已經接近晚上十點了，陣陣寒氣傳來，他們依偎的更緊，雖然還不覺得累，但台北的捷運只營運到晚上十二點，他們不得不從師大夜市匆忙穿梭而過，回到捷運站上。

「韶寒，」這是念平第一次直接叫她的名字，神情有點嚴肅，「妳在這裡等我，我上個洗手間。」

「好，我在這附近等你。」

她張眼四望，發現前方不遠處，有個公佈欄，她慢慢的走過去，而在她等待的時間裡，她的腦海飛越過許許多多的念頭，將她的腦袋擠得是充塞不已。短短五分鐘的時間竟顯得有一世紀的漫長，韶寒不自覺的開始胡思亂想起來。就在這個當下。她聽見背後傳來巨大的爆裂聲響，有什麼細細碎碎的紅色粉屑散落一地，韶寒被嚇得驚坐在地，而聲音傳來的方向，正是念平剛剛走進的捷運站廁所男廁所。一時間，從小及長久累積的不安全感，深怕一再失去的無力感深深攫住了她，她什麼也不顧，連滾帶爬的，衝進男廁，看見念平滿身是血的身軀，仰躺在地面上，痛苦的發出呻吟聲，身軀傾斜著，雙手不住的顫抖。

「念平！」

「不要動。」後頭有個冷酷的聲音說，然後韶寒感覺背後有雙強硬的手，極盡粗魯的將她拖拉式架走，「閒雜人等出去！」這時她才發現，四周圍滿了武裝齊全的警察們，其中也混雜了一些便衣。這些人都藏匿在剛剛的人潮之中？捷運的男廁當下便被圍起了黃布條，念平被緊急的抬上擔架，送上救護車，滿臉、滿身都是血，她想衝上前去，一同進入救護車上。可是有雙強硬的雙手仍是不放開。

「小姐，請妳跟我們到警局做筆錄，我們有很重要的事情，要跟妳確認。」

韶寒卻對這些話語充耳不聞，什麼也聽不見，恍恍惚惚看著念平離去的身影，極度恐懼這是最後一次的見面，像之前經歷過的那樣。她不要，她好不容易才擁有了誰……她奮不顧身的就往前衝去，想要擠進救護車，但被拉扯住的她，只能遠遠地眼望救護車的後門如停格播放一樣緩緩關上，關上念平的畫面，關上他全身是血的氣味，關上所有所有，她的世界。突然湧上內心的極度恐懼和不安讓她喘不過氣。她年歲已長，早已學會再不像幼時那樣無動於衷，呆呆坐著望向世界，任人擺佈的態度，可是現下的她發現，她還是做什麼也沒用，也什麼都不能做。這樣突如其來的看穿一切，看穿她自己一如往常的無能為力，使她頹喪的失去所有力氣，軟綿綿癱坐在地，捷運站的地板是一陣冰涼，如同她的心，她用雙手捂住了臉，淚水從指縫間不停的滲出來。

「都是我害的……一切都是我害的……都是我……因為我……」

「小姐，我們懷疑最近捷運站一系列的爆炸物與妳或剛剛受傷的人有關，請妳合作，跟我們回到局裡協助調查。」

可是韶寒還是心不在焉，當有種冰冷的東西在她手上滑過時，一切都顯得模糊，世界變成一團團，黏稠又僵硬的白色漿糊，糊住了她的視線，遮蔽住，她所有感官的全部感覺。

十一月多的台北下午，空中漂浮了些濃厚而略顯得寒冷的濕氣，天色還沒有要暗下去的意思，不過卻籠罩在一片灰黑色的烏雲下，看起來讓人有種陰惻惻的灰暗感，可能不久之後就又要下雨了。轉過那個不起眼的街角附近，有個偌大的警察局，平常會停放在門口的巡邏車隊，此時都不見蹤影，也許這正是外出值勤的高峰時段，門口因此看來稀稀疏疏的，顯得空曠。然而一陣腳步聲靠近了，是深褐色保暖長靴，喀啦喀啦所踩踏出來的聲響。一名穿著時髦的女子，墨鏡遮住了顏面，低著頭，在一無人煙的警局前徘徊許久，像是有什麼心事，正在思慮些什麼。終於，女子彷彿下定了決心，直直地便朝警局的透明門走去，踩踏階梯而上。她抬頭的瞬間，黯淡陽光穿透層層烏雲，投往警局醒目的鷹徽章上頭，在女子寬而圓的墨鏡上，映照出明亮的疊影，如蜃影般，隨著女子的步伐，上下晃動起來。最後聽到的，是自動門開啟的拉扯聲，以及女子馬靴敲打在冰冷地板，逐步變小變遠的聲響，接著好像還有一些喃喃的說話聲，可是因為距離實在太過遙遠，從外看來，也不過是車水馬龍間不起眼的僻靜一角罷了。

台北還是喧鬧的。

得知念平洗脫了炸彈客嫌疑的消息，不知道已經是幾天後的事。但是，念平遲遲沒有被釋放、沒來上學，傷勢如何不得而知，甚至打到家中也無人接聽，這才陸陸續續的聽別的老師說，念平是個父母已雙亡的孩子。她不禁替他感到些許的難過，一個正值青春期卻少了父母的孤獨孩子，是怎樣走過來的。不過，比較重要的是，距離上次發生的事件到如今，她都還沒有再見過念平一面。他怎麼樣了，傷勢嚴重嗎，這些事她一概不知。內心連日來因思念與焦慮而感到煎熬不已，猶如熱鍋上的螞蟻，急得團團轉，卻無可奈何。對於法律，她完全沒有概念，一時閃過腦海的只有電影上的情節畫面，她正想著或許，應該要去請個律師，來替念平辯護什麼的。可是他若是沒有犯罪，請律師來辯護些什麼呢。當下首要之務，應該是先見到念平一面，瞭解情況，其他的再說。她暗暗下定了決心。

她左拐右彎，本能似的行走，慢慢接近一棟建築物，她的表情顯得再自然不過，可以看出她對這附近早已相當熟稔——上次，她才以炸彈客嫌疑人／共犯的身分，在這裡接受訊問——她是化學老師，本身對化學知識有相關背景，加上被放置炸彈的路線與幾個地方，都與她居住、上課的高中，有地緣關係。根據警方的問話，她大略明白了監視器所拍下的，她與念平的身影，在炸彈被發現的前後，屢屢出現，不管是單一或雙人，故而被列為重點嫌疑人之一。然而訊問過後，韶寒不知是何緣故，警方竟然就釋放了她。雖然後來也有到學校拜訪幾次，但目標對象看來都不是她，並且，總是假藉著宣導捷運遭放置炸彈，學生行經安全的考量為由，以此來訪校長主任等人，並詢問有無可疑人物出沒校園之類。

對於自己的清白，她自然是確認的，不過被釋放的理由卻始終不清楚，因為沒有動機？還是有不在場證明？她腦海裡浮現的，只有這些在推理小說中才會使用到的專有名詞。可是，不是說「她與念平」被發現徘徊在炸彈放置的附近，那所謂的不在場證明指的又是什麼？一開始他們並沒有交集，直到那天突然的發生關係，隔日的出遊，又怕人發現，遮遮掩掩，深怕人知，誰能證明她的清白。難道……他們一直被什麼人，如警方，監視當中。她想起了那天在教室裡，讓人臉紅心跳的一幕，記起了短暫一夜中激切的翻雲覆雨……如果，四周充滿投射而來的眼光，分分秒秒地注視著但她卻不自覺……這種想法，忽然間讓她不寒而慄。

那麼念平呢？

她甚至連念平的傷勢都還不得而知，每天翻閱社會新聞版、緊盯各家電視台新聞快報上的最新進度，甚至半夜不睡，鏗鏘、鏗鏘地，不停敲打鍵盤、按下滑鼠，在網路上拚命搜查。聽說有些鄉民們擁有絕招可以透過網路來人肉搜索，列出一系列的資料。之前許多案件或特別的當事人，都因此而現出蹤影。她好想有如此功力，查出念平所在的病房號碼與醫院，她曾試過。去案發現場附近的幾家醫院逐層的搜索詢問，但仍無一結果。念平似乎就這樣人間蒸發了。而向來以神通廣大聞名的台灣媒體，這般鬧得沸沸揚揚的炸彈客新聞，怎麼會，毫無訊息，都被其他新聞取代過去，如當季換貨潮流的走動。即便在最負盛名的數字週刊，近期刊登的也僅有明星藝人的八卦緋聞；這件事與念平，始終重複的只存在他被抬上擔架的那一幕，與自己緊追在後頭然後昏倒的畫面，便沒再繼續，宛如停格一樣的卡在那裡。

在追跑與昏倒時，被女警箝制住的她，如此恰巧的也遮擋住她的臉龐，新聞播出的影像從未正面迎向她的臉，她並不確定自己的身形是否會被熟人認出，坦白說，她有點害怕，十分緊張。

但警方只是對外宣稱那是路過而被爆炸驚嚇過度的民眾，並無其他，所以對她的生活並沒有造成影響。這點她深切感謝警方，但卻又因此隱約感覺到有些不對勁。先是媒體轟轟烈烈的炒作，然而事件一發生卻遲遲未有新進展的遲滯狀態，讓她只聯想到前不久才被批評得十分慘烈的花博煙火──說是放的轟隆作響，但抬頭看見的，竟然就只是厚重的煙霧與濃煙。「已經結束了嗎？」那種錯愕感。而念平正被層層疊疊的濃煙煙霧所覆蓋住，消失了蹤影。她好擔心。真的好擔心。今天，她非得問出些什麼才行。不能跟之前幾次一樣，聽著「不好意思，無可奉告。」的公式化台詞，就隨意的被打發掉。她深深地吸了一口氣，踩上階梯，走進的瞬間，抬頭看見代表警局的徽章，正被難得探出頭來的太陽照耀的閃閃發亮。她一時瞇起了眼。

自從捷運爆炸事件後，沒有念平的日子，日夜世紀般地漫長，行星運轉更為緩慢，肉眼所見，一切毫無動靜。這樣懸念而輾轉難眠的日子，韶寒不知過了多久，感官知覺都因此隨之消滅，宛若行屍走肉的過活。然而，正如曙光的出現，事情總算在最黑暗的片刻顯露出一絲轉機。終於，她有了念平的消息，並得以見上一面。那時候的心情難以形容，宛若天平兩端的兩個砝碼，緩慢往中心點移動過去，彼此靠近，不過那個線軸仍時不時的傾斜、晃動著，隨著他們互相靠近的步伐。距離上次見面的時間，不知道已經是多久前的事了。

看到她時，念平傷痕斑斑的臉面，表情抽動了一下，雖然動作很微小，瞬間恢復，但韶寒還是注意到了。不過，當下心緒波動較大者，還是韶寒她自己。忽然面對面的那刻，她根本就不能完全看清念平的臉，包紮的繃帶纏纏環繞，只剩下眼睛及唇與她悄然對望。然而更叫她吃驚的是，順著視線而下，竟發現了念平雙手手肘以下，是片空蕩蕩的虛無……一時間坦白說，她有點難以接受，不願相信，甚至質疑，這難道就是她日思夜想的那個人。世界，與那人的面貌，似乎全數被翻轉過去。一切都不一樣了。真是念平他沒錯？她努力壓抑著這樣的質疑與想法，試著不去特別的注意「那個部位」。可是似乎越是刻意，眼神反而越加不由自主的往那邊看過去。重新讓她定下心神的，是念平的眼睛。不過此時他的雙眼裡，充滿了無以名之的淡漠，猶如變成了另一個人，讓她感到有些害怕。

不要害怕，她對自己說。他是念平。反覆再三，告訴自己後，長時間懸念下所壓抑住的所有愛戀感覺，忽然剎時慢慢地湧上了，如股涓涓的細小清泉，由小變大，先是水流潺潺，接而嘩啦啦冒出氣泡，化做衝上天的巨大水柱，四下迸濺出四散的水花。她忍不住流下淚來。可是她的心頭溫溫的，掌心也是，有什麼東西正在她的心頭上，手掌心，發出淡微的青光，圓圓的。她曲起掌，猶如托住小小月亮的黯淡光芒。溫溫的在黑暗中現出微弱的光明來。她這時才發現她一直都沒改變過，經歷日日夜夜煎熬，醞釀過後的情感，不減反增。

如果說許願總能成真，那麼當下她便會祈求，能夠一如之前的靠近念平，依偎著他，在他雙手的環抱裡說話，擁抱，被擁抱，相互的感受他深刻的體溫。雖然剛剛乍然的躊躇與猶豫仍暗暗地殘存在她內心深處，恍若將殘將滅的微小火苗，在黑夜中閃著光，但看著念平還殘留包紮的受傷顏面，她不由得感覺一陣心疼辛酸，並逐步的拾回往日的熟悉感覺，只想要愛護他。可是，這個當下，她卻不知道該說些什麼才好，此時才發現自己是如此拙於言詞的人。她只想默無言語，輕輕的將念平擁入懷中，以撫慰、彌補，這陣子她非自願性缺席的空白時光，及念平己身所默默承受揹負的所有苦痛。年紀這麼輕，失去父母，一有事，自己卻又如此的無能為力，她感到十分自責，更多的不捨。透明的厚幕間隔著，他們任一表情動作都宛若默劇般的不自然、少了點真切。只能定定的四目對望，似乎這樣就能夠改變些什麼。他的眼神注視著她，使她不由得回想起看來已是稀薄的片段畫面，課堂上的熱烈眼光，以及後來，他緊握她雙手，從後環抱的那一刻溫存實體。時間漂浮著，層層疊疊，交叉著過往與現下。但是，如今四周滿佈著怪異的靜謐，四下走動的人影，一旁站立的警衛，夢幻泡影般的稀薄起來，透明。世界突然被壓解了，從左右兩方他們各自所在的面向，由外向內開始推動，一邊發出轟隆隆的滾輪巨響。然而，崩落的是，阻擋在他們面前，透明卻真實的障礙物，緩慢而靜謐，猶如落下的水晶帷幕，嘩啦啦地全數落在地面上，被土地吸收、消融。然後他們顯得如此靠近，最終，沒有什麼可以阻擋、橫亙在他們中間了。她遲疑著，試著伸出手來，忐忑，可是她驚訝的發現，她成功了。念平失去的「那個部位」，重新增生了與原來一般的透明手掌，強而有力再度握向她，拉住，往前，再往前拉，似乎一切都未曾改變過，一如往常，將她的手握得緊緊的，放在懷中，搓揉著，溫度上升。她不由得抱住他，將他的頭如孩子般地輕靠在她胸口上，接而緩緩抽出慣用的右手，輕輕撫摸那還難以辨認的臉龐，順著髮梢順著顏面，最終將手落在他脖子的地方。念平側著頭，依偎而順從，然而他頸上突出的青紅色動脈，正在她手心鼓鼓跳動，那聲響如此強烈，彷彿那節奏並不屬於他，而是她自己。是她本身由左心房移轉至掌心上的怦怦心跳。流動裡的血管還是溫熱的。好燙。

可是冰冷的話筒嘟一聲接通，迅如疾雷。世界被推移回原本的模樣去，中間崩落的透明厚牆如倒放的畫面，又重新聚合起來。韶寒本能的縮起了手，兩手緊握，很用力的放回膝頭上，似乎想藉由這身體真實的觸感，告知她自己，剛剛一切不過是虛幻的想像，也由此壓制住她內心因這個變化而感到失落的內心區塊。警衛正替念平拿著話筒，他們並沒有多久的時間可耗費。

「還好嗎，痛不痛。」她問道。本能的說出口，充滿關切。尚未見面時，曾經百轉千迴，幾近千百問題，萬千話語、事件，都想要與他一同分享，想跟他說。可她沒想到，一見了面，反而不知道該說些什麼才好，生疏，距離，陌生感。只存有簡單的問候：好不好，痛不痛。念平似乎也是的，回答更為簡短，只淡淡的說了聲還好，便不再接話。兩個人似乎被遠遠的推向天平頂端，距離加大了，他們並沒有在靠近。她為著這樣的變化而感到有些措手不及，心裡頭禁不住一陣失落的悲傷。終於，她還是問了，關於他手的事。可是念平的反應比她想像中的更不在乎，既沒哭，也沒什麼明顯的情緒反射，就只是默默的說了聲，沒了。猶如事情本該如此，沒什麼好計較的淡然。不在乎。毫無表情，冷漠。

這叫她更不知該如何是好。她本以為他會哭，流淚，抱怨，會有種種的情緒發洩，如果是這樣的話，韶寒一定會排除萬難，緊緊擁抱他，給他溫暖。可是他就這樣一無表情，讓她對於自己釋放出來的關懷，不知如何收放才好，猶如伸出了手，對方卻絲毫無意反握回禮的愣然。注視著他的臉，她試圖想要看出些端倪，卻一無所獲。難道說，念平是因為擔心她會難過，所以獨自默默忍耐。還是已經心灰意冷，沮喪絕望到對任何事情都不想再去計較……或是他為韶寒缺席的這段空白，沒適時陪伴在他身邊而感到生氣……好多好多的念頭一時湧上，讓她暫時性的思緒混亂，無法釐清那個才是正確的。於是，她喃喃的告訴他，她的缺席並非故意，她被隔絕了，如同他一般，隔離在彼此的消息之外，所以這麼遲才能來見他。可是念平並沒有因此而顯露出欣喜的意味來。

她，腦海裡僅存一片空白，因她不慣面對如此無聲的回應，最後，勉為其難的，只好硬擠出些話來。安慰他，至少命是保住了。不過這些話似乎也同樣的在安慰她自己。她不得不暗自承認，她也不太能馬上接受念平現下的模樣。她所習慣的，是念平過往的影像。可是如今這影像回想起來，竟模模糊糊的，怎樣也看不真切。她只能知道的是，一切都與以前不同。雖然強忍著不表露出失望的神情來，不過她告訴自己，即便一時不能接受，但至少，念平還活著。而她也終於，結束了日夜裹覆著虛無與未知，輾轉難以入眠的苦痛生活。她試著想要多講些話來安慰他，順便抒解這段日子以來的瘋狂焦慮與壓力。不知道念平正在什麼地方受苦，傷勢如何，讓她萬般自責等等。而對於警方與媒體公式化的『無可奉告』、『沒有聽說』，她更是瀕臨忍耐的極限。那段日子她鍥而不捨，一次次進出警局，忍受旁人四下注目，以及「她又來了」的不耐煩感，她是如何壓抑住羞慚與不安的心，就只想要問出個結果，既期待又害怕受傷害的心情。可總不能讓念平就這樣人間蒸發。只是，等她終究獲得一點眉目竟是—念平以謀殺罪被收押！？

當她聽到媒體大幅度的報導，簡直不可置信。看著新聞畫面上，被害人父母掩著面，以手遮擋住攝影機，攝影機被手掌暗黑的遮擋住，晃動著，他們始終不願意發言。只是從些微的一角看見被害人母親，輕薄的肩膀抽動，宛若在哭泣；而那位父親則總是快速的環抱住妻子，進入屋內，謝絕任何採訪。最後，透過對講機，只以沙啞的聲音說道：「希望兇手早日伏法，以安慰女兒在天之靈。」報導登出了受害者的照片，雖然雙眼打上了馬賽克，使得臉龐變得模糊，難以辨識。可是，看著資料與其他照片上的天真笑容，她也不過十三四歲而已呀，即將升上國一的稚齡，怎麼會。不可能的。念平他，不會的。這一定是有什麼搞錯了。就像當初警方將他們誤認成炸彈客一樣。想到這，她不由得寬了心，笑了笑，是的，他們一定是搞錯了，她如此相信。也這樣告訴念平，如同在講一個事不關己，好笑至極的玩笑話。要他不要害怕，所有的事情她都會替她處理的，包括罪刑，包括……那雙失去的手，以及其他的復健，所有所有，他都不必擔心。她想，這才是念平心心念念以致於冷漠沮喪，對人生失去希望，毫無反應的真正理由吧。

可是，她沒想到的是，她完全想錯了。錯得徹底。

當念平以肯定的聲調告訴她，媒體報導的一切都是真實的。剎時韶寒一陣晴天霹靂，她不知該當如何回應。不明白，也不死心似的，認為念平或許有什麼苦衷或理由……她想起了電視上常播出的社會檔案，監獄裡常有刑求入罪或冤枉的情形發生，尤其念平臉上大幅度遮蔽顏面的繃帶，更使一切顯得可疑。或許，他因此而不能說出真相，然而當她幾度嘗試著去確認，他的表情卻不像是在說謊。一切是真的。也不是誤殺，「只是覺得無聊而已。」念平如是說。從剛剛對話至今，韶寒宛若對著一尊動也不動，表情冷淡的木頭人偶對話，釋放出的耐心與關愛，如今猝不及防地如閃雷，重重的回擊到她自己本身，所有的思緒與感受都崩解了。邏輯怎樣也無法貫串起來。這不是真的。但念平卻如雪上加霜似的，強調這是事實，並要求她不要做些無謂的事。那些她心思周密，處處為他設想，希望能夠解救他於水火，想要擁抱、愛護、撫平他種種傷痕，不管是心靈或內在的那些包容、寬大，以及解決他處境的周詳辦法……在念平的眼中，竟只是些無謂的事……她頓感她如無知少女的一廂情願，傻傻付出卻從未得到過回應的痛楚感，穿透全身。內心剎時灰暗下來，垂頭喪氣如鬥敗的雞隻，緩緩垂下頭，抖擻出一地骯髒的羽毛來。她真傻，天真的傻瓜，愚蠢的傻瓜。無知的傻瓜……她再想不出任何強烈的形容詞來描述她此時的內心處境了，因為，那裡早已崩落的，什麼都沒有剩下了。話筒的兩端也是，靜靜的，什麼東西也沒有，也聽不見任何聲音。時間被切斷，成為螺旋狀的殘片。

隔音玻璃的對面，她看見念平的嘴，喃喃的似乎在說些什麼，可是她一時反應不過來。什麼也聽不見。只見他艱難的移動了身子，準備要離開。她不由得本能的叫住他，「等等……」，她還來不及流淚，身軀與手掌此時貼印在間隔彼此的透明厚牆上，幾乎都要呵出白色的霧氣來，但這次卻穿透不過去。於是，她只好手持著話筒，努力的握緊，在手中，印出深深的瘢痕來。也許是不甘心，也許是痛苦，也許是某些她不清楚的種種緣故、各項情緒，攫住了她自己。她叫住了他。她說，艱難而微弱地，使盡剩下的力氣，一字一句的說：「不管如何，我還是愛你，我等你出來。」

可是，念平猶如要刻意強調似的，叫了她的名字。他很少這麼做，唯一的一次正是炸彈爆炸前，他略帶嚴肅的要求她等在原地的語氣，那也是那次他們分離前的最後對話開頭。韶寒忽然有了不祥的預感。「我不愛妳，妳不用浪費時間。」他說。韶寒掙扎的，努力去試著想要找出個答案，去解答這個讓人不可思議、不可置信的冷酷回答。為什麼，為了什麼，怎麼會這樣。明明是他說他喜歡她，抱緊她，那些歡愛、激情的場面更於此時一幕幕不搭調的浮現出來。當他提及到了年齡，她冷不防的打了個冷顫，也許始終是年齡的差距熄滅了他的感覺，阻礙了彼此。不過，出乎意料的，念平只是提醒她，在她這個年齡該有的「智慧」——如何去辯識謊言與實話。當聽到他說他幾次都要殺了自己，如同報導上，那稚嫩無辜的小女孩，只是苦無機會下手時，她簡直什麼話也說不出來。她怎麼會愛上了一個冷血的人而不自知，如無知的小動物般，無所知覺，痴心一片的傻傻等他、找他，愛著他，卻不知那位心愛的人曾經拿著刀，隨時預備當頭砍向她……

韶寒於此時才突然發現，念平的臉，並不是因為爆炸灼傷或繃帶的包紮而總顯得面無表情。他一直是這樣的，冷酷，無情，無血無肉，只懂得去滿足他自身的慾望，可是他對於這個世界並沒有深切的渴望與夢想。他是個空了心的木頭人。不過，她是這麼遲才發現。事到如今，她已不知能說些什麼，做些什麼。喃喃地，她問，帶著最後的一線希望問，雖然她內心早已因強烈的震驚而使得世界顯得破碎不全，也隱約的預見結果。不過，正如想要補上念平當時未及下手的那一刀一樣，她想要一個乾脆。直截了當的問：「你有沒有愛過我？」曾經，有那麼一點也好。證明她所感受的都不是虛像，而是實影。立體而鮮明。但，念平的答案是否定的，幾乎是不加思索的脫口而出，「以前沒有，現在也沒有。就是這樣。」而就是這幾句話簡潔有力的戳破她個人獨自的內心虛像構圖，也簡單的概括出，從她出生至今所感受到的強大虛無及各種連結關係的斷裂層面。

一切都是虛假的。幻影。

她不過是物質世界上，存在眾多的化學離子群裡，唯一脫離群體，鍵結斷裂的，單一漂浮者，懸浮於暗黑的宇宙行星中。微小的不足以發出任何光芒。話筒沉寂了，只有波光閃閃的金屬電流於其中竄動的滋滋作響。但即便沒有眼前這層隔音透明厚罩，他們彼此也再無法（或單方的以為有）聽聞到對方的思緒、表情、動作，聲音等，他們相對退得遠遠的，成為兩個遠端上，異世界的陌生人。初時，他們兩人各在天平上的彼端，順暢滑動如砝碼，在傾斜的晃動中相互靠近。緩慢行進的瞬間，她曾以為是太久沒會面的緣故，或其他。那難以言喻的生疏、距離，尚比中間矗立的隔音玻璃更難穿透，透明且無聲，將兩人的世界分開，不相交集。她日思夜想，懷抱入夢者，最終是空。如今想來，彼此相處的時間多麼短暫，僅是上課的熱烈互望，教室與公寓裡短暫的一夜激情火花。他們根本不瞭解對方。實際上，或許可以這麼說，他們僅是交叉口上無意撞見的陌生人。短暫擦身而過，如此而已。兩個異軌的行星碰撞，產生的火花瞬間就被宇宙的虛無所吸收，被那漆黑的靜謐，迅速的掩蓋過去，就像什麼也沒有發生過。世界又開始運轉了，一如往常，遠方那星星點點的行星色彩，暗暗的旋出光來。她沒有哭。

＊＊＊

太陽般圓滿的錢幣嘩啦啦的在不遠處被傾倒出，阿火感受到妖怪正檢視他今日的成果，錢鈔被翻動，遠遠聽來，像飛蛾翅膀在拍動。四周仍一片黑暗，阿火小心膽怯，聽著一切。他被放在一個粗糙的棉布上，棉布因每天承受他氣味而顯得刺鼻難聞。可阿火沒法去清洗，上次洗澡也不知是何時。不能怪他，因他總必須趴覆在陌生而骯髒的地板上，彈奏千篇一律的幾首歌。妖怪很少讓他洗澡。每每彈琴時，更可以感受身體上有不知名的蟲子在起舞，跳躍的蚱蜢，或蟋蟀，在他身上跳來跳去，爬來爬去。蝨子或跳蚤？但連這麼小的東西他都無力對付，他感到沮喪不已。妖怪常打他，阿火瑟縮起身子，但仍不敵狠狠的幾個耳光，鼻子裡稠稠的流出什麼，但他只能用那殘餘完好的手去擦掉。不過眼淚卻不爭氣的於此時滴落下來，在臉上糊成一團。「他髒得讓我不想打他的臉。」妖怪說，接而毒打的印痕便打在那些被跳蚤、蝨子竄動的身上，那些蟲子會不會因此而被驅趕離開，這樣他以後就不擔心身體發癢的事了。阿火好害怕，全身蜷起像條爛透了的蚱蜢，他的腳，也早被打的彎曲變形，難以移動。不過棍棒的抽痛感，他絕對感覺得到。誰來解救我，救我。阿火模模糊糊的想。在方正臉妖怪口中，阿火沒有名字，只是「他」，跟「這個東西」。阿火已很久沒聽見別人叫他名字，他都快要忘記了。又是一天的開始，匆忙腳步聲，雜沓的人群，前後左右的移動，穿梭來回，只有阿火自己，被木樁釘住般，在洶湧人潮裡，一動也不動，不能動。太陽般圓形的錢幣落入他手心，他緊緊握住，握到發燙發熱，握到印出凹痕。殘餘的手彈奏的更加賣力，電子琴發出了清脆響亮的樂音。一早，阿火被丟置於此地時，忽然升起奇異之感，彷彿下雨地震前，接收到的訊號：螞蟻成群出現，地上一堆蟲屍，或西北邊有紫色的雲彩（他已忘記紫色的模樣）。今天或許會有不一樣的事情發生。至少，不像現在，碰觸髒污冰冷的地板，蜷曲著手彈琴，他夢想不一樣的生活，而不是機械性，永遠卡在時空縫隙的停格。我想要改變生活、改變世界，阿火祈禱。可他不知該向誰祈禱，誰就可以實現他願望。他更仔細密切的聆聽，很怕錯過，但在人群雜踏的腳步裡，什麼也沒有，阿火感到失望。此時，一種拖拉的腳步，很緩慢的與地面摩擦。這緩慢拖行而走的人，越來越靠近。四周逐漸產生一奇異氛圍，雖然每日趴覆在地，但從沒像今天，感受到「來者」注目的眼光，被定定看住，瞎了眼的阿火感受到火辣辣的注視，正搔向他的臉。「來者」身上有股阿火熟悉的氣味，他竟在現實裡嗅出了作夢醒來殘存的餘溫，因而再度想起他的夢——趴覆在巨大水牛身上，水牛甩動尾巴驅趕牛蠅，還有那淡淡已失去顏色的落日、打穀的芬芳氣味，全數於此湧上心頭。好懷念。熟悉的氣味逼近，隨著慢慢的腳步。對方在看他，他心跳加速，臉紅了。對現今模樣感到羞慚，如果雙眼正常，他也不敢把眼光回望過去。對方越走越近，幾乎來到阿火面前，他看不見，可他知道，對方正在觀察他，甚至蹲伏了身軀，在離他不遠處，吐出溫熱氣息。阿火神色自若繼續彈琴，然而內心慌亂不已。救我，不管你是誰，帶我離開這裡。對方彷彿就要有所動作，準備解救他離開，脫離方正臉妖怪的魔手。

肆、中心塌陷了

女孩背對著，拿出不知道什麼東西給對方看，然後那個男人點點頭，從口袋掏出了約略五千元大鈔，遞給了穿著制服的那位女孩。女孩看起來還很年輕，不像是為了cosplay性愛角色扮演而特地穿的制服，事實上，這是貨真價實，確確實實的女高中生制服。而制服的主人，也不過是十七八歲的高中女生而已。但是之前之所以有懷疑女生身分的錯覺，原因在於女生的臉，臉上帶著一副濃妝，長得嚇人的假睫毛，用眼線畫出了深邃的眼睛，以及充滿魅惑的藍金色眼影，另外，頭髮還上了新近流行的金色髮浪，讓女孩外表看起來比實際年齡還要成熟許多。現在的教育真是自由，連高中女生都可以這樣的打扮，男人遞錢時暗自心想，要不是看過了學生證，真不敢相信。在眼睛開闔間，那過長的假睫毛投下的陰影，更掩蓋住女孩真實臉龐的輪廓，所以男人對於女孩臉的印象，也就是模模糊糊的，不過這一切都不重要，重要的是接下來的事。女孩將錢收進了帶有學生氣息的包包裡，心滿意足的拍了拍荷包，然後就開始動作。

浴室裡傳來了沖澡的聲音，穿制服的女孩脫得一絲不掛，金色捲浪原來不過是假髮，披掛在一旁，姣好又年輕的青春肉體在蒸騰水氣的霧面下，顯得若隱若現，引人遐思，還有一種桃紅色，讓人搔癢難耐的慾望。本來仰躺在床上的男人，深吸了一口菸，將煙頭輕輕的在煙灰缸上擠了擠，煙頭忽紅忽黑的，一瞬間就滅了。不經意的看了旁邊倒好的兩杯酒，可是卻似乎沒有要喝的意思，才微微的抿上兩口。男人便霍地起身，將皮帶解開，脫去了長褲放在一旁，然後跟著走進浴室。「啊——」女孩顯得有點吃驚，叫了出來。本來說好要洗完澡才來的，但男人顯然是等不及了。浴室裡面因而傳來吃吃的笑聲，男人與女孩在熱氣蒸騰的浴室裡，看不清彼此的臉，但不一會兒，女孩便開始用嘴替男人口交，男人舒服的呻吟起來，「技巧真熟練……」。這下換男人感到驚訝了。他也有過幾次經驗，找來的，同樣都是穿著制服，擁有學生證的年輕女孩，但總顯得生澀扭捏，一點也不乾脆，連手摸上去的時候，都還不自在的瑟縮起來，甚至在他硬挺進去時，那些不熟練的女孩們更只會硬直的躺在床上，又乾又緊，他需要費很大的力氣，才進得去。以為只要躺平任人操弄，接著就等著收錢的作法，一點也不專業嘛。於是到了最後那些經驗可能不太夠的女孩總是痛苦的呻吟出聲，有些甚至還流出血來，關於對處女的迷思，男人也不是說沒有，但他覺得，既然這是付錢辦事，就不會要求那麼多。這種想法，就跟付錢去游泳池游泳一樣，你怎麼能夠要求你絕對是開業後第一個客人呢。只不過，最重要的，就是要物超所值。援交的話，就是付錢，然後爽快……這是男人一貫的想法。但這次找來的似乎不同，經驗老到不說，也不生澀，很難得。「真是賺到了。」男人舒服的想。女孩含著，前前後後的搖擺，他可以看見那粉嫩的屁股，像顆桃子一樣，鮮嫩可口，男人忍不住呻吟起來，有種逼近快感的痙攣，女孩加快了速度，手口並用的，「啊……」。男人射了。射在那浴室蒸騰的霧面玻璃上，流出了白色的精液。白色的，像條蛇。

「很不錯嘛，妳。」男人說，一邊搓揉著女孩的乳房，

「還有更棒的，如果你願意再多給一點的話。」

「好，沒問題。」

「給我多少，就能有多好的服務。」

男人覺得在這個關頭講到錢，很破壞氣氛，但剛剛女孩的技巧實在讓他太過爽快，一方面出於好奇，另外也對這個年輕女孩的精明，感到吃驚不已。

「出去時再給妳五千。」

「好。」女孩答應了，浴室裡的熱氣將女孩的臉顯得霧霧的，男人看不出女孩的臉上有什麼表情。一邊搓揉著女孩的乳房，戴上保險套，將女孩轉過身，緩緩的滑進去。年輕真好，他感受到又緊又粉嫩的女孩下部，毫無困難的進了去，開始抽插，女孩傳來了一陣銷魂的呻吟聲，一手抵住男人的腹部，抵抗似的掙扎，但這反而激起了男人壓制的慾望，他將女孩推到牆角，讓她動彈不得，兩人靠在冰冷的牆壁，上上下下的動起來。粗紅的喘氣聲與劈啪作響的肉體接觸聲不絕於耳。他一面抽動，一面想起了某些事情，然後他將女孩轉了身，改變姿勢，律動如浪潮，女孩撫摸著他的胸部，為了尋求施力點，緊握住他肩膀，甚至還抓出了幾條血痕，但他一點也不引以為意，也許是沒注意到吧。一會兒，他終於有種略微疲倦的感覺，高潮將近。他很快的再加快速度，喘氣聲，劈啪聲，呻吟聲，最終，達到高潮。他先用熱水把自己全身沖了沖，然後，玩弄似的擠捏了女孩的乳房，圍上浴巾，先走了出去，躺在床上略事休息。然後才開始大口喝酒，酒的味道甜中帶有點酸澀，酒是不是還沒醒，男人看著殘餘在紙杯中的酒色，顯得很專業。女孩一會才出現，穿著的浴袍下，凹凸有致的曲線與美腿一覽無遺。走出來時，全身蒸騰的像是冒著熱氣的食物，看起來可口極了。

「來，過來我這邊。」男人對她招了招手。

女孩將浴袍脫下，一絲不掛的胴體就在他眼前，她半跪著跨坐在男人的身上，撫摸，磨蹭。男人感覺下半身又再度硬舉起來。正想繼續。女孩制住了他。「剛剛說好的呢。」男人略帶不悅又有點猴急的，從他的錢包裡摸索出五千塊，貼在女孩的胸口上，一手托住女孩豐滿的乳房，恣意的舔著，女孩享受似的，拿住錢，一邊半閉著眼，露出滿意的表情。而男人的自尊心終於也在此刻得到一種填補，雖然工作上不盡人意，然而現在他可以拿著錢，買到一個青春又美貌的女孩，跟她做愛，想到這裡，男人面露微笑，心中被充滿愉悅的興奮與成就感佔據了滿滿。

真的好爽。

「要不要再多喝點酒。」女孩提議道。

「我喝了一點，味道還好，我不太喜歡。」

「我還有另外準備的，要不要？」男人為自己今天的選擇感到非常好運，看來今晚真的可以好好享受一番。是台啤。換個口味也不賴。

扣一聲拉開拉環，有種類似氣泡的聲音，酒氣一時上升，瀰漫在整間屋子，將剛剛歡愛而殘留在浴室的體液味道，混合的既嗆辣又刺鼻。真的好爽，好舒服，男人覺得有種被蒸騰熱氣包裹時，很溫暖的感覺，這就是喝酒的好處。他還想要繼續衝刺，可是有種十分疲憊的倦意向他襲來，他覺得好累，好睏，什麼也不能想，什麼也不能做，就只想先睡一下。那就先睡一下，他模模糊糊的想著，可是還沒等他的念頭結束，他就緩緩的沉入夢鄉。然後有種水滴的聲音。滴滴答答的流個不停。原本很小聲，斷斷續續，接著逐漸變大，變強，有什麼在靠近了。

小柔，如同她的名字，外表個性舉止，總是顯得很溫和柔順的模樣。雖說她的家境並不寬裕，頂多稱得上是小康。父親是建築工地工人，回家時，總有滿身灰，指甲縫裡也藏著黑黑的污垢，身軀因為長時間揹負重物的關係，顯得有些駝背；母親則是知名連鎖餐廳裡頭的員工，擁有一手好廚藝，同父親一般，都是出賣勞力換取金錢的工作。但不管她多忙多累，回到家，總還是有蒸騰冒著熱氣的飯菜上鍋。一家人和樂融融的相處，世界顯得幸福而美好。溫馨。雙親本就是不折不扣的老好人、老實人，小柔也承襲了這一點，笑起來和氣禮貌。一看就知道家教很好，模範學生的榜樣。隨著她日漸長大，這樣和善的氣質更不減反增，加上美麗的外貌，使她顯得非常迷人可愛。若真要挑點毛病，她缺的就是一點冒險的勇氣。她的生活，規律而單調，放學後，回家做功課，洗衣服幫忙家事，如此而已。她完全沒想過有其他的可能性，去改變些什麼，或做點不一樣的。也不過就是跟隨學校的制度，聽從老師規定，範圍內的事項全數完成。如此而已。一派標準的女高中生生活，平淡無奇。而在學校傳統專制校風的影響下，更別說什麼特別額外的樂趣或活動了。於是她也不過偶爾放學後站在書店，看些輕小說，講愛情的。或一些奇幻冒險類的內容，稍稍滿足她想像的異世界生活。或許，隱隱約約的，她並不是表面看來那樣。或許心裡也未嘗不渴求著，能夠換別種身分，進入另外的世界，想知道那是怎樣的感覺。如果不是因為那件事。可能她的生活就會這樣緩慢卻規律的行走下去，平凡安定，升學、工作，然後找個老實人，安穩的展開另一段幸福人生。然而，事件就是發生了。誰也料想不到。

這件事算來要從小柔的個性開始講起。有個習慣是她無論如何也戒除不掉的，或許是因為太過善良，偶爾在路上、公園，看到一些走失的流浪狗兒，她就會忍不住想要去照料牠們。不過，通常她所遇見的這些狗兒並不全然是那種髒兮兮、充滿膿包的流浪狗。而是看來僅是短暫走失，有主人飼養的狗兒。因為從牠們身上戴有項圈，皮毛也整潔光滑的模樣便可以辨別，平常必是受人呵護，常在梳理的樣貌。而在那天下午，她碰巧在捷運站前的出口附近，發現了一隻身上有著黑白相間小圓點、體型極小，兩個耳朵時不時隨頭晃動來去，十分可愛的狗兒。然而出口處於高峰期的湧動人潮，並沒有人理會牠的吠叫。

「是不是跟主人走散了呢？」小柔心想。

她緩緩的抱起狗兒，牠沒有掙扎，搓揉著牠的頭，更柔順享受的半瞇起眼，仔細一看，毛皮乾淨整齊，還有淡淡的香氣傳來。甚至，牠還向她做起了「拜拜」的姿勢。小柔忍不住驚呼：「哇！好可愛。握手～」她試著說，沒想到狗兒順勢伸出牠軟軟的腳掌，放在她的。這麼一來，事情就很明確了。乖馴不怕生，外表整潔，還會人指導的動作，這必定是被飼養的，她很肯定。也許才剛走失不久，不過，看著出口的人潮來來去去，主人會是那一個？她抱著狗兒，定定的站在原地等候許久，可是一直都沒有人停下腳步。

看著天色漸暗，爸媽可能在等她吃飯，可是她一想到入夜後的台北，是又濕又冷，竟不忍心就把這隻狗拋下在原地。只好將牠帶回家。剛開了家門，鏟鍋與菜翻炒的聲音正從廚房傳來，還好，還趕得及。她還沒開口，懷中的狗倒是先探出了頭，以可愛的臉龐朝著媽媽汪汪的吠叫兩聲。

「又撿狗回來啦？」媽媽似乎很習慣她這麼做了。「說過了，家裡沒有多餘的錢可以養寵物，明天記得把狗送走。」

「嗯。我知道。」小柔淡淡的說，「牠應該是有人養的，只是走丟了。我明天去同樣的地方等等看，如果找到主人就送牠回家。」

「好，就這樣吧。家裡真的沒有辦法養寵物。」

「是，」正說著，狗狗從她身上跳脫開來，跑到媽媽腳邊，搖尾巴、拜拜、耍寶似的跳起來旋轉，還用牠那小小的頭輕輕的去磨蹭，極盡撒嬌之能事。「唷，」媽媽似乎被逗樂了，那歷經風霜的臉，笑出滿臉的皺紋，「這隻訓練的真好嘛。」

「如果找不到主人，讓牠成為我們的一員吧。」小柔心中小聲的說，可是她心裡很清楚，這樣的機會並不大。爸媽工作辛苦，好不容易才供給她所有的吃穿花用，更別說將來可能還有大學呢。總也要事先儲備，家裡確實除三餐溫飽外，沒有多餘的閒錢。媽媽似乎也看穿了她的心思，說：「要快點找到牠主人喔。」

「好，在那之前，我們先叫牠什麼？」

「就叫money吧！」

「哈，好。來，money！吃飯了。」

媽媽端出了熱燙的菜餚，聞起來好香。

在同樣的地方徘徊了幾天，卻始終沒人前來認領。抱著狗站在出口旁的小柔，遠遠看來，像個抱著嬰兒的女人。還好她對於這種情況，經驗得多了，便印些簡單公告，去附近的圖書館、警衛室張貼。上頭簡略的寫上她的聯絡方式與狗的黑白照。趁著幾天提早下課，還帶牠去獸醫診所掃描，看是否有植入晶片。但答案是否定的。這樣不知過了幾天，感覺替牠找回主人的希望越加渺茫了。看著她近日消瘦的身影，媽媽顯得有點不高興，「妳連自己都養不活了，就別再管寵物的事了。」小柔心裡明白，那也是為了她好所以才這麼說。前幾次撿回的，情況更糟，她便會貢獻出自己辛苦的打工所得，或儉省自己的三餐生活費去替狗打針。注射疫苗，又要張貼尋人啟事。一切確實所費不貲。當然看在母親的眼裡覺得很心疼，但又無可奈何，只好不時的叨唸著，「妳要自己吃飽用好，別再多管閒事。這些狗會有人照顧的，輪不到我們啦。」

這道理她也懂，只是每當看到這些狗兒走失而迷惘的無助眼神，她就忍不住想要幫牠一把。即便明知這樣的付出不太可能會有回報，甚至她還必須省吃儉用好幾天、幾個禮拜，餓得飢腸轆轆頭發昏，只為了挪用費用給狗注射疫苗。可是，她覺得只要在她的能力範圍內，她非做不可。而看到主人欣喜若狂、失而復得與狗互擁的快樂神情，更讓她內心充滿喜樂，彷彿被對方與狗狗的喜悅所感染。

不僅如此，有時在捷運站上，遇到有人向她搭訕說，「抱歉，今天出門我忘記帶錢了，可以借我五十塊嗎？」她也總下意識的，馬上掏掏口袋，把癟癟荷包裡的錢拿給對方。雖然一時間有種助人脫困的安心感覺，可是等對方走遠，她才意會到，新聞報導常說，這些人都是詐騙。不過，她寧可相信這些都是需要幫助的人，不能夠不理會。而就在她快要放棄的同時，money的事終於傳來了好消息。有個大約六七十歲，頭髮花白，背部佝僂的胖老太，拄著一根柺杖，說要來認認。也許是因為年紀很大了，身軀又肥胖，所以走起路來有種顛簸搖晃的神態，走得極慢，似乎隨時都會跌倒。而money才看到遠處緩緩走來的老奶奶，竟興奮的跳起來——「飛撲式」的極度雀躍，在老奶奶的懷中一邊磨蹭，一邊嗚嗚叫著。相逢的喜悅，正是小柔最感滿足的時刻。她甜甜的笑了起來，一切辛苦總算沒有白費。偏斜的黃昏照耀著，落在公園長椅一老一小的身影上，而地面則有個小小的黑影，慢慢的在她們腳邊打圈圈。
「唉喔，多謝妳了，小姑娘。我找我家旺來好久了。」
「原來牠叫旺來阿，我都叫牠money。」
「慢泥？那是什麼？」
「是錢的英文。」小柔忍不住笑了，她忘記老奶奶的年代，應該沒學過英語。
「哈，小姑娘真會取名字，書讀得多，人漂亮，心地又好。」
「哪有。」小柔被稱讚的害羞低下頭，「慢泥」附和似的在她腳邊磨磨蹭蹭。
「慢——喔，對了，旺來為什麼會走丟阿？」
「阿，說到這，還不是那天我帶牠在附近散步，牠看到一隻粉紅色的貴賓狗，竟然什麼也不顧的就衝著跑走了，在後頭叫半天也不理我，我又走得慢，後來就怎麼找也找不到了。」
「哈哈。」小柔忍不住笑出來，原來是隻想泡妞所以才走丟的狗阿。
「後來還好，平常跟我遛狗的幾個姊妹，這幾天問說怎麼沒看到我的狗，我說我給牠弄丟了，找不到，多心急。你說巧不巧，她們有個媳婦的老公剛好是當警衛的，說有人撿到一隻狗，在問呢。我一看，這不就是我家弄丟的旺來嗎？」

小柔踩踏著夕陽下長長短短的影子，一邊想著，世上竟也有這麼巧合的事，雖然心中有點捨不得，不過畢竟幫牠找回了原來的主人，未嘗不是好事一件。不過想到牠搖著屁股跟在粉紅貴賓狗的後面，這情景就讓她忍不住一陣好笑。不過，此時浮現在她腦海裡頭的，是另外的念頭——

她想到了學校的校規，雖然她就讀的高中號稱男女合校，在招生中還打著「潮流所趨，男女合校」的新穎噱頭，特意強調自己跟那些傳統老派的純女、純男的高中有所差異。不過，實際情況，作風仍十分保守，有過之而無不及。不僅私自將男女分班，也禁止相互往來。聽說教官、老師們都被耳提面命的要嚴加「控管」。對於這些青春期的孩子們，「控管」的內容自然不言而喻。曾有男女雙方，偶然的在大廳內巧遇，寒暄了幾句，不一會消息竟然就傳遍校園。當事人便被傳喚到教官室訓話說：「你們怎麼這麼不知羞恥」之類的話。小柔十分困惑。異性間隨意的說個話就算不知羞恥也太不符合邏輯了，若真是如此，那麼那些結了婚的大人們，或有男女朋友的人，該怎麼說。不過這個疑問也僅是淺淺的飛掠而過。高中生正如制服穿著一樣，生活就是整齊紀律，她內心已被深埋著服從與懦弱的種子，沒有其他。她以為，世界本就是遵循這樣的定律在轉動。想得入神之際，忽然抬起頭，才發現，天色早已暗了。自己實在耽擱了太多時間，她不由得加快了腳步。

「黃小柔！」後頭突然有人叫住了她，她本能的轉過身，卻被眼前包圍的人群嚇了一跳。帶頭的是學校人人聞之色變的大姊大，正用她招牌的倒三角眼盯住她。一旁幾個也是凶神惡煞模樣。不過，最讓她吃驚的是，平常表現得與她十分要好的小如竟也在其中，只是畏畏縮縮的低下頭，不敢把眼光看過來。幾個人不由分說，便把她押往一個僻靜的防火巷。巷弄裡傳來了許是久未清理的陣陣惡臭味，但大姊大她們似乎一點也不引以為意。

「妳是一年A班黃小柔？」

「是……」小柔膽怯的說，「抱歉。我趕著要回家，如果……」話聲未落，小柔便感受到她的頭髮一陣抓扯，然後整個身體被甩出去，撞倒在堅硬牆邊。她慘叫出聲，搖搖晃晃的想要站起來，卻是重心不穩，跌坐在地。後腦杓被敲擊到的地方，有種溫熱刺麻的感覺。她伸手一摸，手掌上，微微的滲出些血跡。她簡直驚呆了。

「妳前幾天是不是去找導師打小報告？」大姊大好整以暇，邊用著磨甲片，一面輕輕的對指甲吹氣。

「我沒有……」小柔勉強的靠向牆壁，頭皮陣陣發麻的感覺不時傳來。好痛。

「還說謊！」大姊大喝叱著，身上又多了些拳打腳踢，小柔忍痛抱住自己，縮成一團，不知該往哪裡躲。「小如說她都看見了。妳竟然還敢說謊……」。本默不作聲，藏在人群後的小如被推了出來，用比蚊子還小的聲音囁嚅著：「對不起……」說話時，眼神飄忽不定，一對上小柔的，便心虛地很快把視線移轉到別的地方。

「什麼對不起？覺得我們作錯了嗎？」大姊大慢慢問道。

「不是……不是……」小如低著頭，沒再說話，長長的頭髮覆蓋住她的臉，看不清她臉上表情為何。

「上禮拜妳不是一直去導師辦公室。是那時候趁機打小報告的吧？」

「上禮拜？」小柔如今既是害怕，又緊張，磕碰過後的頭腦裡，除了一片混亂，什麼也想不起來。老實說，她現在一點也不確定，她是否有去找過導師。

就在這個靜寂的時刻，僻靜的巷子裡，忽然竄出幾條骯髒的野狗，朝著她們低聲吠叫。「髒死了。」大姊大說。一腳踹過去，狗嗚嗚的一溜煙跑走了。看到這個光景，「啊……」小柔才終於想到似的恍然大悟。不太記得，那是撿到money後，第幾天的黃昏，遲遲未有人來認領，而動物收容所則頻頻來電催促，說近日的流浪狗實在太多，他們園內已經無法再負荷了。儘可能的話，快點帶回去。小柔心下也明白，台灣法律規定，超過限期，這些流浪狗都會遭遇安樂死的下場，她實在很不忍心。這幾天，爸爸的肩膀受了傷，媽媽心裡很難過，心情不好，她不願意這時候還加添媽媽的憂愁。無法可想下。靈光乍現的，是導師溫柔漂亮的外貌，上次不知聽誰說過，導師雖然三十多歲了，不過還沒結婚，一個人住在單身公寓裡。她想，一個人住公寓也許很寂寞，而且沒有經濟壓力，養條小狗應該不成問題，或許還會很高興。她抱持著這樣的念頭去了辦公室好幾次，但很恰巧的，導師都不在。星期五已是最後限期。不過，為了要替money注射疫苗，排隊延誤了時間，等到了校園，天色早已完全的暗了。與平日上課的光景不同，暗黑的校園裡伸手不見五指，陰森森地，地面上更時不時因風而晃動起漂浮的樹影，魅影幢幢，讓她心涼了一半。其實她心裡早明白，此時導師還在校園的可能性極低，但不知是什麼緣故，她就覺得至少應該要去看一看，大概是為求一個心安。可是越走著，內心恐懼越大。就快逼近忍耐的極限，她本能有個衝動，只想什麼也不顧，轉身就跑。跑去哪都好。

可是正當她要轉身離開，一種細細碎碎的腳步聲響，隱約的從B班教室裡傳來，聲音雖然細微，但很清晰，她十分肯定。一時浮現腦海的，全是些從小聽聞過的校園鬼話與驚悚奇聞，她忍不住緊張的雙腳發起抖來。難道是……她努力地甩甩頭，試圖去否定這些想法。雖然害怕，但她卻驚訝的發現，自己正不由自主的往B班靠過去，腳步極輕，膽怯卻好奇的躲在一旁偷偷窺視。

她沒預期過她會看見些什麼。不過，不知是不是錯覺，昏暗不明的光線裡，老師不僅在，似乎還有別人。她正考慮要不要踏步出去，或出聲叫喚，然而接下來的事讓她一時打消了念頭——有個男生，正從導師後方環抱住她，光線很暗，她看不清楚那人的臉，可是從他身上的制服樣式，看得出是同校的學生。小柔觀看著教室裡的兩人，如同慢格播放般，緩慢擁抱、親吻，最終脫起衣服來……。突如其來的這幾幕讓她腦筋一片空白，張口結舌地傻楞在當場，不知該如何是好。

沒想到，money趁她一個不注意，手一鬆，便從她的懷抱中跳脫開來，汪汪兩聲。離開前，昏暗教室裡交纏的兩人有沒有因此而分開，她並沒詳細看見，只是匆忙而驚惶的，趕忙把狗抱走，就怕被發現。她很慶幸她所在之處是距離稍遠的樹叢，至少可以遮蔽住她的身影。至於之後發生什麼，變成怎樣，都無關緊要。她恐懼地想著不能讓別人知道這件事……而有沒有被認出來，更令她惴惴不安。那時她慌張的摀住money的嘴，即便牠掙扎的嗚嗚作響，甚至還咬傷了她的手，她也不顧。匆促的，當下只想從這暗黑的地方，快快消失。回到家後，媽媽默默的，看到money並沒說什麼。她關緊了房門，緩緩的鬆一口氣，但心下還是劇烈的怦怦作響。

一想到這，小柔的臉唰時蒼白起來。

「想起來了？私下打我小報告，說我在學校喝酒，是不是？」

「不是……不是，我沒有……」面對大姊大凌厲的眼神，小柔害怕的全身發抖，臉色慘白一陣過一陣。

「那妳好幾天偷偷摸摸的去找導師是怎樣？」

「我……」小柔聲音顫抖，「我只是想要請老師幫我養我撿到的一隻狗。」

「喔，裝得真像，」大姊大犀利的眼神對著她，「可是有人告訴我，星期五妳這好學生下了課不回家，很晚了還從學校小路那裡抄出來，一副作賊心虛，怕人發現的臉，拜託養個狗，不用這麼小心吧……」旁邊的人推出了小如，說：「把妳之前講的話再講一次！」小如跌倒在地上，低著頭，一句話也不敢說。

「那麼晚了妳去那裡幹什麼？」

「我……我只是……」小柔一向就不擅言詞，當下不知道該怎麼做才能兩全其美。難道直接承認說自己想拜託導師養狗，結果發現導師跟男學生正在做那件事？萬一導師被辭職怎辦。她正害怕被教室裡的人發現或認出，也不可能請他們來作證。小柔一時吞吞吐吐，猶豫不決的神色，竟讓她們誤會小柔默認了。確定是「小柔摸黑去跟約好的導師打小報告，然後才匆促離開」的「事實」後，又是一陣拳打腳踢，將她纖弱的身軀被打得疼痛不堪，不由得哀哀求饒。然而事情並沒有這麼快的結束。「小如妳過去打她兩巴掌。」有人說。

「啊？」

「過去阿。」那人踹向小如，她跌往距離小柔的不遠處。

「妳不打，我們就打你。」不知是誰，又用腳從後頭踢了小如一腳，她戰戰兢兢的伸出手，往小柔臉上就是兩個耳光。小柔與她互望的瞬間，發現自己充滿恐懼的表情，正流映在小如的瞳孔上，小如的表情則很僵硬，又怪，但她就說不出怪在哪裡。「妳真的有在打嗎？」大姊大整個倒吊的三角眼睜得極開，眼白突突的佔了好大一部分，使她生氣騰騰的臉更顯氣勢。

其他人正要上前，「我來。」，突然大姊大推開眾人，「我有更好的主意……把她的衣服剝光。」

「不要——」

小柔尖聲的哭求她們不要這麼做，然而眾人聽命於人，無視於她的抗議掙扎，欸欸地，用撕或扯，強硬的，將她的衣服全數扒光。赤裸的小柔因昏暗天色下的寒涼天氣與內在恐懼，緊緊地縮成一團，蜷曲著發抖。

「我沒有……我真的沒有……」她厲聲的哭喊著，可是沒人聽進去。

「既然舉發我在學校偷喝酒，害我被懲罰，那就用酒瓶教訓妳。」

大姊大掀開她那故做流行以引人注目的破舊書包，拿出罐看似已空的酒瓶，捏住瓶頸，輕輕晃動，猶如化學實驗裡，燒杯的左右搖動。那不透明的瓶身因晃動時，光線的折反射，透出奇異的光彩來。她靠近小柔，慢慢的走到她面前蹲下。此時小柔的四肢已全數被人按住，動彈不得，她不由得驚慌尖叫。「不要說我對妳不好，」大姊大逼視而近在咫尺的大範圍眼白，叫她不寒而慄，接下來，更微笑的說：「至少，我有幫妳把瓶蓋拿掉了。」

「啊？？」小柔一時還意會不過來，但一股從下體貫穿全身的巨大疼痛攫住了她所有思緒。她泛著淚光的眼角，才瞧見大姊大正將酒瓶的瓶口往她那裡插，「啊——」她痛得大喊，哭聲震天，哀叫了好一陣子才漸次地聲嘶力竭，卻沒有人過來救她，附近有沒有誰，救我……好痛，真的。原來把瓶蓋拿掉是這個意思，但即便理解了，也無可奈何。瓶頸進出的痛楚，讓她不勝負荷。她再無其他思緒存於腦海，全身抽搐著吐出些白沫來，癲癇般地顫抖個不停。至於其他她們還做了些什麼，她既毫無概念亦無暇顧及。連遠處有小狗汪汪吠叫的聲音，也渾然不覺。殘存的意識裡，除了劇痛還是劇痛。

「有人來了。」迷濛中聽到這話時，四周響起了一陣腳步雜沓聲，她們似乎都離開了。她掙扎地想要坐起身，全身卻痛得可以。恍惚中，試圖要將衣服穿上，但視線前方的景象卻是晃動的模糊，手發顫的難以抑制。隱約中，她覺得她應該是有將那撕扯爛了的衣服穿上了，可是為什麼，她還是覺得好冷，冷極了。該怎麼回家呢，她不知道。當最後一個身影出現時，她已混濁了夢境與現實。看起來是個男人，但人影從一個變成兩個，又從兩個變成一個，隱隱約約的腳步聲，似乎是來了，又離開了。她相信，這一切都是幻覺。她在作夢。惡夢。

在半昏迷的狀態下，她最終失去意識。

醒來時分，乍入眼簾的是，醫院厚重的青色帷幕，及媽媽淚眼婆娑的模糊臉龐。她一時還分不清現實與惡夢的分界，只直覺的感到害怕，渾身發抖，不明白這個世界怎麼了。滿心的困惑，卻突然驚覺內心有種難以抵擋，因甦醒過來而不停膨脹的難過、哀傷與所有難以言喻的痛苦感覺。她試著想要動，坐起身，然而卻發現她竟全身被綑綁似的動彈不得，並且任一動作，伴隨而來的都是牽引的難耐抽痛。是媽媽主動傾身抱向她，輕輕撫慰，如哄取孩子的入睡。不過媽媽滾燙的淚水卻流個不停的滴沾在小柔臉上、身上，與肩膀上，滲進她層層包紮的繃帶裡。在母親的懷中，她終於有安心的感覺，即便內在那些湧動的負面氣息，還是如此濃厚，似乎就要將她淹沒。但暫時性的，有種迂徐的安心感。正想閉上眼睛。媽媽卻忍不住放聲大哭。逼使她不得不又勉力睜開厚重的眼皮。

「到底是誰，怎麼這麼可惡，太過份了，妳這樣以後是要怎麼嫁人？」

「媽……」小柔撲簌簌的，直覺的因母親流淚而流淚。

「是誰，告訴媽，媽替妳作主！」母親一臉憤恨。

「是……」小柔因這個問題，內心忽然感到一陣抽痛，然而腦海內卻是一片空白，她試著瞇起眼，回想。不過，她所僅存的殘像，只有如電影般，某個看不清面貌的男人，以他溫暖的雙手，抱起傷痕累累的她。被抱起的瞬間，也許是錯覺也不一定，她無力而下垂的手與軟癱身軀，不經意拂過那人手掌、手肘的瞬間，有種類同溫吞紮實的粗厚繭狀。接而就是她被托住，腦袋輕輕後垂，看見全世界倒立橫豎的模樣，並且劇烈的左右晃動，如同行進間的火車列車，在她腦袋裡轟隆轟隆作響。她只記得這樣，至於對方的樣貌、名字，卻絲毫不知。

「是誰，妳快說，我一定會替妳討個公道。」

「是……」小柔頓了頓，搖搖頭，「我想不起來……」可是母親似乎早預見了結果，開始陷入一人的喃喃訴說：「妳在外面喜歡撿野狗、野貓什麼的，我也由著妳了……但是，妳怎麼讓一個野男人，把妳弄成這樣，醫生說裡面還有酒瓶的碎片……妳老實說，妳是不是被強暴……」說到這，似是承受不住，她忍不住痛哭失聲。

「……」小柔虛弱的，既不知道發生了什麼事，也不知當說什麼，這種似曾相識的不知所措，以及因母親眼淚所產生的強烈自責、內疚，瞬時將試圖被隱藏起的難堪記憶逼湧而出，滔滔作響。宛若強制性的，掀起尚在結疤的痂，充滿撕裂的痛楚。她忍受著那股刺痛，再度閉起眼，顫抖地從切割破碎的記憶中去撈索，努力的要給出一個答案，那些讓她萬分抗拒的片段。而大姊大橫吊、眼白突起的倒三角眼，一旁訕笑的臉龐、小如怪異的表情，身上痛楚而尖銳的刺痛感……這些她試圖從記憶裡深深抹去，自動歸納進惡夢夢境的點點滴滴，突然觸電般的陣陣抽向她身上，打得她全身發疼，跟那時一樣。

「不……不是的，」小柔的聲音微不可聞，「……是學校裡的大姊大，她們以為是我打小報告，舉報她們在學校偷喝酒，所以欺負我。」

「學校怎會有那麼壞的人，打小報告欺負的這麼慘？」母親似乎一點也不相信這樣的說詞。一臉得知真相，只是不願戳破謊言的神情，間雜著絕望與沮喪，語重心長的說，「小柔，媽媽都知道了。為什麼妳傷成這樣，還要替那個男人說話，他是誰？他送妳到醫院，還能用妳的手機通知我，妳們不可能毫無關係。當時手機接通時，還以為是妳，結果是個男的聲音。才覺得不對勁，他就告訴我說他在路上看妳受傷昏倒了，已經送妳去醫院，叫我快來看妳。一到醫院，也不過十多分鐘的事。櫃臺的護士竟然說他早走了。我那時還弄不清楚狀況，但妳的傷，女生怎麼做得出來？不可能。我才想到那個男人說不定根本就是作賊心虛……」

「我……」小柔試著要接話。但母親仍不給她辯駁的機會，看也不看她，一面說：「我一定會替妳的傷討公道，妳不要包庇那個男的，不管他對妳有多重要，做出這樣的事情就是不對。小柔，媽知道妳心地善良，但是這件事，不要對媽說謊，好嗎？」母親的語氣裡，竟然透露出些許哀求的氣味，小柔覺得很不忍心。

「真的，是大姊大她們……」她說的是「實話」，為何母親一直固執的不相信。

「小柔，」她加重了語氣，「妳以前又乖又孝順，現在難道要為了男人跟媽說謊？」

「我沒說謊，媽，真的……」這樣的對話似曾相識，在大姊大面前她也說過。

「妳發誓，妳沒說謊，也不認識那個送妳到醫院的男人？」母親似乎是要再次確認的重複問道。

「我真的不認識。也不記得了……」母親重複的逼問與懷疑的神情，宛若拷問般，再次加重了她的傷，小柔因而感到有種心灰意冷的絕望落在她的臉上，悶住她呼吸，使她蒼白的臉更顯得面無血色，死屍般的僵白難看。

「現在的人哪有那麼好心，看到人受傷會送到醫院？還不知道他看到妳的衣服被扯破了，有沒有藉故對妳動手動腳，不然為什麼不願意留下名字？」

「……」小柔還想說些什麼，母親卻頹然的手一揮。「好了，既然妳不願意跟媽說實話，我也不聽妳說謊。真讓人難過，女兒大了，竟然為了男人騙我，而且是這樣卑劣的男人……」。

「媽，真的不是這樣……」

「那妳為什麼不反抗，為什麼不逃走，為什麼任人擺佈，妳是白癡嗎？」話一出口，看見了自己握緊的拳頭，看見了小柔小動物般的臉上，充滿受傷的表情，她就後悔了。並且突如其來的驚覺，這台詞與動作是如此的俗爛，跟台灣最流行的本土芭樂劇一般，充滿濃烈愛恨糾葛的情節。跟一般的歐巴桑不同，她往往總是對那些劇情嗤之以鼻。可是現在，她說的話與表現，又有何差別？

「……」小柔終究虛弱得說不出話來，身心都是。母親的話語深深刺傷她的心，從沒見過母親這樣的情緒表現。她總帶著慈祥的笑容，溫吞的端出一盤又一盤，熱騰騰而美味的菜餚，然後細心關切她所有的需要……但現在，竟然說她是「白癡」，在她受到這樣的凌虐之後。小柔臉上露出了以往她不曾有過，既失望又傷心的冷淡表情。她沒有力氣再跟固執的母親爭辯。這個世界似乎沒有誰相信她說的話，都按照自己的想法強加在她身上，明明就解釋不是了，她這麼不擅說謊的人，怎麼會，都沒有人要相信她。抱持著沉痛的不被信任感，與對世界的所有疑問，在驚嚇過度與身心的疲憊裡，漸次地沉入睡夢之中，傷痛仍是隱隱可現。內外都是。

本來溫馨和樂的家庭，因這件事而蒙上一層陰影，父母雙親都是老實又本份的人，從沒想過會遭遇這樣的事。他們一向都是客客氣氣，禮貌待人，雖然窮，但畢竟是循規蹈矩的人家。一時間，他們既驚訝又困惑，又是心疼又是難過，可是他們也不知道該怎麼辦。他們不認識議員，對自己身分自卑又自尊，不知道要去求誰來幫小柔主持公道才好。是不是有那麼一個男人還不確定。而如果照小柔所說，她自己也沒勇氣向學校舉發這件事，因為她認為，學校一定不會處理的。大姊大橫行霸道的作為，早就有過很多先例，但從沒人出面阻止過。大家也就是看著，冷冷的看。不是加入就是觀看，還有人用手機拍，放在網路上，大姊大還為此洋洋得意。之前聽說時，她心中只覺得恐怖，但不害怕。那種感覺不一樣，像吃早餐時看到報紙的社會新聞頭條，報導誰殺誰，誰害誰，但事不關己的那種距離感；看時雖然覺得可怕駭人，不過沒切膚之痛，跟旁觀者沒兩樣。那時的她完全沒想過事情也會發生在她身上。但現在，她對整個世界的認知彷彿是突然爆炸的氫氣球，一時間將自己炸得面目模糊，粉身碎骨。對於那些旁觀者、加入者，不管她們內心的情緒願不願意這麼做，小柔對人性已然完全失望。她另外想的是，舉發要講出細節，導師要是知道「那個時候」她「或許」在場，雖然她還不確定她有沒有被發現，但萬一有呢，導師會不會擔心她跟男學生的事，會被小柔傳出去，那麼，老師會怎麼做？一想到這便覺得不寒而慄。口口聲聲要學生們知廉恥的大人們，背地裡是這種模樣。另外，小如懦弱、大姊大兇狠的臉面依稀浮現在前，愉快的打鬧聲，聲聲入耳。如今她不知該恨還是如何。只覺得她們令人作嘔，噁心。她對世界的想法，自那後，從頭徹底改變，她再不信任誰。人性。母親後來想想也傾向於不舉發，因為這簡直就是等同跟全天下昭告自己的女兒被酒瓶插入下體，萬一上報。現在的媒體最喜歡把細節、名字等全都登出，那麼對女兒的日常生活與未來是多大的傷害；萬一又被報復，更不知道會有什麼樣的下場。自己無法保護好女兒的自責與罪惡感，沉重的將小柔的媽媽壓得精神緊繃。雖然最後勉為其難的接受了是被校園「大姊大欺凌」（不是野男人）的說法，至少聽起來較好些。可是也許是小柔心理在作祟，或是母親壓根兒就不相信她所說。小柔偶爾會覺得媽媽的眼神變得好可怕，每次在家吃飯時，母親便會一把鼻涕一把眼淚的說：「我到底是作了什麼孽？為什麼讓我的女兒發生這種事。」然後總是固執的，旁敲側擊的反覆諮詢，問小柔是否遭受到強暴，「那樣子很髒，對女孩子不好，要不要去檢查一下有沒有感染到愛滋？」

小柔從來沒這麼的敏感，但她覺得母親已過度偏執，千方百計，迂迴的要套出「那個卑劣男人」的名字，或之前是否曾經有過關係之類的。「妳可以告訴媽，這個世界媽最愛妳、媽都是為妳好，妳真的不用對媽媽隱藏些什麼。」如此這般。或許，她只想找個對象來傾瀉內心壓抑的仇恨與不滿。在母親心中，她含辛茹苦，就只期望能夠把小柔好好拉拔長大，望子成龍、望女成鳳的心理她不是不懂，但當小柔遇到事情，母親第一個念頭竟然就是：「完了，小柔完了，這輩子都完了，沒希望了。」像洩了氣的皮球，執著的要找出那個「兇手」，（雖然小柔已經很明白的說是學校的大姊大了）。口頭上似乎認同。然而實際上，母親根本不相信她，中邪似的，一直往最壞的方向想，然後把矛頭都指向了小柔身上。一再地，重複，再重複。

「真的不需要！」小柔霍地放下碗筷，她從沒在家裡表現的這麼沒教養，但母親如老舊唱片機，重複格放的話題與表情，讓她難以承受，似是變相的精神虐待，每分每秒都在提醒她，那個當下發生了什麼，小柔也被壓的死氣沉沉，瀕臨崩垮。心靈上甚至與她身體的痛楚一般難以忍受。「我沒有，說過了，是學校的大姊大，妳為什麼都不相信我！既然這樣，我也不說了！」本來一向溫柔又享受在家和樂吃飯的小柔，忽然覺得這個家裡讓她好想逃，可是她又沒有勇氣逃出去，因為外面，說不定還有像大姊大那樣壞的人，以及假裝是妳朋友，卻暗地陷害自己，裝模作樣的人。對於外在的陌生與險惡，她還有點害怕。所以她不得不，只好躲在這個所謂的「家」。

不過，她想，如果有更好的地方，等她有更好的能力，她一定會逃，逃到過去那雖然窮，但彼此互相信賴、和樂又溫馨的地方去。會有這麼一個地方嗎？小柔抬頭看月亮，月光暗暗的，沒有光芒，彷彿悄聲地在回應她。為什麼沒人相信我？為什麼我對她那樣好她們卻這樣對我？為什麼善良從未害過人的我，卻遭遇到這種事情？為什麼當時沒人來救我？好多好多的為什麼，滿滿的問號與憤恨緊挨著，互相推擠，把小柔本來單純而美好的心靈，完完全全的佔據了。月光整個消失了，從小柔房間看上去的天空，整個都是暗的了。

以前從不感到憎恨與痛苦的小柔，如今滿心都是怨懟。而常發現母親在哭泣，暗地裡和父親討論或擔心她的種種舉止等，對她而言，又是更沉重的負擔。雖然可以理解那是他們的關懷焦慮，她也自認並沒有做錯什麼。但漸漸地，即便家裡試圖表現一如過往，和樂溫馨，但彼此間的距離卻是越拉越遠，難以靠近。或許是她心裡創傷仍未復原的緣故，她變得過度敏感。害怕受傷，更恐懼關愛，認為自己根本不配擁有這麼好的家，如此憐愛她的雙親。她變得膽怯、嫌棄自己、認為自己太過愚蠢，以致沒成功脫逃大姊大的凌虐，使得事情演變至此，辜負了雙親的對她的美好期待。過往身上散發出的溫和氣質與自信光芒全都不見了。取而代之的是充滿憎恨、懊悔與恐懼的黑暗。自然溫存爸媽所給予的關愛親情，毫無內疚、充滿喜樂的日子、和氣溫順面對世界的心情，如同漂浮的行星，退在遠遠的外太空之外，遠到沒有光芒，遠到看不見。

事實上，小柔不僅已無法坦然面對父母施予的關愛，即便那是發自真心實意。但她的內心有什麼在抗拒，無法壓制的莫名負面情緒擠壓著，父母的憐惜竟也使她感到疼痛，她開始害怕，只想躲得遠遠的。甚至，更恐懼的發現，她也憎恨起了父母，這個想法令她不寒而慄。但內心有個陰暗的部分發出怨恨的聲響，對他們的無能為力，束手無策，沒當場及時救援而感到失望。她知道她是過度苛責了。錯並不在她或爸媽，然而這樣的念頭卻怎樣也揮之不去，或許也是因為這世界沒剩下誰可供她憎恨，她擁有的就這些。更加深這樣想法的是，表面上全家雖互相扶持，彼此信任，然而事件一發生，才驚覺，全然不是那麼一回事。對外的無能為力，演變成向內的相互的責備與怪罪，愛竟也讓人感到刺痛，不能自已。最終，愛與恨，父母與霸凌的大姊大分別穩坐在天平的兩端，漸次的往平衡的方向移動過去。而秤盤上所承載的，兩邊都是積累的傷害。

但，諒解並驚覺己身與母親的極度相似性，那是什麼時候的事，小柔彷彿被無端閃雷貫穿般地，在某個瞬間明瞭了。母女倆宛若彼此對立開展的鏡像，雖於同一空間，相互映照，然而一遇變故，卻只能互相對視著流淚，可動彈不得，只能哀哀的在霧面的鏡像裡頭低聲哭泣而束手無策。雖眼望著對方，然彼此的神情思緒卻恍惚的飄往迥異的方向。四周的時間宛若靜止了，沉默安靜的漂浮著歷史的塵埃，誰都沒有接話，只表露出思索的神情。然而許是鏡面那透明的罩幕隔著，即便有些微弱的聲響，誰也聽不見誰。

小柔浸淫在痛楚與反覆撕裂的夢魘中，重複性的咄咄逼問與不被信任，失落感越加強大。相對映照的母親，凝視著女兒身心上的創傷，內在充塞著深刻的歉疚與自責，沒盡到保護好女兒的責任，她痛徹心扉。另外，她看得出來，女兒還有點什麼沒說，是怎樣的苦衷，使她難以說出真相，即使對自己隱瞞也在所不惜，是誰。會是誰。她強烈的質疑與憎恨小柔外的所有人。她不很相信女兒的說法。只能想到或許是那個「卑劣」的男人，但女兒始終不承認，這到底怎麼回事。該怎麼辦。如果是真的，她該當接受乖巧的女兒為男人欺騙她嗎？不，她不能承受。可是，她思緒已混亂，難以判別真偽。只能為這不平的遭遇而咬牙切齒，卻無可奈何。她深感自己是個無能而失敗的母親。愛女心切與深刻的自責啃噬她內心，有什麼正在緊縮。兩人都無能打破沉默無言的封閉鏡像，只能任憑此一對立開折的虛像，慢慢的因這突發的事件，如尖銳金屬的敲擊，由下而上，直線，分支，然後塊狀的紛紛破裂，碎滿一地。將她們重重疊疊的身影，極不完整的碎裂開來，迸濺在空氣中，發出嘩啦嘩啦的刺耳聲響。

該怪誰？她們想。是否該肇因並歸始於她們對世界宇宙運行規律的認知，僅涵蓋了狹小的範圍。家裡的溫暖無心機自不用說；而學校，當是單純並嚴加守護這些對社會還算稚嫩的孩子們。只要懂得客氣禮貌，指示服從，如此，日子便會這樣靜靜的流淌過去而安然無恙。然而，她們錯了。意想不到外在殘酷的運作已入侵她們微渺的的純樸小世界。在狹隘的認知規則外，對猝不及防的變故毫無抵抗之力。除了哭與彼此苛責，竟別無他法。為什麼不反抗逃走，母親問。為什麼自己除了發抖卻沒成功離開並脫逃，她想。

然而身為始作俑者的大姊大，仍是逍遙法外，沒有受到「制裁」，學校沒「處罰」，沒有誰來做點什麼。大姊大更是洋洋得意，僅留小柔與雙親，在暗夜裡哭泣。警察也沒來做筆錄。好似一切都沒事一般。不過，即便警察前來，依照母親的個性，必定會強力阻止。因為在她的認知中，這樣會在小柔的人生中留下一個污點——而這污點已然形成，不需要再記錄一次。

對於學校，則以生病為理由，休學一陣子，但小柔暫時（或許是永遠），不想要再踏進那個污穢斑斑、虛偽獰笑的學校。也許再過一陣子，她會準備轉學。可是自從她在YouTube上點閱到自己被凌虐的影片。她對於新學校，及人群間，會再發生些什麼，她一點也不敢抱持任何的奢望或想像了。她沒再去學校。

休學的這段日子，小柔總是賦閒在家，面對母親三不五時暗地無聲的垂淚，讓小柔覺得一切都是自己的錯，如果自己當初怎樣，那就好了的念頭揮之不去。這次事件帶給她的衝擊，雖然強大，但長久以來被馴服的的習性，還是蟄伏著，暗暗潛伏。偶爾會冒出頭來。「我應該要讓爸媽快樂，他們工作如此辛苦，我應該當個好孩子，成績好、優秀，千萬不能讓他們操心。」她如此想，也不希望事情演變成這樣，可是，現在的她有心無力。為什麼因一件不是她錯的事，竟讓過往所有的溫馨和樂與信任全都消滅無蹤，她似乎變成了一個不孝的女兒。為什麼，為什麼，小柔的心又反覆的充滿了難以抑制的，千萬個為什麼，是不是我真的作錯什麼，所以上天才這樣懲罰我，我作錯了什麼？在家的日子裡，她一遍又一遍的問自己，問到自己哭泣，哭到睡著。每天醒來的雙眼都是紅腫的。

甚至，一人獨自關在房裡小柔，發現自己不由自主的，開始了有了不好的習慣，那就是看A片。這更加強了她的罪惡感：「我怎麼看起了這些東西？」以前循規蹈矩，除了遵守學校的規矩，都專注在課業之上，偶爾才看看小說，對於外在周圍的世界有其他些什麼則是渾然不覺。或許是因為下體的傷害，她突然對A片有了強大的興趣。反正都賦閒在家，於是她在自己的小房間裡，不停的點閱A片來看，看時充滿罪惡與噁心感，但仍不由自主的拚命點閱觀看。驟然改變的緣故，她也說不上來，不過，她漸漸明瞭箇中原因。因為這些A片都有一個強大的共同點，那就是，女主角總是狀似被害人，被壓制住，被強迫，甚至強制性交。她覺得看這些東西一點也不舒服，跟她以往看的輕小說或愛情那些唯美浪漫的片段畫面，大相逕庭。男主角不僅多金英俊，體貼帥氣，還痴心一片，女主角更是漂亮溫順，光彩迷人。可是對於這些，她再也提不起興趣，每每試圖翻閱，便如觸電般縮回了手，因為她知道，那些內容都與現實不相符合，是要欺騙她。

她不想再被欺騙。羅曼蒂克的場景在A片裡，自然完全看不到，所聽所見，只有貌似淫蕩，噁心的色老頭，壓住一個個年輕漂亮的女生。「一逞獸慾」幾字總會竄進她的腦海裡，可是這些畫面，讓她心裡舒服的多，至少，她感受到了，這是屬於「真實」世界的面貌與其污穢。這是在學校她沒學到的，跟被馴養成的天真無知，完全不同。甚至也有種「被傷害的，不只我一人」的舒脫感。而這種舒脫感安撫了她，她不再為了自己的無知天真而害怕——我已知道，這世界不是原本想像的那樣美好，也不僅她一人受過傷害，「大家都會」。既是如此，那麼她所痛苦之處就顯得不那麼樣可怕，不需要太過計較。所有的感官都被沖淡了，強力的水流洗刷過石上傷痕處處的青苔，終於裸露出最澄圓的石子光芒，她藉此得到救贖。於是，如鴉片吃上了癮，她一遍一遍上網，一片一片點閱，縱然內容很不堪，可她沒辦法控制。或許潛意識也不認同她的作法，她覺得內心既有撫慰的鬆脫，亦有針刺的疼痛。反反覆覆，於此矛盾掙扎中，日復一日。暗無天日。

可是這樣還是不夠，小柔的內心還是如被挖空般，缺了點什麼。並且，不僅在腦海裡，睡夢中，大姊大將酒瓶口插入她下體，然後四下一片血花的惡夢，總一再反覆的出現，她每日每夜，所思所想，便是一再回到事發時候的場景。小時候常聽大人說，無論如何千萬不要自殺。因為自殺的人會一再重回現場。在民俗傳說裡，女人只要穿著紅衣紅裙紅鞋子，塗抹紅色口紅，自殺死後便可以化成厲鬼，報復她所憎恨的對方。但是，事實上，當人一死，她便會一直重回那個由上而下，驚嚇害怕與跳樓死亡的痛楚，就像重播老壞的播放機，跳針，不停的回播、停格在那令人痛楚的一幕。所以，即便化成了鬼，不僅沒機會報仇，只是一而再，再而三的，跳下，尖叫，痛苦，死亡，然後再回到樓頂。事件發生之初，小柔也痛苦的想要死去，可是家裡只有二樓，跳下去頂多殘廢，她聽過很多種死法，不過她都沒有勇氣去嘗試。這時，她才發現，她既膽小又懦弱，什麼也不敢。

她只能在她有限度的範圍內，治療她內心的傷痛。可是待在家裡也只是加深她內在的罪惡感與無言的心靈自責。所以除了看A片，小柔常覺得她已是個跳樓的女鬼，不停重回現場，不管是在腦海中，或實際地點。她總會想起，大姊大欺凌她的那個場景，然後她有可能改變自己的作法，說出真相，想法子逃開，或反抗、有人幫她，警察路過等。雖然她明知這麼想根本無濟於事，因為事情已成過去，已經發生了。她永遠也不可能回溯時光，重回過去，去改變那已然發生過的任一環節。可她的腦海就是不受她理智的控制。她不停回想，不放棄似地一直試圖要重塑那個場景，拚命逃脫掉。然而一切終究還是失敗。只是非她能力所能掌握，那竄飛不停的思緒一直飛掠而過，滿滿佔據心靈空間。然而思緒是虛幻的，點閱的A片亦不在現場，小柔真正想要的，是紮紮實實的真實感。於是，雖然記憶很稀薄，她還是憑藉著意志，在傷口好些以後，循線找到事件發生的現場。沿途，她不停認路，不停的去辨識任何一座建築物或標誌，似是要好好的紀錄下來，可是越往前走，心裡越有種奇特感覺。那很難以言說。是恐懼，還是害怕，或不安。但更令人覺得可怕的是——隱約的她感到期待興奮。也許她有被虐狂而不自知，這個想法讓她不寒而慄。她寧可相信那是因為不敢去面對的怯懦引發的負面反應。不過她的思緒與每一腳步導向背道而馳。她一步，一步的，往前走。越走，越近。

那個地方就在不遠處，她想。已經很靠近了。

她的心跳因此加速不已，開始喘起氣來，如同作了很大量的運動。

她氣喘吁吁，靠近，目的地。

僻靜的小巷子裡，充滿虛無的氣味，四周堆滿雜物、廢棄物，地面長著青苔，有股潮濕的霉味，遠遠看去，一疊疊骯髒又不整齊的紙箱就放在哪裡，阻擋了路徑。小巷子名符其實，又窄又小，頂端那裡似乎有幾戶人家，可是窗戶都封住了，貼滿了紙板與黑色膠布的叉叉。對於自己還找得回原來的地方，小柔感到有些驚訝，雖說她還是那樣害怕，在靠近時，即便奮力的閉上眼，被霸凌的那一幕還是清晰且深刻的不停播放：小如的道歉，四周凶神惡煞的撻伐聲、大姊大的質問與命令，一聲又一聲，傳進她的耳朵裡，從心坎裡發出。接著是那令她痛不欲生的酒瓶，拿出來，啵一聲拔開罐，將這冰冷物體硬是塞進她下體，空氣空洞爆裂的抽插聲，血花四濺，密密麻麻灑落一地，無聲無息被土地吸收。再來是逃跑的零碎腳步聲……A片裡那些淫聲浪語，表情痛苦卻歡騰地叫著：「好舒服、好舒服」，接著被抽插的畫面又在小柔的腦海裡一閃而過，她似是安慰自己的小聲說道：「一定也有別人，不只是我，別人也會的……」小柔不自覺的喃喃自語，然後驚濤駭浪的內心慢慢平靜下來，逐步恢復光滑的浪濤平面，她又感到心安了。

她不明白，為什麼還要回到這裡，「一切都沒有辦法再改變了，不是嗎？」她問自己。可是她還是回到了這裡，也許故事中自殺的女鬼，也會問著相同的話語，並且，不由自主的，重複當時畫面。那個時候既沒有辦法思考，當然更沒有時間好好觀察周遭景物。而此時，小柔卻好整以暇，如不關其事的旁觀者，靜靜地，充分而仔細的觀察。真的很難想像，或者是說，對於任何長住於此的人來說，繁華的台北，竟也會有這麼骯髒、不堪入目的一角，其中更充滿死屍般的臭氣。地下的血跡已經乾了，加上台北連續陰雨綿綿的沖刷，似乎已看不出原來的痕跡。但，她覺得奇怪的是，應該只在一個小範圍內的血痕，不知是不是因為雨水流動沖刷的緣故，越走進巷內，更有一些。小柔帶著對於未知的恐懼，面對僻靜巷子的深處，她感到忐忑。撲鼻而來的臭氣使她卻步，迫使她試圖停下腳步，不讓她再前進，可是兩腳又開始不聽她使喚，就像是要探求為什麼別人對她行使惡意行為的原因一般。她一步，一步。越發接近。她疑問著，想要找出真相。

正在前進的瞬間，被一個黑色的物體撞倒在地，她毫無防備的驚坐在地，定睛一看，是條巨大的流浪犬，全身充滿跳蚤與皮膚病，喘氣連連，不時的將舌頭探出牠銳利的嘴邊。若是以前的小柔，必定會小心的以布包裹這些流浪多時的狗，然後送去診所打針、檢查，弄得渾身疲憊的，才邁著步伐回家。可是這一次，小柔看也沒看，似乎完全沒有注意到，就讓全身髒污的狗，跑走，離開。她也不介意，她再沒心情，去理會任何一隻狗了。不過，現在，她的注意力被什麼吸引住了。這種角落，往常她是看也不看就會快速逃開，但如今的她定了定神，就往前走去，如同鼓起勇氣去面對自己內心的陰暗一樣。終於，在那紙箱的後面，發現臭氣的最大來源，「是垃圾嗎？」她不敢肯定，然而就在她還沒發出叫喊的時候，四周也沒有風，紙箱忽然很有默契的散落一旁，而一具腐敗的白骨赫然在前，零零碎碎，靠著僻靜巷子的矮牆。全身幾近腐爛，只剩了剛剛小柔所見，黑色似是皮毛的毛髮，半掉不掉的垂掛在白骨的正上方，其他地方則已血肉全無。骨頭四下髒污，班痕點點，像條潰爛的流浪狗。

小柔本以為她會尖叫出聲，但她竟只是緩慢的，宛若吞嚥困難般，小聲的擠出幾個字詞：「你叫什麼名字？」。她為自己說出來的話感到驚訝不已。看進空洞洞的屍骨，眼光穿透似的一觸而下，從頭至腳，然而她僅專注於它的眼窩，彷彿兩個人正相互對望，眼神凝結，久久不曾再說過話。

即便一遍遍重回現場，然而小柔的內心似乎還是沒辦法完全平復，她明知事情早已一無可變，可是她還是會去，然後晚上沉默而肅靜的與失去光明，無言而陰暗的家人一起吃飯。回到房間後，又習慣性的看著被抽插而痛苦不已的A片女優浪叫著。以前那只知道專注課業，偶爾看看浪漫輕小說的單純女高中生身影，在小柔的腳邊，如影子般，燈暗後，慢慢消失，消失了，混入更巨大的陰影中。痛苦怎麼也無法消除殆盡。被酒瓶抽插的畫面始終不停浮現，可她又不敢跟別人訴說，因她不知道在這世上還有誰，也不再相信誰。她遠離人群、遠離信任然後再被背叛的所有可能。最後，在一個黃昏與夜的交界，她穿著屬於青春而歡樂的百褶裙，卻毫無生氣。一個人漫無目的在繁華的台北街頭四下走動。西門町的人潮很多，服飾店閃著迷惑的光芒，如同神的國度，擁擠的人潮來來去去。可是小柔忽然感覺到一點溫暖，即便在這樣的人潮裡，誰也不認識，可是大家都在她身邊，圍繞住她，她並不孤獨，真的，她不孤獨，好多人，跟她一同走在這繁華而美麗的街頭，雖然彼此沒有互動，沒有言談。不過，對現在的小柔而言，已經很足夠了。夠了。而就在這個時候，有個陌生男人的聲音叫住了思緒翻騰的她。她轉頭一看，是個獐頭鼠目，正嘿嘿笑著，顯得很是淫蕩的男人。

男人似乎跟她非常熟絡的，壓低了聲音：「多少？」

「什麼多少？」小柔問。

「一次多少，三千，五千。」

小柔的表情顯露出了被羞辱的震驚。那個看起來絕非善類、色瞇瞇的男人盯住她瞧了一陣子，看得她非常的不自在。

「妳不是嗎？那太可惜了，當我沒說。」男人聳聳肩，示意就要離開。

小柔呆呆的望向男人離去的背影，全身震驚的發抖，「怎麼自己竟然被當成了那種——那種」，她忽然想起了母親陰暗的眼神，「那種骯髒的女人！」她的心如針扎般刺痛，難道她全身散發出那種「下流」的氣味？因為她每天看A片，所以氣質也變得相近，還是，被大姊大那樣殘酷的欺凌過後，就也不完整、不完美了，所以連這種猥瑣的男人，也把她當成那種女生？「不是的。」小柔在心裡大聲叫喊，但嘴巴都沒有發出任何聲音，一臉沮喪的就想要往回家的路上走，然而，一想到家中沉悶的氣氛，父母親讓她避之唯恐不及的憐愛眼神、房內獨自面對的，內疚與騷動，如牆上所投影出的，巨大而黑暗的獸，張開了嘴。她覺得好害怕，感到卻步。她在人潮洶湧的西門町上，剎時停下腳步，但別人無視於她的停頓，來來去去，往前，或往後的遊走、離開。似乎全世界就只剩了她還停留在原點，不動，一動也不能動。而此時，熱鬧的街道上，閃爍而迷人的燈光，正發著亮光。

發著亮光的房間裡，看起來非常溫暖，四下高級的床鋪，美麗的檯燈，以及精緻的木造建築，看得小柔目不轉睛。她的生活圈也不過是家中的老舊公寓，與上課的樸實校園。她從沒見過這麼華麗的地方。她感到非常吃驚，像在作夢。

「很棒是吧。」一個男人的聲音說。

「是。」小柔小聲的說，聲音沙啞著，顯得有點不真實。

「妳不要害怕，我先洗澡，接著換妳，就這樣。」

「嗯。」小柔沒有多說話。

浴室裡充滿了沖澡的聲音與熱水騰騰的蒸霧，讓一切都顯得模糊而曖昧。小柔坐在舒服而柔軟的床墊上，心裡卻不油然的升起一股害怕與恐懼，她的腦中一片混亂，她等等就要跟這個陌生的男人做那種事了嗎，她沒有閉上眼睛，望向閃爍萬家燈火的窗外，一點一點，看來都溫暖和樂。可她的腦海裡卻淨是那些A片女優被抽插不已，痛苦呻吟的表情。小柔突然覺得害怕了，想要逃走。到底是什麼時候，為了什麼，竟會答應這個男人，並且那樣順從的就跟隨男人來到這個飯店。她不應該來到這裡的，她想，收拾起書包，心虛又恐懼的想要逃跑。可就在這個時候，只圍著一條浴巾的男人出現了，赤裸的胸膛還滴著水，他的表情也沒有變得猙獰。對方拉住了她正要離開的手，「我就知道妳可能想要逃走。」男人緊緊地抓住她手腕，沒有要放開的意思，「不要怕，沒有想像中那麼糟糕。」

小柔不相信他，「千萬別相信男人的甜言蜜語。」這句話一時間本能地浮現出來。小柔掙扎著想逃。但還沒等她反應過來，就已被壓倒在地，男人將手伸進她的百褶裙裡，恣意揉捏，有種奇異的快感忽地傳遍她全身，觸電般的動彈不得。男人厚重的氣息不停的從她的身上覆蓋過來，讓她覺得好熱好熱，全身都在發抖，男人接著輕輕撫摸她的乳房，揉捏，吸吮，讓她不由自主的呻吟出來。但酒瓶插入下體的畫面，突然讓她一陣清醒，「不要！」她想，同樣的地方，酒瓶進入時是那樣疼痛，男人巨大的下體應該也是相同。而且，如果真做了，她就會真的變成母親口中那樣的髒女生、同A片的那些女優般，對著鏡頭浪叫呻吟。她掙扎地想要回家，就算是那個沉悶又可怕的地方，就算對上母親流淚的臉龐，也會比現在好受些。對於即將發生的未知，她充滿恐懼，一心就只想要離開。不過男人可沒這麼好應付。不多時，小柔發現她身上的衣服已被全數剝光，她又是赤裸的了。自那次之後。「讓我來替妳洗洗吧。」男人說。

男人的力氣大的出奇，將她又拖又拉的抱進浴室，溫熱的水沖著小柔，對她迎面澆下，水熱燙的進入她的雙眼，她因此視線感到模糊，不由自主的閉起眼睛。然而男人的另隻手也未閒著，不停地在她的身上遊走，她開始沒力氣反抗了。隨著男人漸漸的將手探下，伸進了她私處，揉捏，摸索，鑽動。一開始她非常害怕，夾緊了兩腿，但不一會兒，奇異的興奮感充滿全身。接而好奇勝過了恐懼，她竟想要繼續，雖然想要伺機逃跑的念頭仍是縈繞著，內心卻升起一股期待。男人熟練地揉捏她全身，流暢地摸索，她漸漸感到無比舒服。有種濕濕黏黏的東西從她下部出來。雖然還是非常害怕，可她現在也只能任由男人抱著，抱往床上。男人再度壓向她，將某種熱燙的東西，就這樣緩緩的滑進那個曾被酒瓶硬是插入的地方。不同以往的是，酒瓶的碎片割傷與堅硬冰冷的玻璃摩擦感，這次她完全都沒有感受到。出乎意料的，看著男人臉紅起來，喘著粗氣，在她身上上上下下律動時，竟漸次有種讓她快升天的奇異歡愉。她禁不住弓起身子，恣意的享受這一切。

此時她腦海中什麼也不想，僅是一片空白的愉悅興奮。那股常縈繞在她思緒中，被酒瓶抽插的痛苦、對大姐大她們的怨恨、對家庭氣氛改變的無能為力，對這個世界的不公、被背叛。她忽然間竟於此一奇異時刻，全數忘卻。那些時時刻刻、分分秒秒猶如藤蔓般纏繞住脖子，圈子拉小般地勒緊她，使其不能呼吸的畫面，都在此時得到緩和，暫時性地遺忘，宛若從未發生過。上面的男人持續動作，加快了速度，她更覺腦筋一片混亂。不過，當有種酥麻的電流通體經過時，她感到無比舒暢，深深地吐了一口氣，彷彿對整個現實鬆口氣般，有種昇華的感覺。她禁不住

「啊……」的一聲叫出來。主動抱住了男人。不一會兒，男人又開始動作。可是，這一次，小柔是滿心的期待。不再害怕了。

之後，男人給了她七千元，「妳不錯，漂亮，個性又好。」

這跟以前稱讚她的話差不多，她還以為時間反轉，回到了過去。然而瞬時清醒的她，發現一切早已回不去。她在意的是，終於找到一個能讓她暫時性忘卻黑暗現實所有不愉快的好方法。於是，接下來，男人還說了些什麼，她也充耳不聞，什麼都沒想，就在解脫感中沉沉睡去。隔天清晨醒來，胸口上撫摸到粗糙厚實的幾張大鈔，看著窗外的陽光慢慢射入，她開始覺得，世上沒比這個更好的事情了。於是，援交成為小柔忘卻現實的最好手段。每當她痛苦不已，便會出門到處行走，尋求下個客人的搭訕。

不過，即便她在家中還是同樣清純的臉龐。出外後，總會在某個地方，畫上大濃妝。剛開始她對地點沒有想法。只是看見了母親工作的知名連鎖餐廳招牌，總下意識的想進去，她自是不敢前去母親在的那家，而是選擇了分店的廁所。在其中，有種久違的熟悉感，也有一些她說不出來的複雜心情。那些化妝的用品，本是事件之後，為了掩飾她臉部的傷口，家裡特地買來讓她化妝遮醜的。而後，卻成就她轉換身分，進入異世界的最好工具。她想要用張全新的臉面，來面對認知改造過後的新世界。一開始，她雖不是很熟練，但卻明白要挑選自己喜好的客人。通常是看來乾淨、體貼又斯文的那種。不過日子久了，小柔也感到有所厭煩。因為，不是每個衣冠楚楚的人，都如外表呈現的那樣。有些甚至一進房就換了個人似的變了臉。而她，一向就是討厭那些表裡不一的人。那讓她反感，覺得對方噁心又做作，被世界表象所欺騙的憤怒感又會再度浮上心頭。本想以性交高潮去遺忘不愉快的過去，有時反而得到了反效果。於是，她思慮一番過後，開始有了不一樣的作法。

她開始隨身攜帶幾罐酒，以及已預先在底層與邊緣口塗抹一層安眠藥藥物粉末的專用紙杯。雖然台灣法令明令商店禁止販賣菸酒給未滿十八歲的青少年，然而，畫上新妝的她顏面，拿著酒，掏出錢來，便沒被質疑過。遇到不合意的客人，便藉故先行洗澡以拖延藥效發作時間，然後假裝很貼心的將酒倒入準備好的紙杯當中，遞給客人，供他們先打發等待她出浴的時光。表現自然的如同這亦是服務的一環。普通人總有些戒心，何況是這才初見面的陌生人。她很清楚的明白這一點。但是，有個盲點是他們意想不到的。

一般咸認為，絕對不要喝取陌生人提供的飲料……特別是已開封，或離開過後回來的飲料杯，這是她從惡狼假扮星探誘騙小女生的手段得到的靈感。而普遍來援交的男人，既自尊又自大，在意的只是她會不會逃脫的問題。更何況，密封的酒罐都是現場拿出來的，又當面才拉開扣環，最後才假裝以混酒方式倒入紙杯。誰也不會猜想到，這樣的過程會有下藥的可能，順利的話，洗完澡出現，客人不一會便陷入昏沉，醒來時或許還會誤以為是因混酒效力強，不勝酒力的緣故。而至此便可省下許多不必要的麻煩。然後，快速地翻找客人皮包中所有現鈔後便可離開。

這樣的手法一直很順利，沒想到某次，有個客人竟然就在她離開的前一刻醒來，差點抓住了她。得到教訓後，她便又加重了劑量。轉頭細想，為了確保那些人就算醒來，也追不上她。她會先替他們褪去所有衣物，將衣物藏起，並讓他們赤身裸體的仰躺在浴缸內。她的想法是，即使他們突然醒來了，浴室光滑的地板，可先阻擋一陣；再者尋找衣物亦是。常理而言，身上毫無遮蔽，光溜溜的追出飯店門口，一般人不會這麼做。然而這樣會不會著涼呢。她還秉持一點善良心性，即便討厭、憎恨，還是不會自發性的去傷害人。於是，最後的一道手續便定案了。

她在浴缸裡以小水流的方式，放些熱水。漸熱的水溫不僅讓他們感到溫暖，最終也將迫使他們自動醒來，這樣的時間也還足夠她離開。即便醒來，也無可奈何了，畢竟，援交女高中生的事，誰會大聲張揚，更不用說或許會吃上刑責。她看準了這樣的心理。於是幾次她扭開了開關，而看著汩汩的熱水從開口流動下來，竟不由自主的附誦起大姊大曾說過的話：「不要說我對你不好。」只是她忘了，這些在熱水裡的客人，都吃進了一定劑量的安眠藥，能不能在時限裡醒來，還是個謎。可她完全沒想到這一點，這也是造就日後幾場悲劇的主因。但那時知道時，早已來不及了。而當結束這一切，援交後的隔天，她便又會回到當初那個被霸凌處的屍骨附近，擺上些當季的小型花束，似是要紀念誰。無名氏，或她自己也說不定。

今天晚上，小柔的運氣不好，恰恰就遇見了她最討厭的型，一進房就露出了真面目，不僅十分難纏，氣勢還很高傲。先是要查閱她的學生證不說，一邊確認她還是個學生的事實，一面不住的把眼神往她身上瞄，看得她渾身不舒服。雖然已從原本的學校休學了，不過幸好證件還在。照片上，那清純美好的微笑，素顏淡妝，臉龐雖充滿稚氣，但卻有股說不出的甜美可人。與她如今臉上長得嚇人的假睫毛，用眼線畫出的深邃眼睛，及特意使用的藍金色眼影，充滿滄桑黑暗的漠然，簡直判若兩人。為此，她心中忽然湧現了某種失落而空無的惆悵感，壓得她胸口窒悶。她不由得低下了頭，側面看到鏡台上，長長的睫毛在她臉上投射下陰影，將她的臉掩蓋得更加模糊難辨。她突然強烈的不想做了。可是男人已經伸手將錢遞了過來。她只好收下，放進破舊的學生包中。拍拍荷包，彷彿要說服自己的說：「好吧，既然收了錢，那就做吧。」她暗暗的對自己說。可是她有預感，這也許是她最後一次，進行交易。

一如往常的，她將不同的酒交混，倒進了杯底及杯緣塗抹有安眠藥粉末的紙杯中，為了讓對方卸下戒心，她還特意的倒了兩杯，放在床頭邊，才去洗澡。進去前，看見那個討厭的男人仰躺在床上，正在輕輕的吸煙，悠緩的吐出一圈圈上升的氣來，希望他馬上就把酒喝光，跟以前一樣，省得麻煩。她內心暗自祈禱。才抹上了沐浴露，以前的事情卻倏然飛掠而過，此時她的心情真是跌入谷底。為了遣散這樣的難過，她開始思索等會如何更快速的脫身，好結束這一切。然而就在這個時候，男人竟然突的一聲拉開洗澡間的透明隔間，直直的進來了。

「啊——」猝不及防的她著實嚇了一跳，真煩，不僅惹人討厭，還很猴急。本來想用洗澡來拖延一點時間的，現下看來不行了。為了掩飾表情上的尷尬，她只得假意吃吃的笑起來，表現得很歡迎的模樣。還好浴室裡滿是蒸騰的水氣，什麼都看不清楚。她還不想做，所以先將男人那裡清洗一番，然後開始替他口交，等待藥效發作。這次的劑量很夠，應該不會太久。那個男人渾然不覺她的心思，舒服的呻吟起來，任她操弄。經驗次數多，以及大量的觀閱A片，她學會了不少，男人因此顯得非常滿意。主控權已經在她手上了，很好。她邊想，邊前前後後費力的搖擺。她感受到男人勃發的熱燙氣息，手口並用的，加快了速度。男人終於忍不住啊的一聲射了。射在浴室霧霧的透明隔間玻璃上，流出了白色黏稠的精液，長而彎曲，像條蛇，她才不會笨到被口爆呢。特別是這種的。

「很不錯嘛，妳。」男人說，一邊搓揉她的乳房，可是她怎麼也提不起興趣。只好試著講出些煞風景的話，「還有更棒的，如果你願意再多給一點的話。」

「好，沒問題。」

「給我多少，就能有多好的服務。」通常只要在這關頭提起錢，男人們總會臉色一變的性致全消。誰知這人竟不加思索的就說：「出去時再給妳五千。」這時她騎虎難下，只好勉為其難的答應了。幸好在浴室裡嘩啦拉的水聲中，男人並未聽出她失望的語氣。並且還因此極度興奮的，邊搓揉她乳房，戴上保險套，緩緩的滑進去，然後開始抽動。性致還不高昂的她，根本就還沒濕，所以覺得有點痛。雖然仍是盡責的叫出女優般的浪叫聲。但畢竟還是太乾了。她不由得本能似的用手抵住男人的腹部，試圖掙扎一番。可是他反而將她推到牆角，使她無路可退。她的雙手抵住冰冰涼涼的浴室牆面，對著充滿濕氣霧氣水珠的牆面呵出了陣陣模糊的氣息。男人開始上上下下的抽動。喘氣聲、劈啪作響的肉體接觸聲不絕於耳，然後又變換了姿勢。她現在才開始有點濕了。不過或許是因為她下意識對這男人反感的緣故，藉由撫摸他胸部的同時，抓上他的肩，假裝不經意的抓出幾條血痕來。沉浸在抽插當中的男人果然遲鈍，一點也沒發現。不知過了多久，男人終於才又加快了速度，越來越快，呻吟與喘氣的達到高潮。然後才緩緩的用熱水將自己沖了沖，玩弄似的捏了她的胸部，先出去了。

此時的她心中真有種說不出的厭煩，這男人給人有種水蛭般甩也甩不去的憎惡感。她只想快快的結束。洗澡時，如潔癖般，拚命的搓洗每處地方，直到皮膚都有些紅腫才意會過來。這是頭一次她有想要把自己全身徹底洗淨的感覺。不過她最終還是不能不出去，否則對方會起疑。穿著浴袍出現時。全身還散發著熱氣，看見男人正大口的喝酒，她感到一絲笑意從嘴角揚起。

「來，過來我這邊。」男人對她招了招手。

她一把就脫下浴袍，運動及做愛會讓藥效發作的更快。想到這，她的笑意更深更濃，赤裸著半跪跨坐在男人的身上，撫摸，磨蹭。她感覺男人底下再度堅挺起來，又有反應了。不過，另有打算的她，笑笑的阻止了還在全身摸索的男人，「剛剛說好的呢。」她等會就沒必要浪費時間翻動皮夾，找現金，把時間都精簡下來吧，她想。男人此時顯露出極為不高興的神情，或許對他的自尊而言，說不定以為小女孩並不相信他有足夠的錢付帳，而有被看扁的不滿吧。他動作幅度極大，誇張似的快速從皮包裡抽出五千，大力的將錢鈔甩打在她的胸口上，然後緊緊按住，沒有直接給她。一手玩弄她另邊的乳房。自以為是個嫖妓的大爺，就可以為所欲為的高傲模樣……加上心不甘情不願、一點也不乾脆的給錢方式，越發惹人討厭。但是，藥效應該就快發作了，她勉強的按捺住內心的不滿，擠出點笑容。不過，想到不一會兒她就可以離開，她露出了真心的笑容，充滿喜悅。因為不想再做，她試圖要轉移對方的注意力，於是她說：「要不要再多喝點酒。」

「我喝了一點，味道還好，我不太喜歡。」他說。

「我還有另外準備的，要不要？」男人期待似的任她動作，等看了牌子，他點點頭。啵一聲的拉開拉環，氣泡上升的聲音咕嚕咕嚕，酒氣一時瀰漫在整個屋子，味道嗆辣。他沒注意她正在笑著。因為，漸漸地，男人的眼珠像突目的死魚一樣，緩悠悠的失了神，這時她才仔細的觀視到這男人濃眉與尖削的下巴，長得一副方方正正，國字臉模樣，跟一般的大叔沒什麼差別。此時他臉上的表情非常愉快，如在夢中。「唉呀，總算是等到了。」她高興的想，要解脫了！

然而最後幾個例行的步驟，特別吃力，男人顯得有點重，放在肩膀上也是，行走已很困難，男人還彷彿不放棄的垂著虛軟的手，想要撫摸她乳房，「再來，再來……」他意識不清，喃喃的說。「沒什麼再來了。」她低聲咕噥，努力的用拖拉的方式，將男人拖至浴室的浴缸內，重重放下。男人像條被捕上岸，巨大拍擊在陸地上的魚，噴濺出許多的水珠氣泡來。看來已是沉沉入睡了。那麼就只差最後一道手續了。「別說我對你不好。」她說。輕輕的扭開水龍頭的熱水開關，開關在旋轉的瞬間發出了吱一聲的聲響。

「等你醒來，穿上衣服之前，都不會感冒的。」她說。

在她離開前，她從容的穿起衣服，收拾一切。最後，只聽見水龍頭聲，嘩啦嘩啦流個不停，然後隨著她關上門，就什麼也聽不見了。旅館的通道間，只剩下她喀拉喀拉，皮鞋與地板的撞擊聲響。

＊＊＊

匡啷一聲，打破了阿火所有幻想，對方也彷彿聽到暗號般停下動作。

別猶豫，快帶我離開。阿火內心叫喊。那匡啷一聲，仔細聽，並非來自於他面前的鐵盒，而是與缽的撞擊，他想起了在他附近，那位唱誦佛號、佛音的法師。法師一直都在，但比他幸運許多。因那些佛音早都錄好，只是重複播放。法師既不需要用蜷曲的手彈奏琴音，也不必忍受骯髒冰冷的地板（有時還有刺鼻惡臭的小狗撒尿味）。也或許是阿火本身的氣味吧，他不清楚。可法師就只是定定站著，播放聲音，然後他缽裡便常傳來清脆的聲響，阿火感到非常嫉妒，卻無可奈何。

前面傳來衣服的簌簌聲，及膝蓋微微的聲響，對方要起身了。衣裳摩擦，拖行的腳步聲又開始了，對方沒救出他，或受到了警告。阿火的希望光芒，全都跟這帶有泥土氣息的人，隨腳步而遠離，消失在遠遠的黑處。佛祖戳破了他的美夢，可他現在也沒力氣憎恨誰，想哭又哭不出來，只能喃喃的不停叩頭，叩得冰冷的地板咚咚作響，腦中漲痛昏眩。「匡啷、匡啷」，落在他鐵盒裡的錢幣突然多了。可阿火一點也高興不起來，只重複而機械的，叩頭，敲著地板。瞎了眼的他看不出時序變化，心中遙遠的記憶也無法幫助他默數甚至推算自己的年齡，歲月從他身旁流轉而過，他卻無能有所知覺，外表現在怎樣了，世界如何，他一概不知，如同把無知孩子的靈魂錯置在一直長大的軀殼裡那樣格格不入。他思緒裡，存在的僅是他永久不滅，漸次淡薄的童年，有個澄金日頭落在他遙遠的眼前，可他一點也不敢肯定些什麼，像極了沒自信的孩子站在街角，可沒有大人牽引他回家的路途，只有山上的妖怪在烏黑的森林裡，輕輕的朝他招手，揮動。然後伸出手來。「別把我留在這裡，我害怕。」一片漆黑裡，不知是他自己還是旁人，以一個低低的聲音在他耳朵上悄聲說話。接下來，這世界就被阿火的彈琴聲與法師的佛號佛音所掩蓋住，人潮來來去去，終於越來越稀少。

伍、有什麼正在轉動

生活是無趣的，充滿煩悶的青春，他常想，不知道何時，他才能脫離這樣的模式，可是往前進有些什麼，他不知道。往後退，更沒有些什麼。不管向前往後，他都沒有勇氣與想法去幻想，那裡有些什麼。時間好像都停止了，靜靜漂浮在這一瞬間。如膠水包覆著他，透明的，將他黏著住了，他是歷史斑斑的琥珀化石。他以為這世界與時間的行走，就會這樣的一直凝滯下去，毫無動靜，直到那天她的來臨，讓他產生了一種時間終究被推移的錯覺。因為她的臉，她的氛圍。重重疊疊的與他的異世界相互映照著。那天還是照常無趣的上課，他默默的混在一群青春而雀躍的年輕高中生裡，既不顯得起眼，也不表現太過疏離，如燒杯裡靜靜平躺的結晶體。他，就只是在那裡，但要他主動參與執行些什麼，他是不會任意移動的。巧妙的閃避開來，如此而已，靜悄悄的，誰也沒察覺。

校園洋溢著青春的熱情氣息，他的臉面上卻只是無動於衷的茫然，發呆。連上課鐘響了也渾然不覺。突然有個長相大約與他們差不多的年輕女子走進了教室，但格格不入的是女子身上正式的套裝，略顯得與外表年齡不相符合，有點老氣，太過正式。女子的臉顯得極度年輕，美麗的鳳眼，顴骨略高，可是尖尖的下巴，小嘴，臉龐整體有種稚氣未脫的少女感覺。他很少會去記住別人的臉，甚至辨識出一張專有的臉，總一瞥而過，就忘記了，印象中，所有的臉龐都是模模糊糊的。平常對事物都冷淡的他，突然有種顫慄的感覺，猛然一驚。班上也忽然先是一片安靜，靜得出奇，然後突然爆出更多的吵鬧聲，驚訝聲與口哨聲。

「保祿老師車禍了，暫時由我代課。」年輕女子說。

「老師妳幾歲？」長滿青春痘的班代大聲叫道，眾人開始起鬨。

「老師，妳好正，妳有男朋友了嗎？」整天只想把馬子的小傑叫囂著。

「老師比你們大很多，別再亂想，準備上課。」

「老師，妳還沒有回答問題。」

代課老師誰也不理，開始點名。是代課老師啊，反正誰來也沒差別，課程內容都是一樣的無聊，總引不起他的興趣。可是面向著講台，他不得不承認，面無表情的他，內心紛擾不已。那張像是少女的臉確實引起了他一種本能的衝動，他握緊了拳頭，可並不特別只因為那張臉而已，還有其他點什麼。他專心的觀察，那是些什麼，終於，他察覺到了，引他注目的是，女老師全身上下散發出來的氛圍，他找不出什麼合適的詞來形容，只能說，那是一種飄渺的虛無感，黑暗。他從來就不是什麼文謅謅的文藝青年，但此時，他真的感受到，講台上的人，如同一團淺淺的霧氣，忽濃忽厚的游移，不規則但極為努力的在維持這樣的「人形」，從窗外射進的斑駁陽光，似乎隨時都可以穿透她。她不真實，她不存在，只讓人覺得那是個帶著少女面具的霧氣妖怪。但整體而言，應該說是團巨大的虛無，卻讓他有種充滿熟悉的懷舊感。如幼時黑夜裡他伸手所握住的，那片漆黑與虛無，又回到他身邊。時光開始走動了，往反的方向移動。倒流中。

此時突然滲進一個畫面，他想起過往，某堂課讓他十分不耐煩的怪老頭子，在昏沉沉的課堂上，曾講過一個古老中國的鬼故事，他那時覺得挺有意思的：一個妖怪畫上人皮後披上，變成迷人的美女，藉此魅惑眾生，危害人間。喔對，他想起來了，這故事也拍過電影，不過他一時間沒有辦法記起那部電影的名字。他所清晰記憶的，是周迅扮演妖怪，她的臉往兩方拉開的底下，充滿蛆蟲的異形。

他盯著講台上的虛無，悄悄注目，仔細觀察。她說她的名字是韶寒。

「韶寒老師。」

不知道是不是因為緊張的緣故，她的表情略顯尷尬。上課猛抄筆記，寫的沙沙作響，一轉身面對學生就把視線瞄向講台上的講義。她是如此的年輕漂亮，與羞澀緊張的神情，大獲這些沒腦袋同學的好感，極度雀躍的想要跟她互動；不過也有些看準她不過是個菜鳥代課教師，便紛紛的玩樂起來，傳簡訊、玩ipad、看窗外等。他可以理解，面對一群無腦的高中生，女老師緊繃的情緒，可是他不停地因她而想到別的事情，他並沒有在專心。緊盯著她背影，一幕幕往事都像電影的格放，片段飛過。一些記憶模糊的滴水聲、海潮緩慢拍打，窸窣的碎石聲、夏日午後，偏僻的木屋聲響，以及不知從何時開始，一如往常，伸出手來握住的，那一大片空蕩蕩的虛無失落……

他實在想的太出神，女老師不經意的突然一個轉身，恰恰跟他四目相對。

「念平，有問題嗎？」

他搖搖頭，沒說話。其他人彷彿忽然發現了他的存在，放下手邊的事情，轉過頭來，看向他。他並不習慣眾人這樣注目的眼光。相同的日子仍持續，女老師一直避開眾人的眼神，專注於抄寫筆記與看講義之上，他發現，女老師每次在走出教室前，總是滿頭大汗，汗流涔涔。並且，漸漸地，上課的臉色越顯蒼白、精神不濟。雖然看似盡責的授完課，可是，他覺得老師是在害怕什麼，為此而困擾，甚至也盡可能的避開他目光。這陣子，不僅班上氣氛為她改變，他也被影響了，在迴旋反覆間，不停的回想到過去，以及做著奇怪的夢境。他曾夢見，在嘈雜的校園裡，鐘聲響起，然後四周一片安靜，女老師會拿著備課資料，慢慢走進教室。可是當她拿起點名板，本來在四周還在聊天、說笑、互動的人影，逐步幻化，成就稀薄難辨模樣，如幽靈般的穿梭來回，四下走動，漸次從厚實的黑壓壓人影轉成輕薄透明，最後消失不見。而現實裡被一股虛無所包覆的她，在夢裡反倒如顯影般，逐步加深色彩，越顯真實，連地面上蟄伏的影子也越見清晰的輪廓，現出身來。不過，那時的他，還在。只剩下他一人，穩當的坐在位子上，直直看向她，為她逐漸真實的改變而感到吃驚。

看著她，他看向她。他正在看她，目不轉睛。可她只是輕輕的垂下她的臉，這動作使她的臉龐在光線交錯間，顯得陰暗模糊，越來越接近他內心深處記憶的模樣。那模糊斑駁而逐漸褪色的臉。他伸出手來，想確定那片虛無轉變的真實性。

但醒來瞬間，他雙手抓住的，仍是什麼也沒有。四周還是一片暗暗的。

夢境是不是會接續，他不清楚。但隔了一陣子，他的夢更換了。他伸出手來，朝向虛無的方向，然而此次竟然成功拉到了女老師的手，真實而溫熱的體溫從手腕處傳遞過來，這次是真的，不會錯，他們急促的在校園裡頭奔跑，不知道在躲避些什麼。在夢中，配上她稚氣少女臉龐的，是合適年輕的女學生制服，跟普通的女高中生一樣，繡著學號，燙過略帶折痕的上衣，以及那樣紋理醒目的百褶裙，跑起來一定很不方便，隨著風，總會輕飄飄的鼓盪起來，是否因為這個緣故，所以她的腳步距離才這麼小，邁不開步。好慢。

他們跑得很喘，可是他因握住了真實而感到高興，然而最終不管他們怎麼跑，永遠都會回到教室裡頭，沒有其他的去處，他感到很困惑。讓他清醒過來的，是女老師的叫喚聲「念平。」有人在叫著他，忽遠忽近，他不能確定距離。然而回頭一望，她就在那裡，因逃離什麼而鬆了一口氣，兩個人都笑了。可是因為奔跑還存留的臉紅與氣喘吁吁仍不時的鼓動他們周遭的空氣。有種什麼節拍在震動，一陣一陣，狀似竹管的敲擊聲，這時，他才發現，女老師揹著與他一同的制式背包。傾斜的世界天平被拉直了，開始往平衡的中間點移動過去。

他慢慢的走進她，靠近，心慌意亂的害怕這一切的不真實感，他想確定，於是他握住了她的手，「我是真的。」她說。「我知道。」他回應。四周暗暗的，充滿了課桌椅般的黑褐色，所有的桌椅都漂浮起來，厚重而紮實的擋住所有光線，外頭的陽光射不進來。昏暗，微黃，像老舊的日曆，一頁一頁的被翻開，有種發霉的味道。拉住的手涼涼的。醒來時他的手停留在半空，擁抱著深夜的寒氣。

甚至，他在看A片時，以前最喜歡看的主題是虐待與殘暴，如今他每每看見「女教師與家教生的不倫戀」、「淫蕩女教師」等，他就忍不住點播開來。假想在教室裡，只有他跟老師，學A片的台詞說「大家都不在，今天是我們一對一的教學。」教學內容不言而喻，可是女優還是會用瘪腳的演技表現出慌張與不可置信。於是他只好再催促的說「老師，上課吧。」但其實掌控權都在他的手頭上，一切由他主導，根本沒有課本或教材，有的只是青春的性與歡愛體驗。但每次他才抓住她的手，正要從背後進去時，思緒就清醒了，讓他總有種患得患失的失落感。今天是週五，同儕間歡樂散去了，不經意的聽見誰說週末要全家旅遊、與女友約會，去打撞球，也有人問起他。他搖搖頭，說，也沒什麼。等大家都走光了，許久過後，他才發現只剩他一人留在教室裡，面對空蕩蕩的教室，頭頂上的巨大扇葉正緩慢轉動。跟夢境一樣，聊天說笑吵鬧的他們最終透明化，然後消失，只剩他一個。他還坐在特定座位，盯著講台上，一無往常的虛無，那是她平日裡所站立的位置。這次是真的，那裡什麼也沒有。

天色早已暗去，不過他還是沒有要移動的意思，茫茫然，坐著。連他也不知道自己在想些什麼。為什麼要在這裡。這時，有個暗黑的人影進來了，會是誰。天色太暗還是錯覺的緣故，他不確定。但他聽見了嘆氣的聲音。

「老師。」他直覺的脫口而出，在那個人影按下開關的那一刻。

「是誰？」對方問，旋轉的扇葉緩慢的停止下來，是韶寒老師。「誰在那裡？」她又再問了一次，對方認不出他來，讓他顯得很是失望。

「我是念平。」

「你……」可能因認不出他的聲音而感到抱歉，她結巴的說：「怎麼還不回家？」

「……」他也不知道自己該要說些什麼才好。沉默著，往模糊的人影方向移動過去。就像那些接連而片段的夢境。

「只有你一個人嗎？」她問，「其他人呢？」

教室空蕩蕩，對話中有迴音的空洞感。

「對，只有我一個。」

「為什麼？」

「我不知道。」念平在心裡說，「總是剩下我一個。」

女老師四下張望，似要確認他話語的真實性。兩人之間的距離縮短了，如果他就走往教室出口的方向，然後離開，也許什麼事情也不會發生，夢境就結束，被翻轉，但他發現自己正不由自主的，一步一步，有種難以言喻、被拉扯的痛楚，他不能離開。回過神來他已走到她面前。「別擔心。」念平說。「不會有事的。」他握住她的手，手心互相傳遞的溫熱很真實，很溫暖。但他卻感覺是在作夢。時間暫時停止了，漂浮在那一瞬間。可是很快的，她觸電般，發抖，抽出了手，中斷了這短暫的時間切片。停留的時間沙漏，又開始流動起來，沙沙作響。但他不想要就這樣結束，繼續慢慢靠近，她的身影模模糊糊，同樣充滿薄霧般的虛無感，好懷念啊，這次是真的吧。為了確認這真實性，他慢慢走近，可還是感覺不到老師深刻的氣息。他凝視她在暗淡光線中的模糊臉龐，平日那女孩般的臉龐讓他有的暴戾衝動暫且熄滅了，現在最重要的是她身上那種被虛無所包圍的感覺，是那樣熟悉，讓人懷念，他想要重新擁有這一切，他所失去的，他從未想過他所愛憎的兩者，可以綜合起來，重疊存在，這更讓他有種莫名的佔有慾。他曾以網路人肉搜索的方式，條列出老師的資料，對她的背景有一定的瞭解。自幼輾轉流離的她，不停流浪，也不曾有固定的家庭或伴侶。但這種網路的數據資料並不能滿足他。他默不作聲，繞向她背後，緩緩的伸出手來，其實在某個層面上，他也在害怕，記憶與夢境中，那種擁抱冰冷虛無的痛苦仍常常侵蝕著他，他亦恐懼，他所抱住的，該不會又是另一場循環而接續的惡夢，是空。

但他抱住的是溫熱而真實的人體，不是虛無，縱然氛圍是那樣模糊，背對著，看不清她的臉，那也好，他已習慣看到一些模模糊糊的臉，對他而言，有種安心的感覺。似乎重回幼時時光，母親懷抱裡，她的溫暖。她充滿韻味的身體讓他身體一顫，絕對不能看她的臉，否則另一種情緒是難以壓抑的。天色早已完全暗去。他們的身影與臉部在這時空中都顯得曖昧不清，她試圖推開他，可他卻拉得更緊，就像小時候那樣，更貼近，彼此環抱，拉住她的手，將手拉近，握得很緊很緊。最終，她沒再放開手，他安心了，為這真實。

接續而下的也是，並不困難，順暢地如演練多時，他解開他制服，聽見因彼此太過靠近而顯得清晰的心跳，噗通，如幼時後院竹管的敲擊聲，咚咚作響。對於她的臉，他仍不太能克制某種暴力的衝動，他刻意去遺忘她臉部的部分，或許是光線不明的緣故，他終究壓制住了。輕輕的，很輕很輕，慢慢的吻她，雖然動作感覺得出來，對方仍有點膽怯，但身軀已然發燙。為了模糊她的臉，他專注於吻之上，纏住，攪動。而她，也終於開始真正的跨越那條屬於她的界線，開始回吻。他發現，她真的並不是很熟練，印證了他所查的資料。

為了不使她太快有意識反抗，他慢慢的將手摸住她胸部，然後輕輕下滑，他又開始想起那些夢境了。那些他們在空蕩蕩教室裡，透明輕薄，隨時都會被陽光穿透身影，曝曬分明的夢。但溫熱的體溫終於讓他確認了真實，他很難得的把握住這種稀少而珍貴的體溫。她擁抱著他，撫摸他，從他突起的背骨，腰，然後繼續往下。他感到下半身撐漲不已，將手伸進她的裙下，底下傳來一陣顫慄，很快的濕了。他抵住，逐漸的摸索，似乎不難，小時見過父親做、A片做的那樣，之前那個那樣，雖然暗，但他進去了。然後緩緩的律動，如同岩間拍打的浪潮，一陣一陣。他們現在都是赤裸的了，夾著凌亂的衣衫，在地。她的臉顯現痛苦表情，像女孩般的呻吟出聲，這讓他想起了父親，想起了之前某個她，還有其他，幾張年輕的少女臉龐重重疊疊的映照在上面，暫時有點分不清誰是誰。相同的，她也用雙手抵住他，開始想要抗拒，可是他用身軀壓制著她，他已有過一次的經驗，不會再失手了。行進，由慢至快，加快速度，交纏著，夾緊，氣喘吁吁，汗流一地，血流一地。沒想到她還是個處女。

他看著在闇黑中到處竄流的血液，手上沾滿液體的溫熱感，想起過去某個女孩，一切都如此的似曾相識，充滿熟悉；他仍繼續動作，從一旁散落的衣物口袋裡，緩緩的抽出預藏的刀鋒，看著那張在暗夜裡仍不失漂亮的臉龐，有股難以壓抑的衝動還沒有抒發。可當他的刀鋒就要接近的時候，天色雖暗，他還是可以感覺出遠遠的草叢邊，有什麼在竄動，彷彿是夢境中，普通高中女生的百褶裙，因奔跑與風而鼓起來的樣子。不過那一定是錯覺，因為他隨即聽見了汪汪的狗吠聲，接而寂靜無聲。有雙手摸索著上來，拉住他的另一隻手，握得很緊，他突然改變了主意，輕輕放下刀鋒，放下時力道雖弱，但仍在黑暗中與冰冷的地面擦出了零星的暗紅火花，不過他想她一定沒看見。因為她痙攣地抱住他，高潮了。

離去時，他快速的擦去地板上的血跡與汗，這種事他做的極為熟練。然後理所當然的，回到女老師的住處，連續的，又做了幾次。做得彼此都疲憊不堪。她的房間高貴潔淨，擺設高雅又收納整齊，透明的圓桌上有美輪美奐的水晶燈，木頭地板踩起來涼涼的，跟家裡差不多。他希望她下次能夠鋪點毯子，這樣腳所感受到的寒氣就不會那麼重。最喜歡的，應該是那組灰色近象牙色的沙發區，與正對著的平面液晶電視，這種打起線上來，一定很棒，他如此想。可是他們主要的活動範圍，都在那覆有溫暖羊毛被、長型抱枕上的雙人床。如同相見恨晚似的做個不停。

其中幾次，他中斷起來只為起身拿出他所見到的威士忌，加入冰塊，含在嘴巴裡，與她互相吞吐，最後還讓她含著冰塊替他口交，那種冰冰涼涼的酥麻快感，難以言喻。房間小小的，有種壓迫的氣息，可是在鵝黃色的昏黃燈光裡，他覺得很安心。幾次動念到衣服袋裡的刀子，都因為想要溫存這短暫的虛無而按捺下來。好久沒有這種感覺了，反正她如此順從，我有的是機會，他這般想。他以為她睡著了，面對面，看著那樣的臉龐，胸口又是一陣煩悶，覺得不必再考慮些什麼，床沿外的手摸索著，暗地裡握起了刀，可是就在這個時候，她靠在他的胸口上哭了，熱燙的眼淚流淌在他的胸口上，他忽地想起了母親存活的短暫歲月裡，也是這樣悶著聲音，將暖暖的淚流在他的臉上而不自覺，使他幼年的記憶裡嚐起來總有一股鹹味。作夢時，還常常走入海邊，走入海岸的夢境。他不得不垂下了手，用空的手去摸摸她頭髮，他從以前就想要這麼做。浸泡在水中的母親髮梢，海草般的輕輕滑動，他不曾認真的觸摸過然後記下那是什麼樣的感覺，他常悔恨這點，只是一直都沒機會再回到過去。於是他讓兩人又再挨緊一些，靠近些，她的胸部很豐滿，全身散發的輪廓氛圍，遠遠看，狀似抓不住的虛無，但如今這般靠近，成熟女人的氣韻，雷同母親的氣味，逼使他一再回想到過去。他突然理解到她並不是帶著年輕少女面孔的虛無妖怪，而是同他母親般，長久浸泡在沮喪與絕望充滿的氛圍，被包覆住，難以擺脫而已。「不要哭，」黑暗中，他喃喃的說，「會有辦法的。」不知道在對誰說。然後同小時候的場景，握住她手，緊緊握住，那雙手的主人也回握他，讓他感到心安，接下來她好像還說了些什麼，可是他已經不太記得了，安心的沉入夢鄉，進入年幼的記憶裡。只依稀記得，入睡前的瞬間，房間裡昏黃的和煦光芒，宛若餔育雛雞的那種光，將整個空間映射的像顆蛋。歡愛後的遺跡與體液，則是稀薄而透明的蛋液，正輕輕的晃動著。

我所握住的，終究不是黑暗的虛無，他想。

其實念平很早就醒了，入睡的時間雖然短，但夠深沉，甚至可說是熟睡，這是他之前所不曾經歷過的。在某個呼吸節奏的瞬間，就這樣由深眠中突然甦醒過來，但他還是靜靜的臥躺在韶寒身旁，在黑暗中端詳她入睡時靜謐沉著的臉龐。伸出手，在她暗暗的臉龐輪廓上，慢慢畫圈，「好像。」她們真的長得好像。念平不禁這麼想，全世界有這麼多的女孩／女人，都戴著相同的面具生活嗎？這樣的臉孔是否在某處正被販賣，而他不曉得。腦海中浮現這個疑問，不過更重要的是，想到這，他便時不時的念及，衣服後袋裡的那把刀。她現下睡得正熟，睡得很沉，幾乎毫無知覺。這個時機極為恰當，如果真要動手的話。

可是為什麼他遲遲沒有動作。四周很暗，他小心翼翼的，在不驚動韶寒的情況下，緩緩挪動他的身體，靠近，韶寒身體的輪廓淺淺的散出一陣溫煦的體溫，如同黑暗中發著暗青微光的人體。可是那內在的虛無感還是存在的，似乎隨時都將變化而去。念平悄悄的在溫暖羊毛被中摸索，從她虛無的氛圍裡，找到並握住了她的手，她沒有被驚醒過來，仍是溫溫的睡著，而那雙手的溫度是真實的，跟他童年夢寐以求的觸感一樣。他很怕這是夢，隨時都會清醒，然後失去。混入時間的洪流當中，抓也抓不住。他只好就維持相同的姿勢，試圖再度入睡，卻發現，睡睡醒醒，醒來的原因只是要確認，韶寒在不在這裡。

不知過了多少時間，還是時間就只停留在這裡，打破靜謐時間之流的，是韶寒呼吸的轉變聲。念平聽得出來，她差不多要醒來了。於是他闔上眼，假裝還是睡著的。雖然閉著眼，可黑暗中，韶寒的體溫與呼吸在靠近，他都清晰的感覺得到，如籠罩的月光，淡淡的，卻很清明。而當某個瞬間，體溫漸次的遠離，念平本能的睜眼，倏地去拉住她的手，她就這樣停在起身的瞬間。

「妳要去哪裡？」他說。

「你醒了？」

「嗯。」

「我吵到你了嗎？」

「沒有，就醒了。」

「餓嗎，洗完澡我去替你買些吃的，好不好。」

「可以，一起去吃也好，都好。」

「那你再睡一下，我準備一下。」

「好。」

這時他才放開了韶寒的手。並注意到，房間的燈還是暗暗的，仍是睡前的鵝黃色光芒，百葉窗一條條的垂擺，遮蔽住所有光線，有點悶悶的、封閉的黏稠空間感，每個地方都關得緊緊，彷彿是他與韶寒所專屬的特有溫室。他看著韶寒起身離開的被窩，隆起的形狀還維持住，甚至還殘存她昨夜至剛剛的體溫，他一時錯覺她是不是還在這裡，只不過換做是透明、隱身的。伸手一摸，確實是空蕩蕩的，什麼也沒有。只不過是個脫繭的蛹，在葉面上留下它蛻變的殼，而念平就望著這個殘留的殼狀空間，發呆失神。他沒再睡去。淋浴間開始傳來嘩啦啦的沖澡聲響，落下的水珠聲不停敲打在磁磚向上的地面。他趁隙走向百葉窗，想透透氣，卻在掀起的一角裡，看見幾個可疑的人在附近徘徊走動著，並不時的將眼光投射過來。

念平快速的將百葉窗條放回原位，窗條一陣的抖擻震顫，散落進一絲絲搖晃不明的光。還沒互相對上眼神，對方應該還沒發現他已知道。他沒想到那些人竟然跟來了。什麼時候被發現的，他試著去回想，從他家開始有可疑人物的走動，大約是兩週前的事，不過對方遲遲沒有下一步動作。他曾想過出國之路，然而，最糟的情況是，他可能一到海關，反而被各種安全防制的理由被順勢拘留或逮捕。於是，在對方有明確的行動前，他也就得過且過，反正，他早已清晰的推算過，各種的可能性。再者，他確認過那些小心翼翼準備好的說詞，最終不過就是下下之策，進入逃逸狀態，路線他也策劃好了。但他並不特別的想要這麼做。然而現下他並不在他家，他們還是跟來了，證明之前一切都不是錯覺。他已然被盯上。這種感覺真不好，甩也甩不掉，真煩。他搔搔頭，思索下一步該怎麼做。

當她背對著出現，裹著浴袍，他從後摟住她，感受那溫熱的身軀，才去梳洗。一邊想著對策，一邊他發現，自己正不由自主、試圖不停以擁抱來確認些什麼。不過，當他接近赤裸的走出，看見韶寒那張年輕漂亮的眉臉，以及洋溢青春的打扮，雖然非常適合她，但正因如此，那她看起來跟別的，他所厭憎的少女形貌又有什麼不同？她為什麼要這樣做，還帶著那樣的微笑。一種被挑釁後的憤怒從內心噴射出來，他要的不是這個，他要的是之前縹緲的虛無與成熟氣韻，他差點就拿起落在地面衣褲裡的刀。但在這之前，他想到了窗外的人，想到他父親死前極度激烈的性愛儀典，那就多做幾次吧，在這之前，享受當下。他想再做幾次。胸口裡難掩的滿腔怒火，將他的身軀燒得火熱火熱。他抱住她，壓住她，一把扯下毛巾與她年輕款式的衣服，將那些全數都拋落在木製的地面上。

在暗無天日下的情況下他們不停做著，兩人幾近瘋狂。

要出門時，他阻止了韶寒再換上他所討厭的衣服，替她選了件，然後略帶敷衍的說，「不用挑了，妳穿什麼都好看。」韶寒喜孜孜的，什麼也沒有發覺。

出門時，那些可疑的人影匆匆閃過，他假裝渾然不覺，牽著韶寒的手，在街頭行走，如普通一般的小情侶一樣。可是他的眼光時不時發現，還是有人，「那些人」在跟著他們。不，正確來說，是跟著他。當下解決那些人當然是不可能的，沒那個能力不說，後續也只會引起更大的騷動與麻煩。但他們現在一定是還沒握有絕對的證據，所以也只能跟著。證據，想到這，他的手心慢慢地滲出汗來，可是他並沒有特別的注意到。他故意迂迴的行走，狀似漫無目的，其實是在重重人潮中穿梭來回，試圖擺脫「那些人」。簡單直觀的的台北街道，被他行走的錯綜複雜。也不過才下午的時間，商家的燈火卻明亮的如在夜晚，閃閃爍爍，將他們的影子清晰的映照出來，他很不喜歡這樣。不過，韶寒似乎很沈浸在跟他一起「穿梭」的遊戲中，臉上總是帶著笑容。後頭的人還是跟著緊緊的。

最後進入一家知名的連鎖餐廳。他決定進去廁所，看看是否有機可趁，或觀察一下情況，先確認後再說。於是他藉口先離開，留下韶寒一人在隊伍中看菜單。他閃身而過，進入廁所，本能的抽出口袋裡的刀，他打開廁所的一條細縫，偷偷覷看。可是那群人似乎有所顧忌，才虛晃一圈，連背影也看不清楚，便若無其事的離開，消失了蹤影。有種失落的未發洩感襲上心頭，「真沒種。」他揚起嘴角，不屑的說。邊凝視著刀鋒上他的倒影，緩慢的偏斜閃過。出來時，卻看見韶寒正跟一個矮小，側面看來老氣橫秋的歐巴桑在談話。可能是熟人。但韶寒滿臉的尷尬與不安，他猜得出來是為什麼，一臉不在乎的緩緩走近。

「老師，妳怎麼也在這裡？」他若無其事的說。表現的如同巧遇的模樣。

「喔這也是你學生阿？」

「是的，是我另一班的學生。」韶寒的表情稍稍抒解，鬆了一口氣。

「對了，小柔怎麼好久都沒來上課？生病好些了嗎？」

「……」對方沒有說話，突然臉色大變。念平察覺她神色有異，不知道在害怕些什麼。

「沒……沒什麼，小柔她……她快好了，真的……」語氣充滿驚慌，「老師，我還有點事，您要不要跟您的學生先用餐。不好意思。」然後就快快的離開了。

「她看起來很怪……」

「我也這麼覺得……念平，我剛剛真是嚇一跳，還好你裝得好像是巧遇一樣，我們太大意了。」

「沒關係。總會有藉口的，再遇見人，就說剛才遇見的，也還碰到別的學生家長，本來一起吃飯，對方卻突然離開之類的話就好。」要找藉口是很容易的，就算被拆穿，他也不覺得有什麼好害怕。這是我的世界，別人無權管些什麼。他想。可是韶寒的膽子很小，怯怯懦懦，甚至走在路上，也不敢牽他的手了。「怎麼這麼沒用。」念平內心不喜歡她這樣，反正他對她的臉也老覺得非常礙眼，於是，他隨意的在路邊攤買了個時髦墨鏡，替她戴上。遮住大部分臉龐的她看起來順眼多了，他只在乎她身上的虛無氛圍，這就夠了。然後若無其事的，再把她的手握的更緊，不放開。至於韶寒臉上的表情為何，他並沒放在心上。重要的是，後頭的那些跟屁蟲，還在，不放棄。甚至連遲鈍的韶寒，也感覺到了，頻頻的轉身往後張望。
「怎麼了？」
「沒什麼。總覺得有人在看我們。」
「沒有吧，別想太多。難得出來，放鬆點。」念平故作鎮定的說。
「也是，是我想太多了。走吧，接下來去哪？」

這時不得不感謝台北橫通八方的捷運線，他們轉搭著捷運，來來去去，在各個景點閒晃。其實念平一般對這些景點是毫無興趣的，可是能夠握緊韶寒的手，就讓他覺得好心安，他害怕這種依戀的依附感，卻是不由自主的被牽引著走。他不喜歡這樣。主控權都應該在他手上才對。何況，念平內心的黑暗發出聲音：韶寒的臉不是你最討厭的，快解決她，離開她。但只要手被握住，體會到難以言喻的虛無氛圍，他的行動，就一直被推遲往後，這不像他。但他現在也無法專心，他看向身邊的韶寒，一副小女人模樣，無憂無慮，對他充滿信任。渾然不知念平牽著她的手其實是有方向性的。

時間緩緩的消磨過去，瞬時竟已接近晚上十點，他不由得佩服後頭那些人的耐心，在這漂浮寒冷濕氣的台北夜晚，算是毅力驚人。他與韶寒依偎的很緊，可是他開始厭煩我跑你追的遊戲，他生來不喜歡拖泥帶水。藉口說台北捷運只營運到晚上十二點，不如先回家休息。又低聲在她耳邊說些讓她臉紅的悄悄話，讓她害羞到耳根子都紅起來。趁隙引開她注意力後，吩咐她在原地等候。他又再度進入男廁，他並不是真有尿意，而是別有目的。他知道再不久之後，那些人也許會跟過來，也許不會，但他想要盡快的解決。他表現的一如往常，好整以暇地，將一直放在身上的東西拿出來，最後檢視一番。

就在同時，以外人的眼光看來，台北捷運公館站的一間男廁，一反平日裡稀疏的人龍，先是一名俊俏的男青年進入，留下了伴隨他而來的美貌女伴，在距離男廁不遠處的公告欄前站立，女人因凝視告示而出神。緊接在青年之後，有幾個男人如約定好了般，跟隨著一同進入。他們表情嚴肅，貌似普通民眾，但行走的腳步卻輕盈快速，呼吸亦不疾不徐，必是受過專業訓練，旁人根本無法察覺。那些男人闖進去的時候，青年似乎才如廁完，手還濕濕的，對於男人們的出現，一點也不顯得驚訝，冷冷的眼神只透露出「總算來了」的不耐感。

男人們舉起槍，保持一定的距離，定定的指向青年，「不要動，把東西放下，手舉高！」這才發現，這時青年的手頭上，拿著一個方方正正的盒子，那盒子外表漆黑，看不清內容物是些什麼；但外頭輕浮的貼著一張紙，紙的背後透著廁所傾斜的光線，顯示出密密麻麻的黑體列印字跡，但寫了些什麼則是無從分辨。只有寫字的那面，背底是大幅的空白，而空白處上，正寫著大大的兩行粗體字。一行是「炸彈，危險，請勿開啟。」另一行則是，「政府應該……」。男人們無暇將字句看完，略帶顧忌的看著青年手上的黑盒而遠遠保持距離。誰知道，就在這個瞬間，青年既不舉手投降，也沒任何屈服的意思。帶著冷笑，猝不及防的就把黑色不透明盒子開啟而上。

四下瞬時傳來劇烈的爆炸聲響，雖已有適當距離，男人們亦在那一時間以本能用手掩護及趴倒姿態，撲跌滾落在地，但仍可見四周一片血跡斑斑。臥躺在地板上的青年，臉上則顯露出驚愕的表情，掙扎著想要起身卻動彈不得。不一會兒，雙方仍在對峙的同時，一個美貌的年輕女子竟衝進了男廁，眼中無他人，直直的只朝青年過去，驚慌失措，不停呼喚青年的名字：「念平！」並且試圖要去抱起他。青年扭曲著表情，很痛苦。

「不要動，不要妨礙公務。」那些男人們舉著槍，一邊側身慢慢的從地板上起來，一些血滴從他們的臉部、手肘，及握槍下滲出，滴答滴答的落下，不過他們並不以為意，繼續執行任務。然而那個突然衝進來的漂亮女子才是無動於衷，只直勾勾的專注倒臥在地面上，受傷的青年。「他受傷了，要叫救護車……對……要叫救護車……」女子恍然大悟的，看著發出哀嚎聲音的來源，摸索著要從自己身上掏出手機，準備打119。

「我們會有人通報，小姐請離開。」她卻仍是不為所動。

帶頭的男人眼神示意，有人從後伸出雙手，硬是將女子拖拉而走，女子的手機掉落在充滿爆破碎屑的地面上，發出嘎嘎嘎的拖行聲響，而手機的那頭，才剛嘟的一聲接上通話，「喂，您好，這裡是救護中心。請問您那裡是……」

「喂，」帶頭的男人接了話，「這裡是台北捷運公館站男廁，有一爆炸傷患，請派人救助。」

「是。馬上就到。」

掛上電話後，帶頭的男人另外發話道，「裡面還未清查出另外未爆的炸彈，先請捷運人員開始疏散人群。」於是甜膩的女聲廣播，不一會兒便開始在捷運站內空洞的迴盪，「捷運站一樓男廁發現不明包裹，警方正在處理中，為了安全起見，請民眾盡快離開，聽從出口處服務人員的指示疏散，並請不要推擠驚慌，造成不便敬請見諒。」可是誰也都聽得見剛剛巨大的爆炸聲，近來新聞大做文章的炸彈客，是不是才又犯了案？有些人驚慌失措的逃跑往出口的方向，但另一頭，令人匪夷所思的，更多的是罔顧自身安全，只想一探究竟的圍觀民眾。後者並不理會廣播與服務人員的疏散指令，一團團的擠塞在拉起黃布條的現場外，逼得警方不得不再將強制範圍擴大些。使他們只能遠遠的探頭張看。這一定的距離外，他們看見了黃布條內，有許多不知道是什麼時候進來的，只有在電視上才會出現，武裝配備齊全的爆破小組，有些則是如剛剛的男人們只擁有簡單配槍，穿著與一般人無異的便衣警察。

這下事情等同於明朗化了。不一會兒，救護車趕到了，刺耳的聲響幾里外都聽得非常清楚，外頭圍觀的人完全不知道是誰被救護人員用擔架抬了出來，只略微的瞧見血跡斑斑的手肘遮蔽了他的臉，從身形以及破碎的牛仔褲判斷，約略是十八到二十出頭的年輕男子。還有一個穿著時髦、身上掛戴著墨鏡的美麗女子，緊跟在擔架的後頭，滿臉垂淚與焦急的神情，也許是傷患的情人或家屬吧，他們猜測。忘記了本身安危的重要性，僅是強制的在工作人員大聲鳴笛的指揮下，被動的被推往出口的方向去。但他們的眼神都沒有離開過。

四號出口處，近距離即是汀洲院區的三軍總醫院，救護車就停在那裡。外頭腳步匆促的台北行人們，不經意的瞥見出口處閃爍的救護車燈，及不停湧現近乎異常的洶湧人潮，彼此慌張、倉促的推擠，雖然高速率的行走方式及步調是台北人的特徵之一，不僅限於上班上學的高峰期，而是時時刻刻，分秒必爭的特色顯現。不過，如今的場景綜合起來，周遭瀰漫一股奇異的氛圍，靈敏的台北人一嗅即知：事情不尋常。另一面，救護人員將擔架抬上車，上頭有個傷患，跟進車內的竟還有幾個警察打扮的人。那是誰，發生了什麼事？沉默的眼神、耳語相互的在人群裡頭穿梭、漂浮，可誰也沒有答案。

比較引人注目的，反是一名緊跟在車後頭的纖弱女性，但在車門關上之前，她就被旁邊的女警掣住手腕，反轉，控制了行動，跑也跑不動。最後可能是體力不支的癱軟在地，捂著臉啜泣，然後倒往冰冷地磚的方向。女警及時抱住了她。捷運站內，雖然有大批的警察坐鎮，捷運站的工作人員也加強人力來疏散，好不容易才略微疏散了人潮，畢竟是週末假期，這個時間點上的台北捷運人潮，是難以計數的多。然而正當他們鬆一口氣時，又有些四下張望、萬頭攢動的驚人場景出現了。是記者。

「為什麼封鎖現場？」

「剛剛是否有發生槍戰？」

「是最近的炸彈客所為？他逃脫了嗎？」

「傷者跟炸彈客有關係嗎？捷運安全性有無問題？」

「……」

才剛驅趕完圍觀的民眾，大批的媒體卻已風聞而至，在戒護外圍圈上，拍照攝影的白光閃個不停。最後帶頭的男人慢慢的走出來，「讓他們拍吧，已經沒有炸彈了。」頓了頓，補充說道：

「但不要讓他們進去破壞現場。」

念平在救護車門闔上前，最後的畫面是看見韶寒滿臉的淚光，緊追在他的後頭，她那雙溫暖的手被女警模樣的人箝制住了，跑不了，跌坐在地，關上門前，那頭的光線如舞台劇場上的燈暗模樣，讓韶寒的身影喀啦一聲消失在一片漆黑當中。不過，救護車上才正是另一幕的開始，燈亮，嘈雜而令人痛楚的鳴笛聲嗡嗡作響，可是，念平已經忘記他需要扮演什麼角色了，他在意的是那種佈滿全身，正一絲一縷竄進腦海，突出尖刺的刺痛感。還有，就是那他習以為常的鐵鏽味，正四下瀰漫，恍若走入迷霧森林的冷冽氣味。他開始覺得冷了。

往事的切片，正緩慢的旋轉，綻放，如燦爛盛開的蓮花花朵，一瓣一瓣。

小時候住的房屋後，有個巨大的庭院與水缸，水缸上擺設著一根橫斜的竹管，每逢水流而過的時候，他便會聽到竹管匡噹匡噹的移動聲響。在鄰居叔叔們的描述當中，這樣的設置是很「雅緻」的，他那個時候還不知道「雅緻」兩個字應該要怎麼寫，可是在大人口中，感覺就好像是很了不起，很偉大的樣子，所以，年幼的他知道了，這應該是一種稱讚吧。不過，問題是，自小的時候他總在深夜被這樣的竹管敲擊聲與水聲驚醒，然後便哭鬧不休，他深深的憎恨那根像天平一樣卻永遠搖擺不定的細長竹管。而且有一點非常奇怪的是，每當他半夜醒來的時候，他面對著的，總是媽媽的臉，除了竹管搖擺的晃動聲，滴答的水聲，一定還有別的些什麼。像是浪潮拍打在岩石上的律動與聲音。

這並不是夢，但發生在現實當中卻又顯得很不自然，年幼的他，感覺到的，是一陣搖晃與粗粗的喘氣聲，還有似乎很痛，像小女孩那樣痛苦的聲音，在夢中的他伸出手，想要拯救那個發出痛苦聲音的來源，但卻總是伸到一半，握住的，都是遙遠而黑暗的虛空，他什麼也抓不到，什麼也沒有感覺到。但是那樣痛苦的喘氣聲，小女孩般的哀哀求饒，怎麼可以無動於衷呢。於是，他便會再一次的伸開手，往聲音的來源摸去，像是要前往一個洞穴，一個黝黑而不見底的洞穴。當他感覺雙手被握緊的時候，他便安心了，

然而痛苦的呻吟聲並沒有停止，他睜眼所見，發現是媽媽握住了他的手，她的手冰冰涼涼的，他忍不住瑟縮一下，但他不會放開，只是感覺有點奇怪、不知所措，是媽媽痛苦的在叫嗎。他不清楚。黑夜的房裡黑漆漆的沒有燈光，四周雖然看起來在搖晃，不過他深信那必定是他自己本身錯覺的緣故。媽媽握緊他的手，將他往前拉，再往前拉，媽媽的手一下後變得好溫暖，然後將他拉到媽媽的胸前，緊緊抱住，媽媽抱得好緊好緊，緊到他完全都無法呼吸了，胸悶不已，連哭聲都無法發出來。

他的臉緊挨著媽媽豐滿的胸部，感覺到一陣陣的奶香氣。可總在這時，他便會發現有種濕濕黏黏的東西，從媽媽的臉上下來，蛇一樣，但熱熱鹹鹹的。聽說蛇，應該是冰冰冷冷的樣子。那到底是什麼東西？年幼的他完全不清楚，只能在每個半夜裡，因為那竹管的搖擺敲擊而驚醒、感受到全世界都在晃動，在黝黑的洞穴裡震動，而小女孩般痛苦的呻吟聲一樣四處迴盪不已，他伸出手，便會被媽媽握得很緊很緊，緊貼她充滿奶香氣的胸部，悶到不能呼吸，悶到他又再度睡著，不發出聲音。

這又是個深夜，黑漆漆的像是個夢，簡單的夢，他照常聽見了不平衡竹管的敲打與流水滴落的聲響，由遠而近，由近而遠，緩緩的，彷彿從四面八方的在靠近。又如在空曠的洞穴當中，四處迴響而產生的迴音，靜靜的在逼近，這聲音。他覺得好害怕，本能的又伸出了手，朝著看不見的虛空，四下張出他幼小的手掌，像頭年輕的幼獸，嗚嗚的四下摸索。這是哪裡，他內心疑問，卻毫無頭緒，不辨方向，未能理解身在何方。媽媽呢。媽媽今天也會在我的夢中出現吧。一向如此的，往常他伸出手的同時，都會的。但從剛剛到現在，不管他如何拚命的伸出手，拉到筋骨疼痛，仍是沒有回應。往常該回握住的，那雙使他安心的雙手，消失了。叩，他碰撞到了什麼，某種超乎他高度的東西，他的額頭上緩緩的溫熱起來。好痛。我要媽媽。這個念頭穿透著到處都在搖晃的影像，他只好改換成緩緩的爬行，跌跌撞撞，迂迴的，蛇般地慢慢前進。用手摸，確定了空曠才繼續往前，前進。

有種海水的味道，濃烈而厚重，腥臊如同海水漂浮的泡沫氣味，還有水草爛爛的鹹味。這實在太奇怪了。爬行的膝蓋下冰冰冷冷的，雖然摸起來有種軟綿綿的觸感，可是還是好冰，好涼。眼睛酸澀的都不太能張開，他勉力的撐起，終於在遠遠的斜前方，有種亮亮的，黃黃閃的感覺。是星星嗎。他朝著星星而爬行，緩慢的，看著星星的方向。他就這樣的來到了星星的周圍，如同歡迎般，有種東西呀一聲敞開了。海水的氣味更重了。如同媽媽往常臉上的鹹味。媽媽是不是在這裡。他好高興。剛剛的陰霾一掃而空。

這裡的星星很暗，他看不清楚，但他認得，在略高處的地方，有雙手，正在上頭跟他晃動的招手，似乎在示意他前來。來了，我來了，他小聲的說。前去握住。還是如往常一樣的，冰涼的手。但奇怪的是，今天特別的冰，甚至有點像剛剛地板那種硬而涼的不舒服感。手並沒有回握他的，也沒有緊抓他向前，跟以前一樣被握得很緊很緊，而是鬆鬆的，略帶下垂的維持本來的姿態與手勢。他感到失落，可是他再靠近，靠近媽媽，有種濕濕冷冷的東西沿著手而過來。不應該是臉嗎，不應該是從臉過來的鹹味嗎。

他感到海水的氣味整個籠罩在他身上，還有金屬上那種厚重的鐵鏽味，跟往常的味道完全不同。他既感到困惑卻又害怕，換他緊緊的握住那隻手。然後他聽見水流漫出的聲音，四下擾動。他試著一手握住那手，一手慢慢摸索的站起來，在黃黃閃閃的星星中，他終於看見了，媽媽模模糊糊的臉，在水面下，頭髮晃悠悠的跟水草一樣，緩緩漂移。黃黃閃閃的星星最終變成了暗紅而無光的星球。長大以後在科博館中看到的隕石，也是這樣接近紅黑的鐵鏽色。夢是不是要醒了。

當他大一點，更大些，他終於明白，那些暗夜裡，痛苦小女孩的呻吟聲，是怎麼回事，還有那種殘存的被擁抱，被拉近的感覺代表了什麼。他曾輕輕轉動門把，打開細小的一條門縫偷看。他知道這件事並不被允許，是禁忌。然而他就是忍不住的想要去看。即便他看了，父親應該也不在乎，因為就在他更幼小的時候，父親也是如此肆無忌憚。他總是喝的醉醺醺，在很深的夜裡，才回到家來，帶回了各式各樣的陌生女人。光太暗，他看不清也記不住她們的臉孔，甚至連年齡都無法分辨，他畢竟也還小，不懂得怎麼回事。而媽媽就在他旁邊，父親卻習慣性的，將女人帶回來，在他們華美的床上，這樣做了起來。

當著媽媽與自己，就在旁邊，也毫不在乎，那些陌生的「女聲」，呻吟著浪叫，叫出如同小女孩般的痛苦聲。他往往還以為是誰，在哭泣呢，可能是同他一樣大小，隔壁的姊姊妹妹那樣。後院竹管的敲打聲，一聲接一聲，伴隨著滴滴答答的流水。父親與陌生女人歡愛的體液透露出了腥臊的海水氣息，他總於惡夢中，伸出手來。一旁忍著羞辱與暗自哭泣的母親，不敢違背父親，干擾他。所以將他小小而摸索的手掌握住，握得很緊很緊，然後慢慢的拉向前，蜷成一團，將他的頭重重按壓在她心如刀割的胸上，好像這樣，她就不會那麼的難過，讓孩子聽著她怦怦的心跳，然後漸漸沒了聲音。

可是她還在哭，一直哭，只是也不發出聲音來，壓抑的流著淚，淚水流到孩子的臉龐上，她也不知道。最終，男人也不回家來了，即便面對陌生女人，也只想著那在外頭過夜就好，男人也玩膩了什麼把戲，什麼也沒想，隨意的，便睡在外頭，不再回家。他一直很難以瞭解母親的心情，如此，她不是更應該鬆了一口氣嗎，少了壓迫她、羞辱她的對象，日子生活不是會比較好。然而，他在猜想，如果父親照常的帶個女人回來，在同樣的那張床上辦事，縮在一角的母親會不會活得更久，至少她知道她面對的是什麼。

然而不再回家的男人，整張床上空蕩蕩的，只剩下她自己與年幼的孩子。像他惡夢連連時，伸出手握住的虛空一樣，她已經沒有什麼理由需要存活，因為她要對抗的是這個宇宙的虛無與空。虛無與空難以抵抗。所以她將自己浸泡在浴缸內，割腕，讓自己的鮮血呼應後院涓涓的滴答聲。從黑夜到天亮，用浴室殘存的昏黃燈光，與世界永久的對抗下去，完全沒有辦法去注意，甚至回應，前來尋索母親的年幼孩子。

後來的事情非常模糊，如空白的光、一閃而逝的暗夜車燈強光，中間存在的僅是空白與斑駁不實的記憶，偶爾想到的，也只有母親那張浸泡在水面，模糊不清的臉。而父親則在遠遠的之後，成為永久的缺席者。反正他一直是如此。那夜他轉動門把，開啟細小的門縫，偷偷地覷看，從頭至尾，一絲不漏，像在觀摩最後的儀典。他那雙年幼的眼睛。在暗夜中，看起來如同豹的紋，尖而長，他在外頭等了許久，非常之久，久候的時間宛若可繞行全世界。半夜的寒氣從那華美毯子下的地板滲透而上，沁入他忍不住自然弓起的，腳底板心，可是他一點也沒有察覺，他絲毫不在意，只專注的在意房門內的一舉一動。最終華美大床上的兩人筋疲力竭，停止了動作。一定是過於疲憊的緣故，兩人紛紛癱軟在床，化作市場上陳列的死魚，一動也不動。

他又耐心的等待一陣子，確定毫無動靜之後，才緩緩走進，慢慢的將門縫加大，最終敞開。踩踏而入的步伐，伴隨底下陣陣冰涼。酒氣瀰漫，還有別的些什麼，他努力不被那些味道分心。於是他走進去，確認了昏迷不醒的兩人，藥效發作了。他朝自己點點頭，在黑夜中，偷偷摸摸，將兩人置放於運行的拖車上，上面隨意覆蓋著他們專屬的衣物。拖行的瞬間，下頭的輪子傳來嘎吱的寂寞聲響，但上頭的兩人毫無所覺，如漸凍的化石般，輕輕的在暗夜裡被推移著。推移到轎車的後座之內。他還沒有資格擁有駕照，但早已熟練的練習許久，他在暗夜裡發動車子，引擎毫無困難的運轉起來，承載著他、他父親，與不知名的陌生女子。往黑夜的方向駛去。

行駛途中，他藉由視鏡的角度，與昏暗的車內燈光，不經意的看了後座的右方，陌生女子的臉顯得如此年輕，熟睡的臉龐更帶點天真，差不多與他年齡一般，還只是個少女的樣子。接著他便沒再往後看，專心開車。他來到某個不知名的海岸，立即而迅速的，將酒醉又昏沉的父親移上駕駛座，調整好姿勢，而陌生的少女則抱至副駕駛座，那一瞬間，他感覺到下身熱騰騰的有什麼撐漲起來。可是他知道這個不行，因為或許會留下證據，或者另有意外出現，他並不想要冒這樣的風險。他忍住衝動，將車門緊閉，然後從駕駛座的車窗外，緩緩啟動車子，往海水的方向過去。背對著離開時，他只聽見自己腳步的沙沙作響與陣陣浪潮拍打岩石的聲音，風浪漸大，蓋過了淺淺的氣泡與咕嚕咕嚕聲。回到家來，竹管照常敲打的咚咚作響，他緩緩走過去，面無表情，用剛剛發動車子的那隻手，將竹管拔起來，狠狠的就往地面敲碎，敲個粉碎。濛濛亮的天光裡，淨是散落一地的竹管粉屑與碎片。

於是日子一天天過，如重複機械的操作，沒有什麼特別。酒醉父親與軟弱母親留下的財產，夠他不愁吃穿。他沒夢想，沒嗜好，也沒朋友。只是日常無聊時，看看A片，自慰，聽聽女優的浪叫聲，這樣彷彿就恢復以往，父母雙親都在身旁的情狀，證明他並不僅是一個人。不過如今他應該也不需要他們了。偶爾實在過於無聊，他便掛在網路上，進入聊天室，隨意的與人搭訕，或，讓人搭訕，總是後者居多。他沒什麼特殊用意，他認為自己不是寂寞，也不是對無法見面的陌生人有什麼好感或想像，更別說去建立什麼樣的關係。連父母都遺棄的他，並沒有什麼強烈的慾望去建立什麼樣的關係，就是四處走走看看。掛在聊天室上，等人上門，打發時間。他更不怕陌生的那些人會有什麼樣的危險，因為，對別人而言，他才是真正危險的存在。他非常清楚這一點。

有個自稱是小麥的少年，常常丟他，他從話語對談中研判出對方是個懦弱而沒主見的傢伙，出來見過幾次面，果然，長的中等，但就有種唯唯諾諾的猥瑣感。不過這種將他的話與行為奉為至上的態度，讓他有一絲的滿足感。他沒有特別高興，只是覺得，既不需要使喚、命令、威嚇或餵養等麻煩手段，這人就會像隻不需飼養卻又忠心耿耿的小狼犬般，繞著他打圈，聽從於他。他並不排斥，如此而已。而在半年前，某天，他上線，上線的暱稱顯示了一如往常的帳號：狐狸。然後一邊打著遊戲。無聊的打發漫漫時光。橘色的燈號閃了閃，正巧他才忙於戰鬥與砍殺敵人，根本無暇理會。但過了一陣子，對方又連續丟了幾次，不放棄似的不停追擊，咚咚咚的對話聲不停丟向他，弄得他無法專心。終於，「誰啊？」他顯得很不耐煩，暫停遊戲，切換螢幕，看看是誰。螢幕顯現了筱芃這個名稱。像是真名。

「嗨，你好。」對方說。

「嗨妳好，妳叫筱芃？」他試探著問。

「對的，初次見面。」網路上應該使用化名的常識也不懂，直接回答問題的反應讓他直覺對方是不是個笨蛋就是天真到無可救藥。他對這種人沒有興趣，只想隨意的打發過去，於是他打出了，「不，我們還沒見過面。」的冷淡回應。他已經準備好切換回遊戲了。對方卻又持續下去。

「你的興趣是什麼呢？」

「平常就打電動，週末跟朋友出去玩，露營之類的。」他隨口胡謅。

「哇！那真是太酷了，我週末都不能出去。」

「為什麼，週末耶。」

「都怪我爸媽啦，安排一堆才藝學習給我，我根本都沒有時間出去阿。」

「這樣啊，好可憐，我最討厭爸媽硬逼小孩學東西了，像我爸媽就不會。」

他其實真正想說的是，我爸媽根本就不能逼我作什麼，他們早死了。他心裡略略升起了一種嫉妒感，可是他沒察覺，也沒把話說出來。網路是虛擬的，不需要說真話，先看情勢再說。「真好，真羨慕你。我感覺我每分每秒都被控制住了，都快不能呼吸了，好恐怖。」那個叫做筱芃的人，開始一股腦兒的就把自己的煩惱與家裡的情況，都跟他說的清清楚楚，他甚至連問也沒問，對方就都全盤托出了。果然……他心裡有種印證自己想法的感覺，還是個小孩子，而且應該是被爸媽保護得很好的溫室花朵，天真單純到有點愚蠢的女孩。他沒有打斷對方的話語，就讓她這樣一直不停滔滔不絕的講下去，對於筱芃而言，她只是在宣洩一些壓力，但這個動作，使得狐狸從這些對話，（主要是筱芃在講的訊息記錄），得到很多資訊。他並沒有馬上就肯定這一切都是真實的，但他開始有點興趣了。他想到之前車後座那張陌生女子的年輕臉龐，想到那次刻意壓抑下來的衝動。他假意關心的說：「別這麼灰心，或許，我可以幫妳想想辦法。」

「真的，有什麼辦法嗎？」

「暫時沒有，」他想要觀察一陣子，準備齊全，如果對方確實如對話顯現的這樣，那麼，就會是個合適的對象。但他對她的叨叨不休感到相當厭煩，於是他說：「妳要覺得煩，就留言給我，我會看，上線時回。」其實，他已經將畫面切換回遊戲的打鬥畫面了，螢幕上，被砍下敵營士兵的頭，正在城堡外的草坪上，滾來滾去。女孩筱芃每天都會跟他報告一堆鎖事，囉囉嗦嗦的實在是煩死人了，可是他也因此更加掌握對方的資訊。

有好幾次，他只要看見筱芃也在線上，他便不想顯示在線，因為實在太煩人了。他不禁開始同情起她的父母，做東做西有這麼好的生活，還被嫌得要死，難怪不願意聽她說話了。不過一切都照著計畫在進行，他很耐心，也謹慎。他幾乎就可以確認這是個合適的對象了。筱芃似乎完全放下了戒心，丟給他的對話時間，已經從一小時，增加到三四小時，有時候甚至到半夜三點，不過主要都是她在說。她完全不知道，他只是間隔一陣子上去晃晃，簡略回話而已，反將此誤解為耐心聽她訴說的極佳表現。而他現在的進度也只要在她天真而單純的心靈，埋下反抗父母的種子就好。所以他總有意無意的，聽起來是站在對方的立場著想，然而實際上卻是引發並擴大女孩對父母的不滿，間接的加強對他的依賴感。這就夠了。沒想到，女孩對他信任度升高後，竟希望他能把照片寄給她看。「真以為我要跟妳交朋友？」他冷笑一聲，不想理會，說他本人比較好看，當面見才有真實感就打發了她。他不會傻到留下直接的證據。

「真實感？那我們每天花四五個小時時間的聊天，都沒有真實感啊？」

「那不一樣，總之妳出來，就見得到了，如果妳真的那麼想見的話」。他說。不過對方遲遲沒有答應，想必是還在猶豫，一者筱芃的時間太滿，二者她還不敢違背爸媽的意思，她畢竟還是受人呵護、被諄諄告誡長大的人。沒那麼快。

但，這樣的話，妳真不應該選擇聊天室這個地方的。

他想了想，輕輕的在鍵盤打出：「下禮拜我們要去一個特別的小木屋探險，妳要不要來。」平常的邀約對她這種受父母告誡長大的，應該比較能減輕她內心的罪惡感與放鬆戒心。

「我週一到週五都要上課，週末還要上才藝學習，哪有時間出去呢？」

狐狸實在覺得有點煩了，真想直接透過藍白色的螢幕，伸出手，像撈死魚一樣的把對方拉進來，啪嗤一聲的丟在地上，然後抽出刀，好省去一堆功夫。

「這樣好了，我有個辦法，妳不如就跟老師請病假，然後不要馬上回家，跟我們溜出來，一起去山上的木屋活動。」
「真的啊，那太好了，我想去！」
「那就來。」
「好。」
真難搞又煩人，下次還是選簡單一點的對象好了。下線時他想。後來問她何時去接她時，竟然結結巴巴，往常劈哩啪啦一堆不知收斂的女孩，吞吞吐吐。「怎麼，妳有事啊？」停了一下，他大概也猜到是怎麼一回事。「還是妳爸媽不准。」
「下次有機會……」螢幕傳來的訊息是這樣。「如果妳爸媽同意的話。」他冷冷的想。但他對自己的觀察很有把握，他自信他現在的重要性，應該比她的爸媽多一些，她只是不習慣，她還缺少了一點勇氣。他決定要用點小伎倆。
「到底是什麼時候？不是說想見我，答應的事又反悔，沒誠意跟我作朋友？那以後都不要聊了。」他稍稍加重了一點語氣。
「我要上課啊。」還要找藉口。
「就算不用到學校上課，也要去上才藝補習，那根本不會有時間，就算有時間，妳爸媽也不會讓妳出來，對吧?!」他一語中的。
「……」
「妳真可憐，是被爸媽關在籠子裡的小寵物。晚安了，小寵物，以後不要再聊了，我不想跟只會活在爸媽底下的小寵物交朋友。」

他以很快的速度下線了，留下了筱芃一個顯示為線上的橘紅色亮標。

「喂，等等啊，你聽我說……」

很快的，妳就會改變心意了，讓妳自己離開妳父母，這樣做就夠了。狐狸又開始玩起了他的線上遊戲。這比跟小女孩囉囉嗦嗦有趣的多。他覺得。

好幾天都沒在固定時間顯示上線的他，慢慢等待成果的展現。某天早上，在他破關時正感覺一陣爽快，不知不覺，才發現外頭早已天亮，八九點了。疲憊感在這瞬間才突然全數湧上，顯露出來，剛想要去睡，關上電腦前，有個不應該在這時間點出現的帳號登入了。

「狐狸，你在嗎？先不要走好嗎？」

是那個煩人的小女孩，他不太想理她，只想睡覺。可是正如往常，所有的話語都是一股腦兒的丟過來，完全不在意他是否願意接受。

「狐狸還在生我的氣嗎？告訴你，我今天作了一件很了不起的事。」

「什麼事？」妳能有什麼事，應該是成功了吧，他推測。

「耶，你真的在耶。」

「是，那又怎樣。」

「那幹嘛顯示為離線？這樣我不知道你在線上，就不能跟你聊天了耶。」

「我不喜歡和老是依賴父母的小寵物聊天，不行嗎？」他的語氣顯得很冷淡。「有事快說。」

「不要這樣嘛，早上我跟爸爸吵架了呢，因為我要捍衛自己自由的權力，你看，我真的不是爸媽養的小寵物，是個獨立的人。」

「喔，不錯嘛。」他突然精神一振，果然一切都在他的預料之中。他想，應該要稱讚她呢，還是馬上叫她出來，趁這個機會，可是也許他還沉浸在破關的喜悅裡，或因為整夜沒睡有點累，一時間思緒有點混亂，他舉棋不定，無法當下判斷。最後他只好說：「妳現在在哪裡？」

「我在某某網咖。」

「既然妳都不是依賴父母的小寵物了，就跟我們出去。跟我，還有我的朋友。」

「好啊好啊好啊！！！！！！！」

「我去接妳，在那裡等。掰。」把握時間，她這種被寵壞的小孩最容易三心二意了，父母可能隨時也會過來，要在他們之前才行。終於上鉤了。他並沒有鬆一口氣的感覺。而是振奮的，覺得一切都才剛要開始，摩拳擦掌，讓他躍躍欲試。剛剛的疲累感忽然一掃而空。他開車出門，雖然他還沒有駕照，可是他將自己打扮得很成熟的樣子，盡量不要引人注目就好，就算被抓到，頂多也是罰錢了事，他並不害怕。現在他所開的車，是另一輛。前一部早伴隨父親與陌生女子的臉，沉沒在深浪裡頭，所以他沒得選擇。灰黑色的車，由他駕駛，緩緩的開著。副駕駛座上還坐著小麥，他對小麥沒有特別的想法，只覺得一個人去作這件事，會顯得無聊而已。反正他一叫，小麥二話不說，翹了課就跟了出來，還按照他的意思，約了另外一名少女，偽裝得真要去計畫好的出遊一樣。他開車時，藉由視鏡的角度，發現小麥帶來的少女實在其貌不揚，豐滿肥美的臉，小小的眼睛，真是醜死了。不過也是一副傻呼呼的樣子，這個年齡層沒有智慧高等一點的生物嗎？他不屑地想。

他來到了筱芃說的那個網咖，遠遠的就看見一個穿著打扮及樣貌都非常漂亮的小女生，大約十三四歲，非常迷人可愛，他忍不住承認當下他被她吸引住了。他把車窗搖下來，還沒說話，對方就興奮的將手搭在車窗上，高興的說：「狐狸，你是狐狸對不對！我是筱芃。」剛剛的好感雖然還沒消失，可是筱芃她那天真到無知的態度，讓他覺得很不舒服，而且她全身上下充滿一種受人呵護的愛憐，父母全心的關愛關注，讓她充滿光亮。他心中有種酸澀且厭憎的感覺直升上來，他只得尷尬的笑笑，沒有說話，點點頭，示意她上車。她上車後，整個車內的氣氛便顯得熱鬧不已。確實如此，這個女孩如他想像中，毫無心機，天真的過傻，一點也不怕生，主動的對其他人攀談起來。

「你好，我叫筱芃。」

「妳好，我叫其邁，叫我小麥就可以了。」小麥說，還是一貫唯唯諾諾的臉。

「你好，我是燕子。」那個醜到爆的女生說，肥圓的臉一點也不適合她名字。

「我們先到前面的超市去買點吃的吧，我請客！」

「好耶！」車內傳來了一陣歡呼聲。

其他人都沒有什麼意見，直接聽從狐狸的提議，去了7-11，挑了許許多多的零食與麵包，熱騰騰的茶葉蛋與關東煮等等，但其實他趁他們在便利商店裡面大肆採購時，再次確認清點後頭車廂內的器物，是否準備周全，有無缺漏。回到車上，充滿食物香氣的車內一派歡樂，真要去郊遊一樣，車內的每個人都在笑，但內心卻在想著不一樣的事。

「我們等等要去哪玩呢？」筱芃問。

「到了妳就知道。」

「先講嘛先講嘛～」大家起鬨道。

可是他只是隨意的由嘴角泛起一股微笑，並沒有多說什麼。筱芃將問題轉向了副駕駛座上的小麥，小麥只是聳聳肩：「就都聽狐狸的意思吧，他去哪，我們就去哪。」打鬧了一會，大家也就不互相說話了，後頭的女孩們，漸漸的沉入夢鄉。露出稚氣而天真，孩子般的熟睡臉龐。

雖然興奮，但他知道接下來有更重要的事，於是他叫小麥先駕車，他需要休息一下，慢慢的，慢慢的，他在往山上的彎道上睡著了。可是在夢境裡的他還在開著車，他夢見了那個時候的車內燈光，那時的燈光如在眼前般的清晰可辨，昏黃的，暗暗的，什麼也看不清。而車上後頭載著他父親與那年輕樣貌的女子，他們僅是淺淺的被披上衣，赤裸裸，昏迷不醒，藥物的劑量可能放太多了。隨著他的駕駛，緩緩移向海岸的死亡之路。浪濤聲、腳步摩擦的碎石聲，還有淺淺的氣泡聲，都在他夢裡緩緩浮起。當他睜眼的瞬間，已經快到了。

天色還是很亮，他將眾人叫醒。

前方是座小木屋，附近雜草叢生，顯得很荒涼，好像很久沒有人住，筱芃臉上難掩失望，但他一點也不在乎，現在主控權都在他手上，其他人沒有置喙的餘地。另一個醜女倒是沒什麼意見。小麥卻緊張的縮起了背，他走過去，拍了拍，小麥不由自主的發了抖，然後呼吸。他面無表情的說：「走吧，妳們先進去。我跟小麥把後頭的酒拿出來。」

「原來還有藏酒阿，那應該比較有意思了。」小女孩很高興。

她們便一同拿了鑰匙與食物先進了屋子。

而他跟小麥，打開後車廂，拿出的，正是預先藏好，包裹在黑色塑膠袋裡，冰冷的鋁棒與童軍繩等準備用品。接觸到鋁棒的同時，他只想到家中那早已粉碎的傾斜竹管，但鋁棒那種涼涼的溫度，以及拿起來沉甸甸的手感，跟竹管一點也不一樣。小麥直發著抖，他冷冷的瞪視他，聽到屋內的說話聲，似乎在爭吵，他好整以暇地走過去，小麥跟在後頭，像條垂頭喪氣的流浪狗。才一腳踏進，便聽見筱芃以驕傲大小姐態度說：「管他的，我只想要離開這裡。妳不要，妳就留著吧。」

本來想要再玩點花樣的，看來不行了，他一棍棒的就朝兩女的後腦杓打去，悶哼兩聲，她們橫躺在髒污久未清理的房子地板上，像兩個大大的人形布偶。醜女留給小麥處置，而他，當然是埋伏許久，忍受連珠砲轟炸的天真美少女，筱芃。他將她搬至內房內的一個大床上，四周暗暗的都沒有光，想必已經接近黃昏，他看不太清楚她的臉，但還是覺得她非常美麗，漂亮。他下半身又不由自主的充漲起來，他剝下她看起來價值與質料不斐的衣服，衣服掉在地面上，發出了窸窣的摩擦聲。她真的好美，好可愛，他突然一時間忘記她清醒時聒噪外放的個性，仔細的藉由黯淡的光線，端詳起少女的裸體。

他用手摸著她的胸部，輕輕的擠壓揉捏，女孩仍是沒有清醒過來，這樣的肌膚感覺非常光滑，他慢慢舔著，學A片教導的那樣，在乳頭四周舔去，用手撫摸全身。然後，他將他的放進她的裡面，試著一陣一陣的抽動，就像小時候從門縫那裡偷看父親的樣子，他終於在想像與自慰之外，接觸了某種真實的觸感，真實的東西。不僅是A片，不僅是春夢，不是充氣娃娃，而是真實活生生的，青春女孩肉體，並且，當下是這樣的任他擺佈，他覺得很有成就感，為此而感到更加興奮，他加快了速度。好緊，還有種熱熱的東西流出來。

他開始想到了父親床上那些呻吟的「女聲」們，她們如小女孩般的痛苦叫喊與浪叫，以及最後沉睡於海底前的安靜臉龐。但底下本該不動的青春肉體忽然一陣反應，伸出了雙手抵在他的胸膛。似是清醒過來，想要反抗，可是他卻因為女孩雙手觸摸到他敏感的肌膚而更顯興奮，他再快速的抽動著。底下的女孩不停的掙扎轉頭，四下晃動，故而她的臉從上看來，模模糊糊的，看也看不清，不知道是什麼表情。但是女孩持續的反抗，手腳並用的掙扎著，使他無法順利，不時的滑出，被中斷的感覺非常糟。「好痛好痛！」她大叫。

「叫什麼？」他冷冷的說，我可不是妳父母，別以為這招有用。他不理會她，將喘氣呼在她臉上，可是接著女孩哭了起來，「我想回家……」女孩越加奮力的抵抗，突然他的臉上火辣辣的，似乎被狠狠的抓過，抓過的痕跡顯現了熱燙的觸感，也許之後還會有手抓的血痕。他剎時停下動作，死死的盯著昏暗下，她年輕而美麗的臉。父親身軀下的女人臉、水中泡爛，他怎樣也想不起輪廓的母親臉龐，那些臉重重疊疊，與現在這個女孩的臉，相互映照。他突然覺得非常憤怒，為什麼妳擁有這麼好的父母，我卻是……都是那些賤女人……那些在他們專屬床上呻吟卻假作是小女孩痛苦的聲音，他還曾為這聲音而伸出雙手，想要幫助她們，而她們……。想到這裡，狐狸對著她的臉就是一陣猛打，一個巴掌，兩個巴掌……幾個巴掌，痛到筱芃根本沒有辦法思考到底有幾個巴掌了，然後他抓住了她還在不停滲血流下的兩隻腳，開始在地板上拖行，使得她的頭磕磕碰碰，發出很多聲響。像尾為了王子而變身成人的美人魚，裂開魚尾成就雙腳，然後不停的滲出血來。

四周昏暗，他將昏迷的女孩拖行至浴室，拿出預備的刀，往她的喉嚨與手腕處割去，四周濺起了水聲，嘩啦拉的血水聲，噴濺他滿身。彷彿藉此重回幼時母親的最後場景，滴答滴答不停的水聲，濃厚的海水腥臊味、岩石上的鐵鏽氣息，濃濃的充滿整個空間。時間靜止了，漂浮在這一瞬間。可憐的女孩，再也露不出天真美麗的笑容，眼神渙散的看向骯髒的天花板。模糊中，只聽見家中Hello Kitty催促的貪睡鈴響，可她卻沒有任何力氣去按掉它。夢是不是要醒了。四周開始隨著她眼球的失焦而晃動起來，充滿藍白色的炫光，家中那襲唯美的粉紅蚊帳不知何時輕輕的覆蓋在她臉上，宛如新娘的美麗面紗，而她的新郎名喚死亡。可憐的少女軀塊，最後失去所有血液，風乾的眼淚殘存在她稚嫩的臉龐上，沒有被清洗乾淨就被棄置在一個僻靜小巷裡的紙箱堆中，不得安眠的惡臭著，無人聞問。一旁層層疊疊的紙箱，像過期的裝飾，散落一地。

那天，他走進捷運站的洗手間，望著在馬桶漩渦下，遲遲不加移動的尖長刀鋒，一面慶幸之前作案用的細繩早已被丟棄在無名的山溝裡頭，否則如今就不會僅是沉重的刀，而是厚重擠挨在馬桶裡的童軍繩，他可以想見最終就算被沖下，也將堵塞水管，讓水流發出咕嚕咕嚕、吞吞吐吐的淤塞聲響。為什麼沒有把刀丟棄，他從沒想過這個問題，只是本能性的，將這可隨身攜帶的尖細收納刀片，形影不離的放在身邊。也許是內在的依戀，或是認定還有作案的可能，他就還是保存著，即便他是如此謹慎的人，可是一直沒有辦法下定決心去丟棄它。但如今情況不同，他有預感，後頭的人即將展開行動。屆時他身上的刀鋒必定會成為定罪的證據。於是他想將刀鋒丟棄，試著以水流要沖走它。可是水流太小，刀鋒竟然就這樣平平穩穩的躺在那裡。他不得不從工具間拿來了水桶，注滿水。沖下。

就當一切都大功告成的時候，他在廁所的水箱上，發現了一個方方正正的盒子，外表漆黑，看不出內容物，外頭貼著紙條。他只略略的看了看，不禁失笑。「炸彈，危險，請勿開啟。」另一行是什麼他沒多注意，只覺得放這東西的人荒謬又可笑。紙的背面是堆密密麻麻他看不懂的資料，一見即知是那種列印失敗被回收的紙張。看來這人很窮，不然就是很節儉；而明明放置炸彈了，還說明「危險，請勿開啟」。他直覺這是一個膽小的笨蛋。他聽說過最近鬧得沸沸揚揚的炸彈客新聞，但據傳前幾次的引爆，根本沒有什麼巨大的殺傷力。電視轉播上，武裝厚重齊全的引爆小組，最終結果是拆開後，如鴛鴦砲的微薄煙火效果，閃爍一下就消滅了，根本傷不了人。其次，沒什麼人敢用死來威脅他，他是不受這樣的恐嚇，他也不害怕，正要隨意丟棄，可是後頭卻傳來了冷酷的聲音，「不要動，把東西放下，手舉高！」他怎麼會沒有聽到他們的腳步聲響，太不可思議了。他這時才終於與這些人正對著面。

可是他不在乎，即便被槍指著，也是。看他們緊張的神情，不敢太過靠近的保持距離，更令他覺得好笑。讓你們知道這不過是個沒用的煙霧彈，這個想法竄過腦海時，他內心充滿了惡作劇的幼稚心態。自信滿滿這一切並不會有任何傷害，彷彿就只會跳出個吐舌的小丑般。他戲謔的笑笑，沒多想便輕輕的打開黑色的盒蓋。他眼見著那回收再利用的紙面隨之輕飄飄的飛揚起來。但出乎他意料之外的，竟是一陣巨大的爆炸聲響。一時間轟隆隆的，他什麼也聽不見。睜眼時，已軟綿綿的臥躺在地，動彈不得。接連細碎的腳步聲，談話聲，命令聲，全數混雜在一起，他聽都聽不清楚。腦袋裡也是一片空白。什麼也沒能想。

他沒想到會有機會再見到她，並且是在這種情況下。教室裡的歡愛、短暫一夜的激情溫存，似乎都已經遠遠的退到後面去了，稀稀薄薄的，如同不真實的記憶，或夢，他幾乎就要忘記。如同他對時間與歲月的感知一樣，時不時的推進、往後，或總是一如往常的，靜止在特殊的某一刻。從他受傷之後，記憶與時間的碎片，彷彿是那枚那讓他大吃一驚的炸彈般，變化成許許多多的紛雜碎塊，進入他的身體之中。他沒想到竟是這樣的。從來沒有出乎他掌控與意料之外的事情。那枚炸彈也許是個先例，更或許，在他遇上韶寒卻沒有馬上動手的瞬間，世界就已經跟他以往所經歷的不同。

現在仔細的回頭思索，他太過自信，也不該相信媒體的說法。根據之前的報導——電視上那些頭頭是道的專家門研判，那些貼有愚蠢紙條的炸彈，不過是種惡作劇，或反社會人士的訴求宣傳，換句話說，只是帶有目的性要求卻無意傷人的一種手段，紙老虎，裝模作樣而已。不過這次的威力，讓他第一次嘗到失算的滋味。雖然他覺得，後來他也不過臉部、身體大面積的灼傷，跟他認知中「真正炸彈」的威力，如果是由他所製作的話——輕則單人面目模糊、手殘腳斷，重則全棟建築物崩毀，裡頭走動的人群全數死亡也不無可能。他自然是偏向後者。只不過一直對毀滅全世界沒什麼興趣而已。事實上，他的全世界根本就沒有什麼好毀滅的了。現在想想，他不知他是否該為此而替自己感到慶幸。不，答案是否定的。事實上，他根本一點感覺也沒有。正如他對這世界一切事物的所有看法，沒有感覺，冷淡。虛無。

不過，在某個層面上而言，老實說，當他在某不知名醫院病床上醒來的時候，他剎時不得不承認，睜眼的瞬間，竟有新生兒被置放於保溫箱裡的初生感覺，世界充滿亮麗的色彩。然而他很快的便辨認出了現實：緊閉的門窗，只有窗是透明的，但他卻藉此看出，透明的窗外有巡邏員警正在四下走動。他本想偷偷的起身，然而，他卻發現身上充滿插管與層層裹裹的紗布包紮。能夠移動的只有他淺淺的目光。他使力的瞥向右上方，黃色的藥物點滴，正滴喇滴喇的，發出聲響，宛若時鐘的倒數計時。四下沒有其他人，於是空間雖然狹窄，但卻顯得空曠。他才開始想起了一切，緩慢地去拼湊慢動作格放的所有畫面，以及他身在此處的緣由。

他不曾期待會有誰來探視他，因為在這個世界裡他並沒有誰。可是偶爾靈光乍現，他會看見韶寒緊追在後頭，被箝制住、跌倒，淚眼模糊的臉在他眼前晃動。但也不過是那麼一瞬間，他可以眼也不眨，關燈似地喀噔一拉，燈暗，然後很快地就抽離這樣的情境。比較在意的是，晚上入眠時，總會有團巨大的虛空，虛空沉沉的重壓住他的呼吸，間雜幾個不切實際的夢境，或記憶，讓他喘不過氣來。偶爾聽見開門與人走動而入的聲響，都是些貌似看護與警備人員的模樣，他對他們毫無興趣。只是任憑他們翻身換紗布，清洗傷口、問問題等，表情卻是一貫的冷漠淡然。對警察的訊問亦是。並且，他們第一個問題竟然問他為何要放置炸彈？並故意使用與自己身分不符合的訴求。聽到這樣的問話，如果當時他的傷勢許可，應該會不耐煩的翻翻白眼，嘴角抽動的冷笑幾聲，或放聲大笑。但臉部拉扯的撕裂感迫使他停下動作，只殘存眼光裡充滿鄙夷的笑意。真不瞭解他，他不會使用威力小的炸彈，而是會如美國九一一的那種——如果他真有興趣去付諸實行的話。這麼說來，之前的那件事，還沒被發現。他眼光裡的笑意更濃厚了。

這段時間，確實沒人來看過他，韶寒也是，但他並不怎麼在意。

不知過了多久，日子重複一般的過，如一頁頁被抽起的日曆，長相相同。反正時光對他而言，本就毫無意義。以前的行走與如今的癱平，皆是。直到他略微可以行動，彎起身，檢視屬於自己的身體軀塊，才剛想抓住些什麼，卻發現，他攤不開手掌心。更精確的來說，半手肘以下，是空蕩蕩的虛無，那裡什麼也沒有。他的肩膀活似長了兩根粗大的白蘿蔔，其他什麼也沒有。後來，他淡淡問起，才得到了炸彈毀傷了手掌部分，神經全都壞死，不截肢會有生命危險的答案。他輕輕的聳起活動困難的肩，想到的是，那麼以後就不能打線上遊戲，也不能再用那把他習以為常的刀，切入那些擁有稚嫩臉龐少女們的喉嚨與手腕……

唉……他難得的嘆了口氣。不過，那也就這樣吧。沒什麼值得惋惜的。

至少一切還沒被發現。

可是當他正這麼暗自慶幸，警方卻開始訊問他有關於筱芃的事情，聽到這名字，他瞬時還愣了一愣，他根本就記不起那個女孩的名字了，也從沒放在心上。當警方一步步逼問。關於網咖上最後通聯的紀錄，關於他試圖並認定早已於捷運廁所沖去，如今卻被透明封袋包住，擺放在他面前的尖銳刀鋒；上頭血跡反應與ＤＮＡ比對無誤的厚厚資料。關於幾張充滿腐朽顏面，擺置在參差不齊紙箱堆中，後頭蔓延一片潮濕青苔的僻靜小巷照片。他的記憶才如拼圖般，一塊塊地被還原，浮現出原本的面貌，他才想起了關於那個夏季的午後、山上的小木屋。於是，他沒再說些什麼，只是示意似的點了點頭。然後默然不動。看著警方就在他面前，記錄的沙沙作響，筆電更傳來一聲聲鏗鏘的打字聲。當他傷勢較為好轉過後，便從此一保溫箱般的密閉空間，直接移轉到監獄去。離開時他猛一回頭，才發現，那層玻璃，看似透明，實則只能由內向外，而無法由外向內窺視。可是當他順著門呀然開啟的細縫內看去，不經意地望見天花板上設置的黑色小型機械物體。那東西過於微小，甚至可說是不起眼的外觀，他卻立即直覺性的明白，那是台監視攝影機，而他，在這密閉空間裡，一直被什麼人所看著。一舉一動。

一成不變的日子。直到那天警衛告知他，將有人來探望，他也沒什麼期待。

只是，他沒想到，來的人，是韶寒。在那層透明厚重的隔音玻璃對上的，正是韶寒美麗如同少女的年輕臉龐。可是如今這臉龐顯得憔悴而疲憊，似乎不知在何時增進了年歲。這稍稍減滅了他對她臉龐的厭惡之心，與本能握緊拳頭的衝動……即便後者這點對他現在已經是做不到的事。透過那層微妙的厚重玻璃，隔著音，縱然表情動作如常，卻恍若是隔著薄霧的默劇，啞然地顯現四周怪異的靜謐。

那頭的韶寒先是顯得驚訝，接著則是潸潸的流下淚來，靜默不語。望見那頭觸摸不到的韶寒臉龐，兩人間的距離顯得既近又遠。不可思議的，在這斷裂的時間切片中，他竟感受到韶寒那雙溫暖的手，如同魔術般，透明且輕薄的輕輕穿透過來，雖然仍是嘿無聲息，周遭也充滿注視的眼光。但他真切的感覺到，韶寒正用那雙手穿透，然後溫柔的撫摸他還殘留些包紮的灼傷顏面，像在安慰一個孩子那樣，緩慢優雅。剎時他感覺到彼此間的距離非常靠近，甚至可以聽到彼此的心跳節奏，他浸淫在從那雙手流動過來的體溫當中，享受似的，甚至就要半瞇起了眼，回到那曾擁抱過的虛無異世界去。

然而話筒嘟的一聲打破這所有想像與靜寂。世界又分開了，恢復兩個不相交集，裂解的空間。那雙透明的雙手不知何時已縮回了韶寒身上，兩手緊握住，交叉壓制著放在她的膝頭之上。念平倏然睜開了本要閉上的眼睛。

沒有手的念平，全憑警衛替他拿著話筒，他只能動也不動，聽取不平衡角度裡，話筒那端的說話聲響。韶寒的聲音因此顯得忽大忽小，極為不真實。

「念平，還好嗎？終於能看到你，傷口痛不痛？」

「嗯。還好。」他不知道該怎麼回應這種他所不熟悉的熱烈關切。他不需要。

「你的手……」從剛剛她的眼光便一直離不開那處，卻又屢屢試圖轉移。

「沒了。」他簡短的說。

「沒關係，至少命保住了。」女子安慰似的繼續說道，「這段日子你一定吃了很多苦，我很擔心你，焦慮的都睡不著，到處去找你，可是都沒有你的消息，不知道你在哪？警察跟媒體都問不出什麼，每次只會跟我說『無可奉告』不然就是『沒有聽說』。前陣子才得到你因為謀殺被定罪，我才能到這裡找你。」

「……」念平沒有說話，眼神空洞的望著韶寒臉龐的方向，彷彿就要穿透過去。

「你真的因為謀殺被定罪嗎？」

「是。」

「當初警察也還以為我們是炸彈客呢，」女子難得的露出笑容，笑了笑，彷彿覺得一切都很不可思議，如同一個輕鬆的玩笑話。「結果現在聽說真正的犯人已經抓到了。他們這次一定又搞錯了，雖然你已經被定罪，但相信你是無辜的，我會幫你請辯護律師，不用擔心，你很快就可以出來了，其他的事再說。」女子說到話尾，眼神仍忍不住瞄向他的手臂，一字一句輕聲的說，彷彿要敞開胸懷寬大的安慰他。彌補這陣子她缺席的所有空白。

「不需要。我都承認了。」

「什麼？」女子表現出不解的神情，「念平，不要害怕，如果是故意冤枉你或刑求，我會替你處理。你真的……」似乎是受不了這種囉囉嗦嗦，他不耐煩的打斷她。「沒有。是我做的沒錯。就是這樣，妳不要做無聊的事。」

女子呆了呆，「所以……你真的……殺了那個……小女孩？」她結結巴巴的問道。

念平點點頭，悶不吭聲。

「……」韶寒彷彿天打雷劈一樣，表情充滿驚愕，不知道當下該怎麼辦，或說些什麼。只得暫時沉默著。思索著念平是否有苦衷或任何她想不到的情況。

「是不是有什麼理由或苦衷，不然，犯過錯，重新做人也是可以的。」

「只是覺得無聊而已，沒有什麼原因。」

「……」話筒的兩端剎時安靜的，什麼聲音也沒有。

「就這樣，走了。」說著念平就要起身

「等等……念……」充滿驚愕的女子表情，表露出猶豫的神色，吞吞吐吐的，卻說不出完整的話來。

「還想說些什麼，快點，我很累。」

「念平……那，」女子頓了頓，很吃力的說，「不管怎樣，我愛你，我會等你出來。」

「韶寒，」這是對話中念平頭次叫了她的名字，「沒有必要，我不愛妳。妳不用浪費時間。」

「……為……為……什麼？」

「沒有為什麼。」

「怎麼可能……你不是在教室跟我說喜歡我，而且……我們在一起的時候不是都很快樂嗎？」

「如果我記得沒錯的話，妳三十六歲了吧？」

「……是……那跟那……你不是說你……」

「三十多歲了，真話跟謊話都分不出來。事實上，我幾次都要殺妳，跟那個女孩一樣。只是妳運氣比較好，才要動手，警察就來了。」他頓了頓，面無表情的說，「妳能活著算不錯了。」

「……」

「等等……走之前……能不能告訴我，」女子傾身向前，似乎想要拉住他，可是卻被厚重的玻璃所阻隔，透明的面上，顯露出女子複雜的表情，有失望、沮喪，但還仍有一絲絲絕望中的微弱期待。她自己應該已經知道答案了，但只不過是奮力的想要最後一搏，做最後的確認。

「那……你……你到底……有沒有愛過我？」

「沒有。」他不加思索的說。「以前沒有，現在也沒有。就是這樣。」

「……」

話筒的兩端如今真正進入毫無聲息的狀態，唯有靜謐而波光閃閃的金屬電流在相互竄動，但隔著透明玻璃的兩人對看著，四目相接，卻猶如異行的行星，各自繞著自己的軌道在行進。運轉。不同的軸線，偏斜。

＊＊＊

他雖然討厭法師，即使看不見，但每每聽到零錢在缽中的撞擊聲響與紙鈔的氣味飄散在那人的周遭，阿火的內心就忍不住升起一股嫉妒的憎惡感。這也許就是他鐵盒中的零錢不夠多，讓他挨打的原因。他不想要再被打，想逃，瞎眼腿斷的他，不知道要移往哪裡去。可奇怪的，他一直想不明白，其實他想不明白的事可多了。他討厭法師，可每當法師的佛號、佛音顯得微小難聞時，他心裡卻又掩不住的恐慌。不知道為什麼，下意識的，害怕不久之後，那雙妖怪的手會再度出現。他恐懼那雙手。在遙遠不清的過去，他曾聽說，佛專門收妖，將妖怪蓋進祂充滿法力的缽裡。妖怪懼怕佛，有佛不會有魔。可他常覺得被覆蓋的，是他自己，在一個黑色的糊狀空間裡，四下撞來撞去，聽著空洞洞的迴音，卻怎樣也逃不出去。法師的離開與妖怪出現，接合的時間點非常接近，法師前腳一走，後頭便伸出了妖怪厚重粗糙的雙手，像已等待許久。瞬時一把拾起面前的鐵盒與電子琴，然後將他拖拉而去，極盡粗魯。他常想，那個法師（佛在人間的分身）跟妖怪雙手的主人，會不會同一個。他曾很仔細的聽過，法師的腳步聲是布裡裹住、窸窣的摩擦，而妖怪，則是清脆的皮鞋聲，施力點很像，但……或許不是，他始終沒印證的機會。如果不是同一個，是否，法師的佛號、佛音，與佛本身，只存於特定的當下。所以妖怪才能如此及時又恰巧的在法師離開的時間縫隙中竄出，用布蓋上他。

陸、浮動於上空的臉

筱芃

一個優雅又美麗的身影，輕輕的背對著，斜坐在床，看不到表情，不遠處的門微微開啟，細縫中透露出清晨特有的寒冷濕氣。天還未大亮，濛濛的光微弱的照在女子身上，罩著一層薄霧般的透明感，如童話裡頭的仙女閃閃發光。房間很大，顯得空曠，但房內不論任何擺飾，都顯得夢幻迷人，嗅起來還有股稚氣天真的氣味，藍紅色的漂亮裝飾若點起燈來，應如火樹銀花般亮麗無比，但沒插電的此時則黯淡無光，成為暗色紅褐的另種展現。四周堆滿了各樣迷人的日式精緻小物，但都是前一季的流行款了，為了什麼緣故，物品的主人沒再更新。拉門內的衣裳，符合十三四歲女孩身型的衣服靜靜垂掛著，擠滿了整個衣櫃。四下收納的一片整齊，看得出經過細心整理。透明而不真實的女人忽然動了動，打破周遭如詩如畫的寂靜，女人伸出手來，極為熟練的姿態，伸進了罩紗式的粉紅色蚊帳裡，緩緩的撫摸床單，然後慢慢將手探進華麗柔軟的被窩裡，摸索得要抓出點什麼。可被窩裡頭冰冰涼涼的，跟女人的手一樣，伸進去，空蕩蕩，什麼也沒有。女人失望似的垂下肩頭。這時房間的門，從細縫般的大小被推到更開，一個有著細長眼睛，看來很威嚴的男人走了進來，他必在外頭站了好一會，甚至更久，因為他的衣服上，沾滿了清晨的霜寒之氣，手也凍得紅腫。男人小心翼翼，儘可能不讓他的腳步聲驚動床邊的女人。女人最先看到的是男人的腳，可她沒有抬起頭來，倒是男人慢慢坐下，坐近她身旁，伸出手，將女人摟住，讓她伏在他肩頭上，她發抖，肩頭抽動不已。男人的神情顯得極為疲憊，細長的眼睛裡，密佈紅色的血絲，眼尾也擠出深深的皺紋來，但還是很有耐心，彷彿哄騙孩子的動作，抱住，摸摸女人一頭黑亮如瀑布的秀髮與肩，拍拍她，帶她離開了房間，兩人什麼話也沒說，從透著寒氣的門走出去。細碎的腳步聲響離去後，現下房間落針可聞，剛剛女子所坐，透明身影不遠處正對的方向，有個精緻巧妙，流行的Hello Kitty鬧鐘，無嘴的貓臉，像被捂住了嘴巴一樣，默默的發不出聲響。貓肚上，時間正指向五點半，滴答滴答的走動著，傳出清脆的撞擊聲，迴盪在這空間裡。距離起床叫號的時間設定還有很久，然而偌大的房間裡，空蕩靜謐，打破寂靜的，是一旁不起眼，灰塵滿佈，久未動過的矮小書櫃，上頭有本翻爛了的童書落了下來，發出啪達一聲的撞擊聲。仔細一看，是聖修伯里的《小王子》。翻開的那一頁，清晰畫著，繫著飄動圍巾的小王子，正遇見了狐狸。

「你好。」狐狸說。

「你好！」小王子很有禮貌地回答。他回過頭來，但什麼也沒有看到。

以太

以太最終以違反「槍砲彈藥刀械管制條例」被起訴，刑期還在審理當中，他並不後悔，因社會輿論已以此而掀起一陣短暫的議論波潮，雖仍以置放炸彈的公共危險行為為重，附帶討論的農民利益為輕，但至少，他有做到了點什麼。父母來會面時，出乎他意料的，沒有責備，也不哭泣，兩老默默的，沒說些什麼，但那黝黑疲憊的臉上，充滿慈祥的神情，卻極溫暖的看進他心坎裡去，似乎張開了雙臂，無論如何，都會歡迎並等待他的歸去。他的心窩暖洋洋的，被父母亮眼陽光般的慈愛寬大所包覆，充滿。另外，那僻靜巷弄內殺害並棄置無名屍體的兇手，也被逮捕了。只聽說還十分年輕。巧合的是，那名兇手，便是他第一枚放置於「人潮擁擠處」受傷的人，不過，他很不明白的是，那黑盒上，不已寫上「炸彈，危險，請勿開啟」的字樣了，那為什麼，還要這麼做。

時間回到十一月初，台北舊公寓，某處頂樓。

以太對於製作煙火，早已到達了不需旁人指點，就能準確完工的老練程度。他也曾是台灣盛名的鹽水蜂炮陣裡，一枚不起眼的助手。然而，別人所不知道的是，不管充填、綁紮，製作等，他都是直覺而行。旁人看來，他只是在師傅的指導下，機械性的操作。然而，他對於所謂煙火，甚至火藥的分配劑量、拉繩長度，外在包裝、施放效果、危險性等，他都有一定的認知。沒人教過他，天生的。才能。那是怎樣的靈光乍現，他並說不上來，只是連日不停播放的花博消息，看著湧動的群眾與記者，他的胸口便窒悶不已。看著晃動，逐次黑白相間的老舊電視機畫面，那斷斷續續的煙火，有個想法慢慢的浮現在他的腦海中。白日，在台大圖書館的垃圾桶裡，一名男子正低著頭，在紙類回收的部分翻找著，也許是無意間丟掉了什麼重要的東西吧，路過的人如此想著，並沒有太過在意。

先是公用的電話亭，再來是知名連鎖餐廳的廁所，他像個給予驚喜的聖誕老人，將一個黑色禮物包裝的方正盒子，留在男廁裡面。上面貼著一張字條，兩行字：「炸彈，危險，請勿開啟。」以及「政府請照顧農民。」那些紙是他在學校的回收紙堆裡抽取的，上頭寫滿了他看不懂的內容，依稀還記得有疊厚重的開頭，是大學碩士論文初稿之類的，這麼說來，也許是報告論文之類的東西，但也太浪費紙張了。他從那處摸索出許多後頭還剩有空白可供書寫的紙張，帶回家去。能節省的都要節省，不浪費的都不能浪費。什麼都是。

鏡頭前，幾次防爆小組所拆卸出來的「爆炸物」，其實也不過是簡單的蜂炮而已，閃閃爍爍，霹靂啪啦幾聲就滅了，根本沒有殺傷力。他本就不想傷人。不過，媒體似乎撿選了最為輕微的幾個來播報。他心裡很明白，在比較空曠的人煙稀少處，另有威力強大的放置，並且，警方已確實拆卸除去。但連日密切注意到的新聞，竟然也僅是間斷的在畫面上，粗略跑過幾個閃標話語，說只是普通惡作劇，民眾不必擔心。並且，最重要的，紙面上的訴求竟絲毫未得到重視。他感到相當失望。彷彿重蹈以前的覆轍，做什麼都無濟於事的無力感。不過如今，他已經可以漸漸體會父親他們的心理了。不管本身的力量是如何微小，如他從小一直深信自己名字所擁有的特殊定義：衡量宇宙物質的最小單位，也總是要去努力看看。即便結果不言自明，但絕對不能輕言放棄。那麼，下一次，他暗暗地下定決心，在「出入繁雜處」，會是個「貨真價實」並讓人「難以招架」的強大炸彈，絕對不會再被忽略或輕易的掩蓋過去。「爸爸，我一直想告訴你，就算努力，也不再做無謂的行動。過程雖然重要，但結果才是我們最終所追求的，不是嗎？目的達成，才能說我們實在的做到，某些事。」黑夜裡，他喃喃的說，面對前方不遠處，輝亮起來的煙火炫花，他觀看著，沒有躲避，因為他一向很清楚，那種內容物的範圍與威力是怎樣的。

小柔

有時候，在路上還是偶然會看到一些，如過去所常見：帶著項圈，皮毛梳理整齊光滑又略帶香氣的狗，一看就知道是有人飼養，僅是暫時走丟的。可是小柔現在每每看到這些狗，雖然也還是有想要跑過去抱抱狗的本能衝動，不過她的內心上已經缺損了一塊什麼，像是害怕想起過去還是在恐懼些什麼一樣（也許是面對自己真實的模樣，以及不復以往的過去）。她遠遠的就逃開了，覺得自己再也無能為力去做些什麼，什麼也不想做。痛楚早已麻痺，高潮的瞬間也沒能再滿足她，不需要了。加上多少會遇見討厭的人，還不得不去應對，反而讓她不愉快的過去持續鮮明起來，她漸漸對援交失了興趣。於是，剩下的，便是整日行屍走肉般的在人潮中穿梭，旁人的體溫從擁擠間傳遞過來，她於是感受自己在這世界並不是一個人，這樣就好。

看著遠處那逐漸消失的狗影，最後模糊的變做一個圓點。她腦海中閃過一個念頭，竟讓自己大吃一驚。她現在的處境不就跟那些狗一樣，並沒有什麼差別。本來普通的女高中生生活，存在於專制保守的校規下，如透明的項圈，緊緊的纏繞住她的脖子，後頭總有人拖拉著她的行為舉止與活動範圍。她就這樣，以鍊子為半徑，規條為中心，傻呼呼的繞著小圈圈。然而她沒有意識，只有服從。是那種訓練有素，乖馴的狗兒，會順從的做出：握手、拜拜（交作業、做報告、表現優異）的反射動作來，以此來取悅不知名的主人們（教官、老師，家人，社會價值？）。可她從沒想過她自己，她最想去哪裡，要做些什麼，應該怎麼去。現在的她迷失了，走丟了。不知好還是不好，然而失去旋繞中心點的她，或許還有些不習慣，漫無目的。而家庭溫暖的美好溫馨，因她的心理障礙或其他因素，已退到遠遠的後面去；遵循於僵硬教條下、過度保護的天真爛漫，亦不復見。她不知道如今她有什麼事情需要做，哪些目的可供追求，只能茫然的隨著人潮的推擠而前進後退，或定定的留在原點，無人理會。她走丟了，如狗兒般的悄悄走失，一直回不去，也不知道該往哪裡走，只能怯怯地站在陌生的街角上，無助的向四周吠叫而無人聞問。她明白，即便外表暫時性的光潔亮麗，但很快的，也會在擁擠而冷漠的人潮底下，開始變得髒兮兮，長起膿包，寄養起無數的跳蚤與蝨子。

我該去哪，怎麼去？她問，沒有答案。心中有個微弱的希望，奢求有人能同她以前一般，抱起她，站在原地或某個地方，像抱著嬰兒的女人，一動也不動，等待她原本的主人找到她。等待她原本純淨而美好的靈魂碎片，花瓣般地緩緩旋圈，然後重新聚合起來，散發出香氣。「誰來抱抱我。」小柔小聲的說，可是聲音小到連她自己都聽不見。

一如慣例，援交過後的隔日，小柔會去採買當季的花束，前往「那個地方」，去拜祭無名屍骨，或許也是去拜祭她當時內心受創而遺留下來的破碎靈魂軀塊。但今天遭遇了難纏的方正臉客人後，她有種急於想結束所有的虛脫感。這樣的日子就到此為止吧。她不願意再將事情拖延到隔天。小柔深深的吁了一口氣，吐出的霧氣白白淺淺的，天氣寒涼，夜已深。可是她一點也不害怕。不過，出乎意料的是，還走在遠遠的地方，卻看見本該靜謐漆黑的僻靜小巷內外，充滿人潮。

警方的巡邏車正在不遠處閃爍著暗紅的旋轉星光，小柔充滿疑問地慢慢走近，無聲無息的混入現場外的大批圍觀者。踮起腳尖，探頭張看，不穩的晃動中，她瞧見一個穿著運動衣褲的儉樸男子，正被扣押著推進。「他是不是那個兇手？」她想。可是很奇妙的，她直覺他並不是。而當狗衝出，光線移動、直射往男子的顏面時。小柔清楚的瞧見他右手肘上厚重的粗繭形狀，有種莫名的揪痛襲上心頭。那時顛倒世界下的朦朧感又回來了。他們從旁經過時，人群散開出一條通道，距離雖遠，她卻感受到久違的熟悉氣味與溫度。是他沒錯。救起她的那人。是他。眾多的耳語傳遞著，說他是炸彈客。小柔此時已來不及將手上的鮮花獻祭給那無名軀塊，只是眼光一直定定的，隨著那男子，行走，上車，關上門。警車行經時，瞬時與他四目相對，不知怎麼，竟然就撲簌簌的流下淚。有種難以言說的心情，使她沒拿花的另隻手，不由自主的伸起，朝他揮動起來，嘴巴喃喃地，如同虛幻的靈魂，最終獲得救贖的解脫感。她說，輕聲的：「謝謝你。謝謝你當時在那裡。」不知那名男子到底有沒有看見或聽見她的任何表情言語，男子只是不帶表情的，最終將眼神對向前方，然後緩緩的垂下了頭。

她看著警車遠去，捧起花束，一股清冽的芬芳傳來，好香。這次的花，她決定留給她自己。那是小柔最後一次去那裡，並永遠卸下那濃厚的妝容。不再敷上。清晨乍醒，冷水拋灑而上的，是小柔滴答滴答流著水珠的清秀臉龐。她對著鏡子裡頭的影像笑了笑，表情甜美如過往。然後很快的，用毛巾將水擦乾。

法師&方正臉妖怪

有種水滴的流蕩聲，滴啦滴啦地流個不停，浴室裡水龍頭沒有關好的樣子，但遠遠聽來，卻像標誌時間走動的計時瞬間。男人仍持有著最後的執念，那就是還想要再來大戰個好幾場。不過，在那之前，還是先休息一下吧。畢竟有點年紀，老了，總不能不服老，男人這樣想。但我花了不少錢，不應該這樣浪費時間。然而那持續不斷，咚咚作響的節奏，空洞洞的敲打彷彿跌落地下水道，漆黑中的迴音陣陣，在耳際迴繞，不停地中斷他思緒，他實在無法專心。此時有個熟悉的撫觸，讓人倍覺溫暖，熟悉，且懷念，有種歸返，回宿到母親肚裡，漂在羊水中，軟綿綿被浸泡的充脹感。他為此感到幸福，安心。然後他的身軀漸次脹大，慢慢地漂移向不知名的某方。水流裡，是誰，緩緩的伸出了手，溫柔而小心翼翼的環抱住他，那樣的觸感，除了母親洗滌他幼小肌膚的撫觸瞬間，才曾感覺過。不對，他隱約的感覺到一些異樣，勉力睜眼，但那倏地開合的瞬間，卻如導演喊卡而打板的剎那，喀擦一聲便硬是關上，靜止。任憑如何使力也再無能為力。而剛剛瞥眼所及，僅是白色濃霧般的神祕畫面，這大概又是另種付錢而得到的額外服務，他這麼認為。於是他鬆垮的釋放所有壓力與肌力的運作，如消了氣的充氣娃娃，從口中悠緩而深沉的呼出他生命最後的幾口氣息，混入那迷霧般的世界裡，漸次散開，消融。最終，遁入夢境的他，沒再醒來。

飯店人員隔天在超過退房時間許久過後，仍遲遲不見507號房的客人下來，打電話催促過幾次，也無人接聽，察覺有異，便派了服務生前去，以備份鑰匙轉開門。進門時最先聽到的，是浴室的水龍頭沒有關緊，嘩啦啦在磁磚上流個不停的水流聲響。再進去些，有種怪異、類同冬天涮涮鍋的熟肉氣味。服務生與警衛揑了揑鼻子，看見房間內唯一傳出聲音的浴室透明拉門上正充滿霧氣。味道就是從那裡傳來的。他們鼓起勇氣，刷地拉開門一看，一個人形的巨大肉塊漂浮在浴缸裡，臉孔已浮腫發脹，完全看不出是什麼人。發出味道的，正是這紅橘相間，都被燙熟了的人（？）肉。而熱燙的滾水此時還在咕嚕咕嚕的流著，從浸泡軀塊的浴缸裡滿溢出來，流往四方，流往浴室的排水孔，流往服務生躊躇著要不要踏進的透明拉門基座前，來來往往的四下流動著。

警方抵達的時候，發現男子的包包裡，除了一堆普通男人的日常用品外，比較特別的是，還有整套，看似穿了很久，破爛而古樸的灰色法師迦裟與缽。另外，就是一個按下播放卻只有單調佛號、佛音傳出的黑色過時小錄音機，反覆頌唱，如同唱給死者的梵音。沒有證件，沒剩下的錢。什麼也沒有。監視器裡，只照到一張充滿濃妝而滄桑的臉，一看則知是老氣的酒家女打扮。唯一不符合的是身上穿著類似性愛cosplay專用的女高中生制服，這是近來在援交界以及酒店小姐上，重新流行起來的噱頭。警方研判兇手是名來應徵援交者或酒店工作者，可能交易過程中發生價格談不攏或因其他緣故發生爭吵，故而萌生殺意。正在清查死者身分及相關背景資料。也不排除背後是否還有更複雜的集團在幕後介入而不為人知，畢竟類似案件已於大台北地區發生多起。不過，一切都只等待司法調查，來過濾並釐清整個事情真相。

韶寒

回去的路上，偶然行經幾個販賣新潮服飾的櫥窗，她下意識的停駐在那，看著內裡動也不動，光滑無表情的塑膠模特兒，四肢手肘正被店員旋轉著調整姿勢。她呆愣地注視此一光景好一會兒，最後突然清醒而離去前，才從透明的櫥窗上，匆促地看見自己微薄的倒影。也許是因為玻璃設計的弧度，或許是光線透照的層次感。她瞧見自己的反影顯得既彎曲又模糊，充滿異樣的趣味。她忽然想起以前唸書時，《聊齋》裡頭，某個她一看再看的故事。大意是講述一個妖怪臨摹人皮披在身上，藉此迷惑眾生。書生將死，才發現他所帶回的美女正是後來取他性命的妖怪。改編成電影時，酷炫的聲光特效，更將此一魅惑妖怪，拉開皮，以動畫顯現底下，爬滿蠕動的蛆蟲。她不禁想，現下於社會立足的她模樣——女教師，是否也是套紙面臨摹的皮，而在其底下藏匿的，到底是些什麼，蛆蟲，其他，還是些空蕩蕩的虛無，什麼也沒有。這麼一想，她才驚覺這想法符合度之高。

自孩提時候起，為了應付不時轉移的陌生環境，在不知不覺中她學會，如何很快，並努力的以偽裝，混入各個年齡層「人群」該有的各種行為上表現，成績、打扮、說話方式等，猶如一隻蜷曲在褐色樹葉下的變色龍。然而，一直以來，她卻總有種奇怪的感覺，說不上來，即便有時，憑藉著她聰穎的能力而得來的獎項與祝賀，她卻常是一點喜悅也無，並且，還要不動聲色的，僅是為了符合大眾眼光般的露出欣喜的微笑。但內心深處卻暗暗的有個聲音告訴她，這並不是她自己。那些都是外在附加而上的，如隨時可從外一塊塊剝除的漆，可拆卸而下的皮。不過，若真捫心自問，自己真實的模樣到底為何，她卻又答不上來。若真要找個譬喻，她只想到《香水》裡頭的葛奴乙，研發各式各樣的香水氣味，以附加在他毫無氣息，外人難以察覺的本體之上，他存在的影子才能因此而透顯在世界之中，證明存在——她亦是如此。

一想至此，長久積累的困惑終究豁然開朗。她的腳步顯得虛浮，內在總晃漾不安——乃歸咎於裡頭那處，什麼也沒有的緣故。她沒什麼可以支撐她自己，她無父母，少朋友，沒愛人，當然更遑論子女。如念平所說，以前沒有，之後也是，都一樣的。雖然在每個時間的軸線上，她都想著，如果時光能重來，或往前進些，一切會不會就變得有所不同。然而每當思索至此，便明白，人總愛構築一些不可能實現的幻景來滿足自己。她覺得很是困惑，這世界，是什麼時候開始，或許早就存在，只是她渾然不覺。所有的事件，都在某個時間點被啟動了，如巨大的時間滾輪，暗地裡，嘎吱嘎吱的轉動起來，發出密合與分開的聲響。而後，那些看似偶然的突發事件，實則已按照命運的基線，自行的跑動起來，難以更動。若僅簡單的將其視為生活的一般場景，它並非那樣普通；若把它當成綺麗夢境，卻又太過不切實際，彷彿在逃避現實、躲避真相。不過，在這真實的世界活得越年長，似乎連作夢的能力都失去了。

會面過後，她眼神空洞、腳步蹣跚晃蕩地緩慢行走，似是隨時將崩落碎裂的輕薄冰雕，脆弱不已。睽違已久的相逢，竟是這般收場。而念平的話語更如刀刺般，一筆筆的割在她心坎上，劃下難以計數的斑斑傷痕。她怎麼也想不明白箇中緣故，而發現真相的晴天霹靂感，更恰似轟隆隆的閃雷，一舉將她擊碎，響起了硫璃碎裂一地的嘩啦啦清音，清脆、嘹亮。宛若行屍走肉的日子，不知過了多久，她已無法察覺時間的推進後退，只是機械般的操弄自己所有行程。某個機緣下，她恍惚的騎著車，無意間發現自己正行經了一個熱鬧的菜市場。看著清晨時分，忙碌的攤販們：魚販忙於洗刷新鮮的魚，擺上冰盤，菜販們則專注於將水果蔬菜一一陳列。她走過的瞬間，還有某攤販正將洗去不用的污水往她前方的路上潑灑過去。然而，令她驚奇的是，她忽然感覺到他們的活動，彷彿兩邊巨大的電影白屏，如並列而站立整齊的衛兵身姿，悍然不動，唯有光影變化萬千，投射出他們的舉手投足。至於她，只是恰巧在這光影變化中穿梭而已。

她並不在那裡。現實。

I'm not there.

這樣的想法，忽然讓她覺得呼吸一緊。

狐狸&念平

「時間到了，該走了。」警衛冷不防的逕自放下話筒。發出鏗的一聲迴音。

他默不作聲，無動於衷的跟隨命令，頭也不回地轉向後方，臉上仍是那樣漠然的神氣，可內心裡頭有什麼東西像條蛇一樣的攀附上來，緩慢而冰冷，滑行而上。他試著表現沒有什麼不同。不過他仍不得不去注意到，那難以壓抑的某種東西。淡淡的，他彷彿嚐到孩提時候，母親臉上流下淚的海水鹹味。從很近很近的前方傳來。不過，這一點都不重要，畢竟，一切都結束了。腳鍊在他行走時嘩啦啦的作響，敲打出清脆的金屬撞擊聲，迴盪在長型而空洞的甬道裡，像條無人行經，永無盡頭的地下道。之後，世界就要翻轉了，他開始必須學會服從，而非以往的操縱命令。他再無緣得見他手掌上，命運與生命線的各類走向以推測模糊的未來。因為，他已經永久的失去他們了。並且，等在前方的，仍是他永遠觸碰不到，漆黑一片的虛無宇宙。暗紅的行星開始轉動了，發出腥色而充滿臊味的光芒。

殘障電子琴彈奏者，乞丐阿火

這幾日，阿火不知道是第幾天了，妖怪的手沒再出現，甚至，連法師也消失了。他還聽得見來往穿梭的腳步，所以不會錯的，他還聽得見，只是妖怪的手已很久沒來碰觸到他，法師也不再來，播放令人難以忍受，無聊單調的佛音，鐵盒裡的零錢快滿溢出來，像擠滿了一團團的落日。或許，法師在降魔時刻，與魔同歸於盡了。所以他暗無天日的生活裡，兩人雙雙離開了。奇蹟。這麼說，他自由了，他開心的咧嘴笑笑，距離上一次他笑，不知已過了多久，他想，瞎眼的前方，會不會再有奇蹟，現出以前的曙光，指引他逃脫，他為此感到非常興奮。

阿火開始慢慢的，慢慢的，順著他認為有光的地方爬去。

他內心，像種子落下了樹，失去依賴性的附著般，突然覺得很不習慣，恐慌。「我自由了呀」，他告訴自己，但這時他很吃驚的不得不承認，那就是，他已經開始想念法師，連那雙妖怪的手，都是。

＊＊＊

新聞報導台北正擬定啟動捷運「三環三線」工程，精確來說，是指第一環的環狀線、文湖線，第二環的新莊線、萬大樹林線，及第三環的機場捷運線，另外尚加上板土線、三鶯線等；三線則分別是汐止民生線，安坑線以及淡海延伸線等。若此項工程落實推動，那麼未來的台灣，不僅因此帶動沿線舊商圈不動產的增值，也能順勢結合台北老舊社區商圈等的更新，台灣首府將有全新的面貌呈現。屆時，因交通便捷性大幅增進而比如今更川流不息的湧動人潮光景，是指日可待的了。那麼行進間，萬頭攢動的人們，不管陌生熟悉，都彼此緊挨著靠近，人與人的距離縮得更短，壓實地密不透風。溫暖。再混合上繁華而輝煌的炫光，在這個神的國度裡，想必誰也不會再感到寂寞。為了慶祝台灣建國百年，各處舉辦了一系列盛大的跨年晚會以茲慶祝。而在北市上空，四下更放上了美麗萬千、造型多變的轟隆煙火。然而，在這片火樹銀花的燦爛下，有個長達十五秒的清晰炫光，特別引人注目。大佳園區內的天空上，緩緩浮現出國父臉龐的輪廓來。此精心製作的國父頭像煙火，在四下穿梭放射的煙花陣中，慈父般的神情顯得曖昧模糊，似笑非笑。但那定定的、悄然不動的神色，宛若靜默的在凝視他眼下的台灣子民。天空中國父肩膀下的雙手處是虛無的；舉起手來的，是底下參與跨年的人們。他們高舉雙手，朝向天空浮動顏面的方向，大聲歡呼，叫著，似是要索求誰的擁抱。然而由上而下看來，那也不過是烏壓壓一片，身影渺小，螻蟻般，面目模糊的小黑點群。彷彿是個黑渺無臉的都市。接而百秒轟隆作響的閃雷過後，四下則是一片迷人的水舞炫花，嘩啦啦的水幕高度，流動著，由這渺如星塵的無臉之城，逼近神祇的天空。

THE END

【備註】

烏羅伯洛斯(the uroboros)象徵的是神話中蛇的形象，銜尾而成環，代表著宇宙生死不滅的永恆存在，圓上任一起點處亦是終點。在埃利希・諾伊曼(Erich Neumann)《大母神：原型分析》的詮釋裡，便將烏羅伯洛斯(the uroboros)形容為「是個完美的圓、自身轉動的輪，能同時有「生育（為母）、產生（為父）並吞噬的蛇」

參考書目

1. 楊儒門，《白米不是炸彈》，台北：印刻，2007。
2. 聖修伯里（Antoine de Saint-Exupery），張家琪譯，《小王子》，台北：木馬文化，2010。

台灣重要新聞大事紀

二〇〇三年，楊儒門白米炸彈客行動

身為彰化農家子弟的楊儒門，眼見二〇〇二年台灣加入WTO後，農民生計遭受影響，曾投書各大媒體並奔走政府機關，亟欲呼籲關注農民問題卻未獲見用，最後只好鋌而走險，於二〇〇三年至二〇〇四年，以多次「在台北放置爆裂物，佐附『反對進口稻米』與『政府要照顧人民』等字樣」的激進手段，博取注意，故而被稱為「白米炸彈客」。遭逮入獄後，二〇〇七年獲得特赦，二〇一五年並被台北市政府指派為台北農產運銷公司董事。

二〇〇八年，徐志皓姦殺方姓少女棄屍案

國二方姓少女事發當日因賴床遭父親叨念，自行到校後負氣接受鄧姓少女邀約，相偕與網友，即主嫌徐志皓與從犯許姓少年，蹺課出遊，卻被誘至徐嫌親戚家屋，遭姦殺並棄屍於廢巷，鄧姓少女則因從犯求情而脫身。事後某日，二嫌無照偷開徐嫌父親座車遭遇臨檢，心虛下衝撞員警被開槍制止，許嫌因此半身癱瘓並央請立委申請國賠敗訴，徐嫌則於東窗事發後遭判刑以終。

二〇一〇年，運將殺手江雲卿，色誘劫殺計程車司機案

三十九歲其貌不揚的失業女江雲卿，當年用「陪宿抵車資」色誘法，騙取台灣北部多位排班運將共赴汽車旅館，事後又以「共浴」為名，讓被害人泡熱水澡，因性交、酒精與熱水澡交互影響，而使迷藥作用更為強烈快速，江女則趁被害人昏迷之機，劫掠財物離去，致使諸多運將由此溺斃浴缸，屍身更遭燙傷脫皮，而有「運將殺手」之名，落網後江女毫無悔意，還堅稱熱水乃冬日之故，非有意為之。

【後記】不神奇少女的芭樂人生

各位讀者大家好，非常謝謝你們支持《無臉之城》，身為作者的我，對此感到相當開心。這本小說我寫作於二〇一一年，其實是我長篇小說的處女作。以民國百年的台北城為背景，取法高登．達奎斯(Gordon Dahlquist)《食夢者的玻璃書》(The Glass Books of the Dream Eaters)與湊佳苗《告白》多重人稱敘事技法，並結合台灣二〇〇三年楊儒門白米炸彈客行動，二〇〇八年徐志皓姦殺方姓少女棄屍案，及二〇一〇年運將殺手江雲卿色誘劫殺計程車司機等三大刑案而成，設計上大抵有種「多重人稱敘事作為拼圖推理」的韻味，希望大家會喜歡。

時至今日，《無臉之城》能夠出版這件事，想來都覺得不真實，好像有些不可思議，就像是夢一場。每每旁人問及我，《無臉之城》是本什麼樣的小說，我腦海中瞬間閃過的第一畫面，不是小說的內容，而是遁入寫作當年的種種——夜間充滿微風，嘴巴滿是芭樂甜膩氣味，與在成大操場跑步時，耳膜總是隆隆作響的震動感。

這事說來話長。

二〇一〇年，我剛從成大中文所碩士班畢業，與一般的莘莘學子一樣，對未來的憧憬裡混雜著惶恐與擔憂，不同的是，因我內心隱然已有了「叛逃」過往生活模式的決定，所以更顯焦慮。不知道喜歡推理小說的讀者，還記得吉莉安．弗琳(Gillian Flynn)《控制》(Gone Girl)裡，那位美麗壞女孩愛咪嗎？這種披著羊皮的狼，乖乖女式的壞女形象，大概是我終其一生極想追尋卻不可得的目標吧（其實我超想使壞的耶），可惜我個性太溫順膽小，日常反應又不夠機靈，心地又太善良（咦？），所以只得乖乖的就範成為「沈佳宜」式的資優好女孩。

我確實非常喜歡讀書，故而一路「升學向上」自然是不作二選。然而隨著台灣高教崩壞與人口老化，博士班畢業再也不是就業的保證，相反的可能還是失業的同義詞，叫人怯步。再者，現有體制往往讓研究者被圈禁於學術高塔，整日論文集點、詰屈聱牙及與生活脫節的鑽研，讓我逐漸地感到吃力、不適應甚至覺得窒息。因我個性活潑，喜歡生活化且詼諧的有趣物事。察覺到現實與根深蒂固摹畫的未來藍圖引發衝突時，我慌得不知該如何是好。

我很感念父母的辛勞、成大的栽培，尤其中文系的幾位恩師（三慶師、偉貞師與長謨師）對我諸多照顧，過往至今仍不時魚雁往返地詢問近況，然而當時的我別無他法，直接叛逃出門。一心一意只想成為能讀書寫稿的文字工作者——這是我唯一想得到最符合我志趣的職業了，只不過更令人啼笑皆非的是，「寫作者」或是「小說家」一行，聽起來「錢景」似乎比博班畢業更好不了多少。

我是個口頭不擅長解釋，但深信實際行動力量的人，與其耗費時間說服眾人，甚至抵抗世俗眼光如「好手好腳，不找穩定正當工作，只想枯守在家讀書寫稿，完全是個沒責任心魯蛇女」之類的形容，既不可能成功也不實際。面對尤為憂心而極度反對的親友，口拙心慢的我最後選擇沉默，然後逃離，以自己的步調來行事。

我用Excel表陽春的將過往翻譯或打工所得，為一年閉關寫作來精簡打算。日日必讀二書以上，不是在圖書館就是在誠品，唯一的娛樂就是晚間去跑步或上有氧課（一個月一千無限次那種），睡前便將每日進度所讀之書，簡易畫人物線、結構佈局表與心得評析，作為自己學習的思考範本。爾後《暢銷小說的原型公式》，讀書／評書的速度與量大概就是這樣練來的。持續半年後，一夕靈光乍現，不到兩個月就完成此書。

因白日裡專注讀書寫稿，需要很強很多的食物補給，不過金錢額度當然沒有那麼多，於是我像「朝三暮四」的宋國狙公一樣，最後擬定早午餐吃飽飽（早餐兩份，午餐白飯全吞），晚上只餘芭樂可吃。說到此，台南真是物美價廉好天堂，一堆NG芭樂才50元（現在可能80元以上不止了），畢竟晚上沒做正事，跑步運動可以精神不好沒關係。所以那時常餓得發慌，總於半夜醒來聽見自己肚子咕嚕作響的尷尬情景，晚上跑步時也總滿嘴芭樂味。

維吉尼亞．吳爾芙(Virginia Woolf)曾於《自己的房間》(A Room of One's Own)說「女人必得有自己的房間」，而我當時很幸運，我的好友東石夫婦正欲北上，但希望能將主臥室外的兩個小房間出租於可供信任之人，畢竟他們還有許多私人物品於內，很感謝他們信任我（所以少女為人還算正直）並僅收取極為低廉的房租與水電費。這種低價卻有三房一廳尊龍套房的待遇真是讓我滿心感謝。為回報，夜幕降臨時，家政婦少女模式就會啟動，清潔內外，累了就坐在外頭的餐桌上畫情節結構等。

那間專屬於我的「尊龍套房」我尤為喜歡，其中一處牆面由兩大落地窗組合而成，睡前我常於床上屈膝，看微風輕拂，將落地窗的帷幕蓬蓬吹起，高樓望去，外頭城市一片星光閃爍的樣子，好美好美，我總帶著這樣的星光入眠。

然而童話般的生活終究也有幻滅的一天，六個月的醞釀，二個月的衝刺完稿。然而投稿卻始終石沉大海。當時無能體會二〇一一年華文推理的熱潮尚未風起，文學獎對推理小說題材也無偏好，出版社經營艱苦，行銷對象自有考量等因素。只能說，投稿一直未獲見用直接給了我迎頭痛擊。人生第一次學會叛逆卻一點也不神奇，愛咪畢竟僅存於小說中才可如此順遂順心，我深陷沮喪、困惑與自我質疑的漩渦，不僅失去了對創作的自信，還有排山倒海而來，即將窮困潦倒的恐慌，最後我只好選擇先行去北部就業。那時距離我畢業，才不過十月光景，卻恍如隔世。

離開台南前，我滿懷不捨，屢屢回望平日必經之路，時值炎熱夏季，大水螞蟻群於路燈下飛得振翅作響，人行道上菜販隨意傾倒的髒淺水窪，卻正倒映著如斯場景。眼望著那水波裡，浮沉漂移的飛蟻屍身，內心不禁一陣哀憐戰慄，稍後回神，卻又覺得這恰恰是我景況的隱喻——為逐光而斷翅沉淪的自毀，自找的。

「我跟小說或文學，怕是無緣了，可能真的沒有那樣的才氣與天分」。當時的我絕望的想，但或許是這樣斷捨離的契機，使我爾後反而能另行以冷然旁觀的角度，去透徹暢銷小說文本該具備怎樣的魅力元素，才能從萬千荊棘中脫穎而出。若說《無臉之城》的寫作，是我想滿足對生命既定模式總一成不變的「叛逃」想望，較歸屬於自我生命的範疇，那麼接續的《暢銷小說的原型公式》便是將之拓展至讀者、教學、藝術與審書的眾人領域。

四年的行政生涯，經濟無虞使我心安，便能再利用週末自修來累積，只是太忙，一直沒有時間與機會能再寫，也鮮少回家。人生彷彿就要再次於一成不變下度過時，老家的母親對我伸出了援手。她說有穩定收入是件好事，可是在我說要放棄文學後，她卻幾乎沒有看見我發自內心的笑過，總悶悶不樂、悵然若思的苦著臉，不如回家寫寫看，仍以一年為限，這次她支持我。過慣了讀書寫稿，除運動外沒特別娛樂開銷，不然就是拚命工作賺生活費的清教徒生活，如今三餐不愁還有遮風避雨處可躲，簡直叫人心滿意足。雖然偶爾午夜夢迴，還常以為自己尚在辦公室，孜孜矻矻地勞動著，醒來望向自己牆上晃動的倒影，恍惚間，暈黃黑白，交相錯雜，似夢非夢的圖像，使我驚心焦懼，總還以為這一切並非真實，是在作夢。

這一切都要感謝秀威的大當家麥可哥，豪邁的一口氣簽下我兩本書，對於我這名不經傳的新人，這樣的機運真是可遇而不可求，也特別謝謝華文推理界的熱忱推手——我的責編齊安，初始從部落格讀到《暢銷小說的原型公式》，到我毛遂自薦《無臉之城》後，便一直積極且持續地與我接洽規劃，不厭其煩的耐心令人敬佩。北上開會簽約時，編輯部經理伊庭對秀威出書流程的介紹，那樣一氣呵成的校對、出版與印製等，讓我覺得能放心地把作品交予秀威籌備，於是這本書才能來到各位讀者的眼前。多年過後，想到記憶裡濛光一片的飛蟻群，翅蛸飛起翳住光芒的情景還歷歷在目，但不知牠們自身感受與我那時所想是否不同，子非魚，安知魚之樂，又遑論飛蟻乎？在牠們振翅嘎響的高昇中，或許，牠們真正地望見到了光？

寫作路上要感謝的人事物實在太多，謝謝成大母系恩師群，另外感謝尖端一路與我接洽籌謀的呂副總編，雖然最後因職務與檔期而將書轉介，但希望之後尚有合作機會。謝謝提供優良閱讀環境的成大圖書館與各縣市誠品、在自修漫漫長夜，前輩光磊那堪稱十全大補帖的精彩書訊，還有伴我生活日常的家人與廣大朋友應援團——曉樺、昱慧、敬堯、正維、翊良、慧敏、谷芸、柏齊、姿儀、管韻、瑋婷、家福、琇閔、沅碩、吳廷等，及時常替我文章按讚加油讀者群的鼓勵陪伴。寫作是孤獨的，可因有諸多支持，讓我能鼓起勇氣繼續前進，也謝謝每一位拿起這本書的讀者。

最後要將這本書獻給我的母親，感謝她在我顛簸的文學路上，一路為我擔驚受怕，卻又盡其可能提供我創作的任何所需。我若有任何成就，都願歸屬於她。

二〇一六年二月四日，台中，少女香閨

要推理20　PG1520

要有光
FIAT LUX

無臉之城

作　　者	紀昭君
責任編輯	喬齊安
圖文排版	周政緯
封面設計	王嵩賀

出版策劃	要有光
製作發行	秀威資訊科技股份有限公司 114 台北市內湖區瑞光路76巷65號1樓 電話：+886-2-2796-3638　傳真：+886-2-2796-1377 服務信箱：service@showwe.com.tw http://www.showwe.com.tw
郵政劃撥	19563868　戶名：秀威資訊科技股份有限公司
展售門市	國家書店【松江門市】 104 台北市中山區松江路209號1樓 電話：+886-2-2518-0207　傳真：+886-2-2518-0778
網路訂購	秀威網路書店：http://www.bodbooks.com.tw 國家網路書店：http://www.govbooks.com.tw
法律顧問	毛國樑　律師
總 經 銷	易可數位行銷股份有限公司 地址：231新北市新店區寶橋路235巷6弄3號5樓 電話：+886-2-8911-0825　傳真：+886-2-8911-0801 e-mail：book-info@ecorebooks.com 易可部落格：http://ecorebooks.pixnet.net/blog

出版日期	2016年5月　BOD一版
定　　價	320元

國家圖書館出版品預行編目

無臉之城 / 紀昭君著. -- 一版. -- 臺北市 : 要有光, 2016.05
面； 公分
BOD版
ISBN 978-986-91655-4-9 (平裝)

857.8 105004231

讀者回函卡

感謝您購買本書，為提升服務品質，請填妥以下資料，將讀者回函卡直接寄回或傳真本公司，收到您的寶貴意見後，我們會收藏記錄及檢討，謝謝！如您需要了解本公司最新出版書目、購書優惠或企劃活動，歡迎您上網查詢或下載相關資料：http:// www.showwe.com.tw

您購買的書名：________________________________

出生日期：________年________月________日

學歷：□高中（含）以下　□大專　□研究所（含）以上

職業：□製造業　□金融業　□資訊業　□軍警　□傳播業　□自由業
　　　□服務業　□公務員　□教職　□學生　□家管　□其它_____

購書地點：□網路書店　□實體書店　□書展　□郵購　□贈閱　□其他

您從何得知本書的消息？

□網路書店　□實體書店　□網路搜尋　□電子報　□書訊　□雜誌
□傳播媒體　□親友推薦　□網站推薦　□部落格　□其他__________

您對本書的評價：（請填代號　1.非常滿意　2.滿意　3.尚可　4.再改進）

封面設計____　版面編排____　內容____　文／譯筆____　價格____

讀完書後您覺得：

□很有收穫　□有收穫　□收穫不多　□沒收穫

對我們的建議：________________________________

____

____

____

請貼
郵票

11466
台北市內湖區瑞光路 76 巷 65 號 1 樓
秀威資訊科技股份有限公司 收
BOD 數位出版事業部

(請沿線對折寄回，謝謝！)

姓　　名：____________　年齡：________　性別：□女　□男

郵遞區號：□□□□□

地　　址：________________________

聯絡電話：(日) ____________ (夜) ____________

E-mail：________________________